이번생은 황제로 살겠다

STAY 판타지 장편소설

이번 생은 황제로 살겠다 7

초판 1쇄 발행 2023년 10월 18일

지은이 ｜ STAY
발행인 ｜ 최원영
편집장 ｜ 이호준
편집디자인 ｜ 한방울
영업 ｜ 김민원

펴낸곳 ｜ ㈜ 디앤씨미디어
등록 ｜ 2002년 4월 25일 제20-260호
주소 ｜ 서울시 구로구 디지털로 26길 111 JnK디지털타워 503호
전화 ｜ 02-333-2513(대표)
팩시밀리 ｜ 02-333-2514
E-mail ｜ papy_dnc@dncmedia.co.kr
블로그 ｜ blog.naver.com/gnpdl7

ISBN 979-11-364-4818-7 04810
ISBN 979-11-364-4483-7 (SET)

PAPYRUS FANTASY STORY · 7

이번생은
황제로 살겠다

STAY 판타지 장편소설

PAPYRUS
파피루스

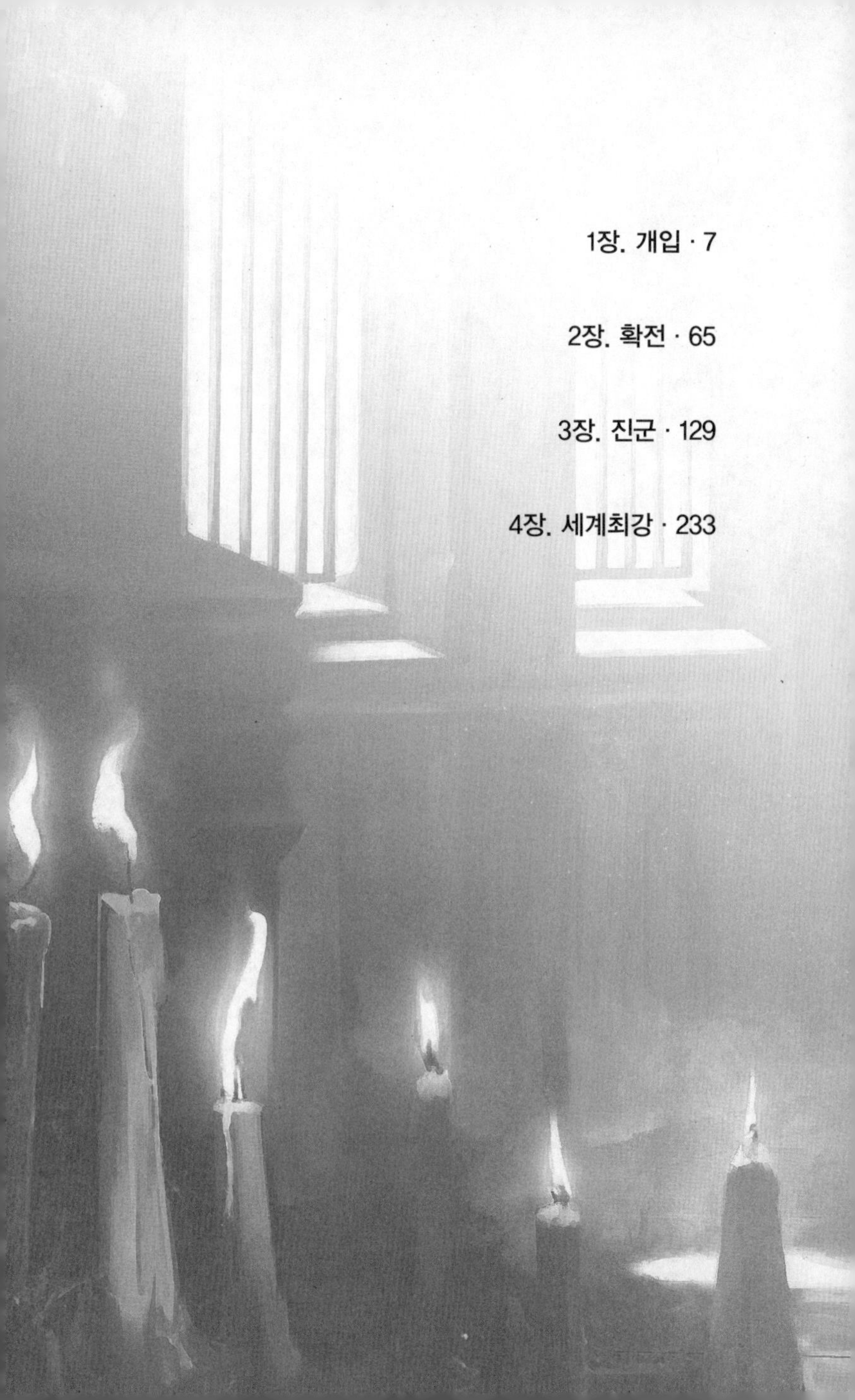

1장. **개입**

개입

페르노크가 아직 적의를 거두지 않는 자들에게 외쳤다.

"죄인을 벌하였으니, 이를 두둔하거나 저항하는 무리들에겐 엄벌을 내릴 것이다!"

"쳐라!"

기사단이 페르노크의 외침을 무시하고 항전을 개시했다.

포르라가 기른 사병답게 볼라노 후작이 죽었음에도 전의를 상실하지 않았다.

참으로 갸륵하나 몇 명은 플레미르에게 넘겨주기 위한 공물로 살려 둬야 했다.

"너희들은 병사들을 제압하고, 백성들이 혼란스럽지

않도록 진정시키도록."

"예!"

길드장들이 각기 나뉘어 성루와 성내를 파고들었다.

따라붙으려는 기사단을 검격 한 번에 절반이나 갈라 버렸다.

"증거물을 빼돌릴 생각을 하면 안 되지."

"페르노크 왕자! 당신은 반드시 오늘을 후회할 것이오!"

"하하하하! 기세는 좋다만, 플레미르는 생각보다 훨씬 엄한 사람이야. 그런 태도는 고문을 견디고 난 뒤에 보여줘. 그럼 혹시 아나? 너의 식솔들은 노역형에서 빼 줄지도?"

"캬핫!"

기사단장이 일대의 지형을 뒤흔들며 압박해 오자 페르노크가 가볍게 돌덩이를 박차고 허공에서 바람을 응집시켰다.

펑!

기사단장 눈앞에서 터진 바람이 온몸을 휩쓸었다. 팔과 다리가 한 짝씩 떨어져 나가며 기사단장이 바닥을 굴렀다.

그리고 남은 기사단의 목을 친 후 페르노크가 조사단원에게 말했다.

"이자도 데려가고, 성내의 증거물은 사람을 보내서 챙

겨 가도록 해."

"예."

"나는 다음 행선지로 향하겠다. 몇 명 따라올 거지?"

"한 명, 발 빠른 자를 엄선해서 붙이겠습니다."

페르노크가 고개를 끄덕이며 두 사람을 호출했다.

"살리오, 엔리!"

성루를 정복한 두 사람이 빠르게 내려왔다.

"이곳의 상황이 퍼지기 전에 포르라 일파의 귀족들을 잡아 와라."

"전부 말입니까?"

"그래, 한 명도 빠짐없이."

"알겠습니다!"

살리오와 엔리가 지도를 나눠 받으며 길드원을 이끌고 성을 빠져나갔다.

포르라 일파엔 영지를 가지지 못한 남작들이 꽤 많다.

그들은 이곳저곳을 오가며 포르라의 온갖 잡다한 일들을 처리해 주곤 한다.

포르라의 목을 칠 만한 핵심적인 증거를 가지지 않은 심부름꾼에 불과하지만, 그들을 수도로 압송하는 것 자체에 큰 의미가 부여된다.

'볼라노 후작을 기점으로 포르라 일파가 붕괴한다.'

걷잡을 수 없이 불어난 혼란은 정국을 집어삼키고 새로운 영지의 주인을 가리는 다음 단계로 넘어간다.

그때, 플레미르는 은퇴한 귀족들을 모아 잠시 그 영지를 맡길 생각이다.

하여, 페르노크에게 그 사실을 귀띔한 것이다.

영지를 모두 가지고 싶다면, 절대 탈이 나지 않도록 포르라와 관련된 모든 것을 무너뜨리라고.

"조디악, 자드!"

"예!"

"너희는 나를 따라 다음 성으로 향한다! 총 네 곳의 영주들을 모두 붙잡아 수도로 압송해야 하니, 민심을 추스를 자들만 엄선하여 따라오도록!"

"알겠습니다!"

페르노크는 한술 더 떠서 그 영지가 공석이 된 이후의 상황까지 사전 작업을 치기로 결심했다.

가뜩이나 지금 그의 북부 영지들이 백성들 사이에서 낙원처럼 소문이 퍼지고 있다.

볼라노 후작령을 비롯해 포르라 일파가 가진 영지를 습격하고, 소문처럼 온화한 인상을 백성들에게 심어 준다면 이후 그 영지를 가졌을 때의 상황이 몹시 편리하다.

"약품을 다 챙겼습니다!"

"그 볼라노 후작처럼 반항하면 어떻게 합니까?"

페르노크가 말에 올라타며 단호히 답했다.

"죽여."

조사단원을 내려 보자 그가 고개를 끄덕였다.

"우린 협회의 대행이자, 플레미르 공작의 요청을 받아 나라의 질서를 되잡는 중이다. 다른 골치 아픈 것들은 신경 쓰지 마. 오직 의뢰에만 집중해라. 나는 왕족으로, 너희는 용병으로. 철저히 역할을 분담해서 임하면 남은 곳들은 자연스레 너희들이 가지게 될 거야."

"그거 아주 달콤한 말이군요!"

"빨리 갑시다, 왕자님!"

페르노크가 고삐를 잡아 쥐었다.

"포르라가 왕도에 도착했을 땐, 모든 상황이 정리된 상태여야 한다! 가로막는 건 죄다 부숴 버려!"

"예!"

페르노크를 앞세운 200의 마법사들이 다음 성으로 향했다.

* * *

도드리오 백작은 난데없는 시위에 화들짝 놀라고 말았다.

"볼라노 후작과 포르라 왕자에게 불법 무기를 대량 제조하여 납품한 사실을 인정하는가!"

"그게 무슨 말입니까, 페르노크 왕자님!"

"불법 사병 관련 장부들이 지금 플레미르 공작 손에 있다. 나는 협회와 왕국의 대행으로 지금 죄인들을 압송할

권한을 위임받았으니, 그대는 두 가지로 답하라. 행하였
는가, 모른다고 발뺌하겠는가."

불법 사병 육성은 포르라 파벌의 핵심 전력 증강 요소
중 하나였다.

당연히 도드리오 백작은 철광산을 이용해 우수한 품질
의 병장기를 몰래 **빼돌려** 왔다.

포르라가 상단을 활용해서 장부를 조작해 왔기 때문에
나라에선 이 사실을 모른다.

"도통 무슨 말을 하는지 모르겠군요! 지금 사병들을 끌
고 와서 성을 점거한 이 상황을 어떻게 수습하실 겁니까!
왕자님!"

도드리오 백작이 당당하게 나오자 페르노크는 피식 웃
으며 검을 빼 들었다.

"지금부터 저항하는 놈들은 모두 죽일 것이고, 순순히
무기를 내려놓고 항복하는 자들에겐 자비를 베풀 것이
다."

"왕자님! 포르라 왕자님께서 결코 이 사실을 묵과하지
않을 것입니다!"

도드리오 백작이 노하여 소리친 순간이었다.

바람이 눈썹을 휘날리는가 싶더니, 어느새 페르노크가
자신 앞에 우뚝 서 있었다.

이곳은 성루였다.

그 먼 거리를 단숨에 좁힐 때까지 어느 누구도 반응하

지 못했다.

"마도사가 어째서 나라의 기둥이라 불리는지 전혀 모르는 모양이군."

"기사……!"

시린 날이 성루를 훑었다.

무기를 당당하게 뽑아 든 기사들이 단칼에 절반으로 갈라졌다.

"네깟 놈과 노닥거릴 시간 없어."

도드리오 백작이 입을 열기도 전에 다시 한번 검이 성루를 쓸어 넘겼다.

성루에서 시작된 결이 성문에 이르러 폭발하였다.

콰아아아앙!

무너져 내리는 성문에 병사들이 정신을 차리지 못하자 조디악과 자드가 빠르게 진입했다.

그리고 주저앉은 도드리오 백작의 목에 검을 겨누며 페르노크가 고했다.

"사지를 베어 줄까?"

도드리오 백작이 흰 거품을 물며 눈을 까뒤집었다.

기절한 그를 길드원들이 묶었고, 페르노크는 주위를 둘러보았다.

병사들이 한순간에 펼쳐진 상황을 경악하거나 멍한 시선을 보내며 갈피를 못 잡고 있었다.

"나는 페르노크 왕자다! 오늘 죄인을 압송코자 온 것뿐

이니, 행여 영지전을 염려하여 충돌을 걱정하는 자가 있
거든 무기를 내려놓고 가족에게 돌아가도록!"

웅성거림은 오래되지 않아 사라졌다.

도드리오 백작이 수레에 거칠게 처박히는 모습을 본 병
사들이 무기를 내려놓고 성벽을 내려갔던 것이다.

페르노크는 굳이 그들을 쫓지 않았다.

이제 그들은 산 증인이 되어 페르노크의 자비를 널리
퍼트려 줄 테니까.

페르노크가 병사의 창을 들고 서쪽으로 고개를 돌렸
다.

서걱!

몰래 빠져나가려는 전령의 등에 창을 꽂아 죽이고 조디
악에게 명했다.

"다음 성으로 향하겠다. 정보가 새어 나가지 않도록 엄
히 단속하도록."

"예!"

조사단원은 쉬지도 않고 움직이는 페르노크가 경이로
웠다.

아무리 그들의 권한을 대행한다고 해도 그의 행동은 조
사단의 상식을 벗어났다.

단호하며 빠르게 일을 마무리 지으니, 발길 닿는 성 모
두가 그 앞에 함락되었다.

'성벽이 단순한 담벼락에 불과해. 이게 마도사인가.'

조사단원은 성벽을 가루로 만들어 버리는 페르노크의 위용에 혀를 내둘렀다.

세계에 크고 작은 분쟁이 사라진 지 수십 년이 흘렀다.

마도사들 간의 전투를 직접 볼 기회가 없을뿐더러, 나라의 기둥이라 불리는 이유가 희미해져 갈 무렵, 페르노크의 무용은 마도사들의 실체를 확연히 깨닫게 만든다.

수백의 병력도, 기사단도, 굳건한 성도 마도사의 일격을 감당하기 버거웠다.

전장의 판도를 단신으로 뒤바꿀 수 있는 마도사의 위용이 삽시간에 포르라 일파를 쓸어버렸다.

'플레미르 공작님이 페르노크 왕자님과 함께한다면 왕궁의 마도사도 두려워할 필요가 없을 텐데.'

어느새 조사단은 페르노크에게 필요 이상의 호의를 보이고 있었다.

그의 일 처리가 굉장히 깔끔하고 단호해서 권력을 탐하는 왕족들과 결이 다르다고 느끼기 때문이었다.

마지막 성을 쳐 낸 페르노크가 검을 회수하며 돌아보았다.

"내성의 자료를 모두 가져가게. 그리고 수도에서 사람을 보낼 때까지는 내 사병들로 이곳들을 관리하겠네."

본래, 성에서 자체적으로 해야 하는 일이다.

특히나 병사들과 관료들을 어느 정도 남겨 둔 만큼 외적의 침입이 없는 이상 페르노크의 사병을 둘 필요가 없다.

하지만 부조사단장은 이런 요구가 올 경우 반드시 이렇게 대하라고 언질해 뒀었다.

[페르노크 왕자님께서 바라시는 것은 최대한 수용하도록 해라. 그것이 규칙에 어긋나지 않는 선이라면, 공작님께서도 기꺼워하실 것이다.]

왕국에서 유일하게 중립을 유지하던 플레미르가 다른 왕족들의 실태를 마주하고 치를 떨기 시작한다.

페르노크 또한 깨끗하다고 말할 수는 없으나, 적어도 플레미르가 바라는 '질서'에 어느 정도 적합한 자라고 판단한다.

플레미르가 확실한 뜻을 밝히진 않았다.

하지만 그 미묘한 기류를 조사단은 모두 인지하고 있었다.

"왕자님께서 부담되시지 않으신다면, 성들의 관리를 부탁드리겠습니다."

"공작에게는 내 따로 감사를 전하도록 하지."

"오히려 저희가 감사드릴 일입니다. 왕족을 적으로 만드는 일임에도 앞장서서 정의를 추구하신 그 용기를 공작님께서 환호하실 겁니다."

"하하, 다른 조사단원들은 무뚝뚝한데 자넨 조금 다르군."

"이자벨이라고 합니다."

"기억해 두지. 그럼 좋은 소식 기대하겠네."

조사단원 이자벨이 고개를 꾸벅 숙이곤 페르노크가 포박한 백작들을 수레에 실었다.

고레벨 마법사를 함께 붙여 수도로 떠나보낸 후 페르노크는 곧장 성주가 사라진 성들의 민심을 장악해나가기 시작했다.

"나는 이 나라를 좀먹는 죄인을 압송했을 뿐이다! 너희들은 안심하고 생업에 종사하여, 부족한 것이 있거든 성으로 돌아와 내게 이르거라! 내 기꺼이 모든 지원을 아끼지 않을 것이다!"

처음엔 반신반의하던 백성들도 병사들이 무사히 돌아오자 페르노크를 믿기 시작했고, 북부 영지의 낙원 같은 소문을 떠올리며 그의 명을 받아들였다.

성벽이 무너져 내렸지만 백성들의 미소는 진해졌다.

곤궁한 살림이 페르노크가 가지고 온 보급품 덕분에 나아지자, 오히려 떠나는 그를 붙잡고 놓아주지 않으려 할 정도였다.

"이리 가시면 저희는 어찌합니까!"

"왕자님! 기다리고 있겠습니다!"

다시 이 성을 거머쥘 날을 기다리며 페르노크는 부정해 보이는 자들을 모두 처단했다.

성의 근간인 백성들의 민심을 확보했고, 청렴한 관료들

을 남겨 향후에 빠른 속도로 성을 정비할 준비를 갖췄다.

이제 남은 건 이 성을 거머쥘 자들의 회유뿐이다.

* * *

한 달 만에 왕국으로 돌아온 포르라는 플레미르를 다시 마주해야 했다.

"왕자님, 불법 사병 및 자금 횡령과 더불어 전쟁고아들을 납치하고 감금하여 마법 협회의 인체실험 제물로 팔아넘긴 점. 그 외…….."

플레미르가 일일이 입에 담기도 힘든 말들을 간신히 삼켰다.

"……왕족의 긍지를 저버린 저열한 짓들을 참 많이도 저지르셨군요."

"공작!"

"포르라 알 일루미나!"

플레미르가 눈을 부릅뜨자 포르라가 몸을 흠칫 떨었다.

"아무리 왕위에 눈이 멀었기로서니, 단순히 자금을 제공하는 걸 넘어 반슈타인과 실험의 협력으로 백성까지 팔아넘겼단 말인가!"

플레미르가 검집을 내리찍자 포르라와 병사들은 균형을 잡지 못하고 넘어졌다.

마도술 진동을 다루는 플레미르의 위압이 포르라를 무겁게 내리찍고 있었다.

"네 아버지도 다른 나라와 손을 잡을지언정 이런 더럽고 추잡한 짓거리는 하지 않았다!"

"고, 공작! 아, 아니 숙부! 무언가 착오가 있는…….”

"닥쳐라! 이미 네놈의 파벌들을 모두 수도로 압송하였다! 모든 죄가 명백히 가려지기 전까지 너는 한낱 죄인일 뿐이며, 왕족의 권한을 모두 박탈하겠다!"

"……관망자의 도를 지나치셨습니다!"

"이미 여왕께 허락받았다.”

"어머니가…… 나를……?"

　당황하는 포르라에게 플레미르가 싸늘한 시선을 던졌다.

"협회와도 관련된 사안이다. 중립을 주장한 여왕께서 네놈을 자식이라 감싼다면, 나 또한 참지 않겠다고 말씀드렸지.”

"……!"

"신임 협회장이 모두 협조했다. 증거가 명백하여 차마 입에 담기도 힘들 정도로 구역질이 나는구나!"

　조사단원들이 포르라와 병사들을 포위했다.

"왕족들이 경합 중에 처형당한 경우가 종종 있었지. 네가 그 선례를 답습할지, 아니면 이번에도 꼬리를 자르고 빠져나가 그 잘난 왕족의 특권을 이어 나갈지 어디 한번

나랑 해 보자꾸나."

"이럴 순 없습니다! 나는 경합을 치르는 정당한 왕위 후보자란 말입니다! 지금 숙부의 행동은 왕위 계승을 어지럽히는 행위라는 걸 모르신단 말입니까!"

"오직 이 나라의 질서를 바로잡는 것만이 네 아버지께서 내게 부여한 사명이다. 내가 왜 공작으로 남아 있는지 진정 모른단 말이냐?"

왕궁의 마도사와 더불어 일루미나의 기둥이라 불리는 플레미르.

세대를 거쳐 감에도 공작으로 남아 있는 이유는 전대 왕이 보증한 판결권에 있었다.

일루미나는 경합을 벌일 때마다 공작이 부정한 행위를 감독하는 역할을 맡아 왔고, 왕이 죽은 지금 플레미르의 권한은 한층 더 높아졌다.

"내가 마음먹고 한쪽에 힘을 실어 줬다면, 이미 여기 오기 전에 내가 직접 죽였을 것이다."

포르라의 안색이 창백하게 질렸다.

플레미르에게 잘 보이기 위해 어려서부터 착한 조카 노릇을 해 와서 알고 있다.

단호해진 그는 외부의 어떤 압력이 들어와도 절대 뜻을 굽히지 않는다.

"아, 안 돼. 난 이제 막 단서를 찾아가고 있었다고……."

"압송해라!"

조사단원들이 포르라와 사병들을 왕궁 안으로 끌고 갔다.

"놔라! 내가 이 나라의 왕자다! 왕위 후보자란 말이다 아악!"

포르라의 절규가 내성을 뒤흔들었다.

마법 협회를 등에 업고 비상하던 새가 나락으로 떨어질 때까지 경합이 시작되고 채 반년도 걸리지 않았다.

그리고 포르라 파벌이 사라진 그 자리를 페르노크의 세력이 빠른 속도로 갉아먹기 시작했다.

* * *

포르라 파벌이 한순간에 몰락했다는 소식이 세계를 뒤흔들었다.

일루미나에 많은 이목이 쏠린 지금, 유력한 왕위 후보자의 탈락은 자연스레 선두 주자들을 부각시키는 효과로 작용했다.

특히, 율리아나는 포르라 파벌의 실각으로 가장 큰 이득을 보게 되었다.

반스가 수도에서 온갖 조사를 받는 만큼, 상대적으로 대외 활동이 많은 율리아나가 조력자들을 포섭하는데 가장 유리한 판이 깔렸다고 판단한 것이다.

실제로 율리아나는 포르라 파벌과 적대적인 관계를 취

했던 자들을 포섭해 나갔다.

기존 포르라의 상단을 철저히 배척하면서 그 자리에 다른 상단을 채워 넣고 그들의 지지를 이끌어 냈다.

'아무리 무력이 뛰어나도 자금이 뒷받침되지 않으면 곤욕을 치른다. 군량미 사건이 다시 일어나지 말란 법은 없지.'

그 상단들 중엔 페르노크가 심어 놓은 리오의 상단도 포함되어 있었다.

그 사실을 모른 채 율리아나는 리오의 상단이 가진 보급품의 풍족함을 기껍게 받아들였다. 그리고 신임 마법 협회장과의 자리도 순조롭게 추진했다.

"율리아나 알 일루미나라고 합니다. 마법의 탐구자, 루인 아그네스 님을 뵙게 되어 영광입니다."

"늙은이 얼굴에 금칠은 되었습니다. 반슈타인과 관련해서 내게 들려줄 말이 있다고요?"

"저희 선단과 협회를 농락한 범인이 같다고 생각하여 지혜를 나누고자 합니다."

"일루미나? 아니면 타이르의 판단입니까?"

"일루미나에서 지금 반스와 포르라에 대한 조사가 들어간 것을 알고 계실 겁니다."

"포르라 왕자의 체포는 우리 협회에서도 의뢰했으니 아주 잘 알고 있지요."

"처음부터 포르라와 반슈타인의 관계는 끈끈했습니다.

그 둘 사이에 별다른 문제가 없다면, 우리와 협회를 노릴 만한 세력은 어디일까요?"

"라키스를 말하는 것입니까?"

율리아나가 웃으며 고개를 끄덕였다.

"처음엔 천공만으로 라키스를 범인이라 보지 않았습니다. 의심하고 주의만 높였을 뿐이지요. 하지만 포르라가 실각하고 반슈타인 협회장의 죽음으로 구도가 명확해졌습니다."

"그렇소. 반슈타인의 자작극일 가능성도 배제할 수 없었지만, 그가 죽었으니 이제 미약한 가능성마저 사라진 거겠지. 하지만 말입니다. 우리 쪽에선 마법사들의 마력과 마법이 사라진 상황을 타이르의 짓이라 생각하는 자들이 적지 않은데……."

"원한다면 마도사를 삼키는 마법사를 소개시켜 드릴 수 있습니다. 저흰 결백합니다."

루인이 고개를 끄덕이며 왼쪽 구석으로 시선을 돌렸다.

"저자입니까?"

그러자 그림자를 등진 가면의 남자가 나타났다.

'과연, 왕자님께서 눈여겨볼 만하군.'

지닌 마력은 고작해야 5레벨에 불과하다.

하지만 심장을 기점으로 알 수 없는 흉흉함이 전신으로 뻗치고 있다.

마도사급이어야만 그 정체를 느낄 수 있다.

'마력이 육체의 한계를 넘어 급속도로 상승하는 특이 체질.'

그 마력을 형태화시켜 공격하는, 굉장히 껄끄러운 타입이었다.

얀은 그야말로 혼자서 수십만 대군을 상대할 수 있는 가능성을 품에 지니고 있으니까.

"전임 협회장에겐 얀을 소개하지 않았습니다."

"굳이 내게 소개한 건, 경합에 힘을 보태 달라는 뜻으로 해석해도 되겠습니까?"

"그래 주시면 감사하지만, 협회장님께선 일루미나의 왕족들에게 상당한 혐오감을 가지고 계시다고 들었습니다. 무리한 부탁은 드리지 않겠습니다. 공동의 적을 견제하지 않으시겠습니까?"

"허허허허, 라키스를 경계해 달라?"

"타이르에 협회 지부가 다시 정상적으로 돌아가도록 조치하겠습니다."

"대신, 그쪽은 최전선 기지 구축에 탄력을 받겠군요."

루인이 싱긋 웃자, 율리아나도 마주 웃으며 답했다.

"정확하십니다. 서로의 적을 경계하며 손을 잡아 앞으로 나아가는 것만이 국가와 세력의 오해를 불신시킬 좋은 방안이라 생각됩니다."

"13작을 감당할 자신이 있습니까?"

"얀은 불가능을 가능케 하는 존재입니다."

"허허, 젊은이들의 자신감은 언제 봐도 무모하고 찬란해 보이는군요."

루인이 얀과 시선을 마주쳤다.

타고난 재능에 체질이 합쳐져 완성된 타이르의 보물.

'S2에 이르기는 어렵겠지만, 13작의 하위들에겐 꽤 타격을 입힐 수 있겠어.'

페르노크도 다른 세력을 규합 중이다.

라키스가 본격적으로 13작을 투입시키기 전에 시선을 돌려 줄 세력이 있다면 환영할 것이다.

"라키스와 적대적인 관계를 드러내 보일진 확신할 수 없습니다. 협회는 새롭게 정비 중이고, 라키스 쪽에서도 사람을 보내오니까요. 하지만 향후 채굴장이나 선단 같은 상황이 발생하지 않도록 타이르와 좋은 관계를 이어 나가고 싶군요."

"함께해 주시는 겁니까?"

"단, 타이르에서 협회가 배척받았던 만큼 예전의 관계를 돌려놓는 데 최선을 다하셔야 할 겁니다."

"걱정하지 마십시오. 오늘부터 타이르는 물론 일루미나에서도 협회의 영향력이 커져 나갈 테니까요."

"허허허, 말이 잘 통해서 기쁘군요. 제 직통으로 연락할 수단을 남겨 놓겠습니다. 최전선에 문제가 발생한다면 바로 연락 주십시오."

혹여, 13작이 걸려든다면 타이르의 이름을 빌려 얀과 함께 제거할 수 있을 테니까.

율리아나는 지금 자신이 라키스를 견제하기 위한 수단으로 이용된다는 사실을 전혀 모른다.

'눈앞에 보이는 힘에 취하는 자들은 빠르게 무너지곤 하지.'

열정이란 말로 포장된 욕망을 서슴없이 드러내며 루인의 힘을 탐하려는 율리아나처럼 말이다.

'이자 또한 왕의 그릇은 아니야. 하면, 반스는 왕자님께서 어찌하실꼬.'

반스는 직접 처리하겠다는 페르노크의 말을 떠올리며 루인이 자리에서 일어났다.

직접 마주한 율리아나의 역량이 크게 우려될 정도가 아니어서 앞으로 '리오'에게 맡겨도 된다는 확신이 들었다.

"모쪼록 타이르의 바람대로 최전선 기지 구축이 잘되었으면 합니다."

"협회장님의 감사한 말씀을 전하께서도 감사하게 여기실 겁니다."

루인이 싱긋 웃으며 율리아나와 손을 마주 잡았다.

* * *

페르노크는 볼라노 후작령을 비롯해 다른 백작령의 차

기 영주로 거론되는 인물들을 만나고 있었다.

전대 왕의 죽음 이후 자리를 내려놓고 물러난 충신에게 페르노크가 서슴없이 말했다.

"이번 포르라 왕자의 사태로 공석이 된 영지는 아마 그대의 것이 될 테지."

노년의 후작이 수염을 쓸어 넘기며 답했다.

"정치에서 멀어진 지 오래됐습니다."

"개입하면 누가 죽인다고 협박이라도 했나?"

"선대 때부터 이어져 내려온 관습과도 같은 것 아닙니까."

"무서워서 도망친다기엔 마력이 날카롭게 다듬어져 있군."

달리오 후작은 7레벨의 마법사였고, 성에서 각종 행정 업무를 총괄해 왔었다.

영지 하나 받지 못하는 것이 이상할 정도로 명망 높은 후작의 치명적인 단점은 작위를 물려줄 가족이 없다는 점이다.

전대 왕의 경합 때, 그의 가족은 상대 파벌들에게 죽고 말았다.

그 분노로 누구보다 상대 왕족들의 처우를 독하게 몰아치던 사람이다.

새로운 왕위 후보자들이 나타난 지금 달리오 후작은 미련 없이 왕성을 떠났다.

파벌들 간의 다툼에 끼고 싶지 않다는 단호한 뜻을 내비쳤지만, 마력은 거짓말을 하지 않는다.

　아직 현역에 뛰어들어도 나쁘지 않을 실력자다.

　"자구책 하나 정도는 가져도 좋지 않겠습니까."

　"공작이 제안을 해 올 걸 염두하고 있군."

　"전혀요. 왕자님께서도 아시다시피 저는 영지를 물려줄 누구 하나 없습니다. 아무리 영지를 잘 가꿔 놓아 봐야 결국 다른 자가 제가 이룬 것을 빼앗아 대를 이어 나가겠지요."

　"세습이 걱정이라면 내가 해결해 주지."

　"예?"

　"양자를 들이게. 무려 6레벨의 마법사일세."

　달리오 후작의 미간이 꿈틀거렸다.

　"설마, 용병을 말씀하시는 겁니까?"

　"하하하. 관심 없다더니 아주 잘 알고 있군."

　"듣고 싶지 않아도 근래 왕자님의 소문은 일루미나를 진동시키고 있습니다. 그 휘하 길드장들까지 말이지요."

　"그럼 긴말 않지. 정중하고 예의를 갖춘 실력자에게 자네 성을 내려 주시게."

　"아무리 왕자님이라도 지켜야 할 선이 있습니다."

　"그럼 달리오라는 성을 이대로 사장시키려고?"

　"그건……."

　"자식도 없고 일가친척도 없는 자네가 죽으면 달리오

는 사라지게 된다. 하지만 적어도 내 제안을 받아들인다면 달리오라는 성은 나와 함께 빛나게 될 거야. 볼라노 후작령을 세습하면서 말이지."

달리오 후작은 쉽게 입을 열지 못했다.

달리오라는 성은 선조 대대로 일루미나의 역사와 함께한 자긍심이 있다.

그것이 전대 왕을 선택한 대가로 사라지게 된다면 죽어서 선조를 뵐 면목이 없다.

"내가 거절하면 죽일 것이오?"

"내가 왜? 어차피 당신은 새로운 영주가 정해질 때까지 볼라노 후작령을 임시로 통치하게 될 거야. 그리고 적당한 인선이 결정되면 다시 초야에 묻히겠지. 시한부 인생을 내가 뭣 하러 걱정해."

페르노크가 웃으며 흔들리는 달리오의 눈동자를 응시했다.

"자네가 거절해도 난 상관없어. 반드시 볼라노 후작령을 가질 테고, 자네 다음의 인선은 반드시 내 심복이 될 테니까."

"하면, 어찌하여 내게 이런 제안을 하는 것이오?"

"행정 관련 업무에 상당히 능통하다고 들었어. 그 재능을 내가 사고 싶은데?"

"양자를 들이는 것으로?"

"당신은 달리오의 성을 계속 이어 나가게 되고, 나는

볼라노 후작령과 행정 업무에 지식을 얻는다. 괜찮은 거래 아닌가."

"하지만 그자는 우리 가문의 후계가 아닌 당신의 심복이오."

"피는 세대를 거치며 옅어지기 마련이다. 하지만 이름은 영원히 남는다. 달리오에게 그만한 가치가 없다고 생각하나?"

"그건……."

"내가 무너뜨린 성의 영주 후보자들을 지금부터 하나하나 찾아갈 것이다. 그리고 지금처럼 비슷한 제안들을 하겠지. 씨가 끊긴 자들에겐 양자를. 관계를 깊이 맺고 싶은 자들에겐 데릴사위라도 들이게 하여 공고한 인연을 구축할 생각이다."

"……전대 왕과는 전혀 닮지 않으셨군요. 그분은 페르노크 왕자님처럼 독한 면모가 전혀 없으셨습니다."

"나를 버린 자를 아비라 부르지 않지. 엮이고 싶지도 않고. 하지만 아둔한 작자에게 너무 좋은 인재들이 붙어 있었어."

페르노크가 자리에서 일어났다.

"가문의 이름을 안고 역사에서 사라질지, 내 손을 잡고 후세에 영광을 누릴지. 플레미르의 제안이 올 때까지 잘 생각해 보도록."

그리고 페르노크는 침묵이 내려앉은 저택을 떠났다. 차

기 영주 후보로 거론되는 재야의 인사들을 만나 다양한 제안을 건넸다.

달리오 후작처럼 극단적인 경우는 많지 않아서 대부분 정략결혼에 관련된 것으로 얘기가 진행되었다.

사전 작업을 끝내 놓고 공석이 된 후작령과 백작령의 처우 논의가 플레미르 주도하에 진행되었다.

플레미르가 경험과 인망 그리고 통치라는 점을 고려하여 초야에 묻힌 자들을 후보로 올렸다.

모두 반대하지 않았다.

어차피 전대 왕의 사후 정치가 두려워 물러났던 사람들이다.

소속 없는 자들에게 자신들이 손을 내밀면 반드시 응할 거라는 자신감이 있었기 때문이다.

하지만 그들의 표정이 일그러진 건, 그리 오래 걸리지 않았다.

"뭐? 달리오 후작이 누굴 양자로 들여?"

"용병입니다. 자드라는 A급 길드장……."

"이런 미친 작자를 보았나! 용병을 양자로? 용병을!?"

다른 백작령을 통치하게 된 귀족들도 마찬가지였다.

페르노크의 심복들과 연을 맺기 시작했다.

그들 입장에서 페르노크는 명망 높은 S급 길드장이었고, 유일하게 경합에서 혼란을 피하고 있으며, 누구보다 세력을 갈구하는 자로 보였기 때문이다.

지금 페르노크 옆에 자리를 잡고 함께 나아간다면 후일 큰 요직을 차지할지도 모른다는 기대가 함께 섞였다.

자신이 아닌 자식들.

손자나 손녀.

페르노크의 심복들과 정략결혼을 한다는 것은 대를 이어 영광을 누린다는 뜻으로 이어지기 마련이다.

노쇠한 정치인들은 페르노크와 손을 잡았다.

자연스레 북부의 성과 남쪽으로 올라가는 후작, 백작령까지 포함해 모든 길드장들이 자리를 차지하게 된 것이다.

플레미르는 급격히 불어나는 페르노크의 세력을 묵인했다.

'귀띔해 준 것이 전부다. 그걸 자신의 것으로 만들어 버린 게 페르노크 왕자의 역량이다.'

다른 왕족들과 달리 거침없이 나아가면서 규칙에 위배되지 않는 모순을 함께 품은 페르노크의 모습이 점점 머리에 선명해지기 시작한다.

'율리아나 왕녀의 파벌이 잠잠한 것을 보아하니, 그쪽과도 손을 잡은 듯한데, 대체 무엇을 감춰 두셨기에 이토록 자신감 넘치게 일을 추진하시는 건가.'

잠시 잊고 살았던 열정이 스멀스멀 피어올랐다.

포르라의 체통 없는 모습을 지켜보았기 때문일지도 모른다.

페르노크와 함께라면 뭔가를 해낼지도 모른다는 기대감이 솟아오른다.

'조사단까지 휘어잡고 계시는군⋯⋯.'

개인적인 감정이 들어가선 안 될 조사단 보고서에서 페르노크에 대한 호의가 묻어 나온다.

아무것도 가지지 못하여 사생아라 불리고 비참하게 버림받았던 자가, 어느새 왕국의 흐름을 뜻대로 주무르고 있었다.

* * *

그리고 급격히 부상하는 흐름을 감지한 자가 또 한 명 있었다.

일루미나의 사람이 아님에도 혼란 속에 피어오른 탐욕을 주시하는 사람.

라키스 제국의 군신이라 불리는 자.

크리스 반 아스테인.

테라스에 앉아 전령의 보고서를 훑어보던 그가 조용히 찻잔을 내렸다.

머릿속에 페르노크가 거머쥔 영지들을 거대한 경계선으로 그린 그가 나지막이 읊조렸다.

"⋯⋯머지않아 일루미나를 집어삼키겠군."

이윽고 자리에서 일어난 그가 테라스를 떠났다.

그의 뒤에 어느새 부관이 따라붙고 있었다.

"13작을 소집해라."

"안건은 무엇입니까."

크리스가 무심히 말했다.

"페르노크 알 일루미나의 처분."

* * *

라키스 제국 최고 회의, 13 평의안이 5년 만에 열렸다.

오랜만에 모인 13작이 침묵으로 일관하는 가운데, 날카로운 구두 굽 소리가 들려왔다.

귀족들의 시선이 소리를 따라 움직였다.

새까만 코트를 걸친 크리스가 상석에 앉자 무거운 중압감이 원탁을 짓누른다.

"회의를 시작한다."

사소한 안부조차 묻지 않았다.

크리스는 언제나 이런 식이었다.

정확히 핵심만 짚어 파고드는 날카로움이 귀족들을 때때로 곤혹스럽게 만들 정도였다.

하지만 오늘만큼은 귀족들도 입매를 굳게 다물고 크리스에게 집중했다.

"안건은 페르노크 알 일루미나의 처분. 그가 만들 새로운 왕조의 가능성이다."

설명을 바라는 눈으로 귀족들의 시선이 모이자, 크리스가 손가락을 튕겼다.

부관이 원탁에 일루미나의 지도를 펼쳤다.

"반스가 수도에 갇히고, 포르라가 실각할 때, 페르노크는 일루미나의 절반을 집어삼켰다. 정략결혼과 양자라는 단호한 방식을 채택하면서 귀족들을 결속시켰지."

브레이아가 손을 들어 올렸다.

크리스가 고개를 끄덕이자 브레이아가 의아한 물음을 토했다.

"그래 봐야 고작 성 몇 개 아닙니까. 결국, 왕이 된 자가 지배하겠지요."

"페르노크는 그것을 거부할 힘을 확보했다."

"힘?"

크리스가 무심히 지도를 들여다보았다.

"나라의 근간인 백성과 땅. 가장 중요한 두 가지를 이미 확보한 이상 누가 왕이 되더라도 페르노크를 건들지 못한다. 이대로 땅을 뚝 떼어 반으로 가르는 순간, 페르노크는 르젠의 지원을 받는 거대한 영토를 가지게 되는 거니까."

"끌끌끌, 걱정이 심하시군요, 공작."

음흉한 웃음소리를 따라 크리스가 고개를 돌렸다.

브레이아와 마찬가지로 S2의 마도사인 그람 후작이었다.

"반스로 하여금 무너뜨리게 하면 되지 않겠습니까."

"반스 혼자선 벅차다. 너희 중 몇 명을 붙인다 해도 힘들겠지."

딱 잘라 말하자, 귀족들이 놀란 눈을 드러냈다.

크리스가 이토록 누군가를 칭찬하는 모습을 오랜만에 봤기 때문이다.

"고작해야 S급 길드장. 마도사의 수식어를 가진 단일 세력일 뿐입니다."

"사생아에서 S급 길드장으로 거듭났고 이젠 일루미나의 절반을 삼켰다. 아무런 문제가 생기지 않은 걸 보아하니, 일루미나의 플레미르 공작도 중립을 벗어나기 시작한 것 같군."

크리스는 단호히 말했다.

"우리의 계산속에 처음부터 포함되지 않은 인망과 추진력을 모두 갖춘 마도사. 쉽게 넘겼다간 반스는 물론이고 우린 또 하나의 국경을 마주하게 될 거다."

"그건 무리한 추측이지 않습니까?"

브레이아가 조심스럽게 의견을 제시했다.

"경합이 진행되고 있습니다. 전통을 중시하는 일루미나에서 독립이라는 건, 곧 반역이란 말과 같은데. 경쟁자인 포르라가 떨어진 시점에서 페르노크 왕자가 그런 일을 벌일 거라 생각하기 어렵습니다."

"그런 일?"

"건국. 지금 공작님께서 주장하시는 내용은 그 말씀 아니십니까."

"최악을 생각하고 움직여야 한다, 후작."

크리스의 무미건조한 표정을 마주한 브레이아가 침음을 흘렸다.

"페르노크는 일루미나에서 버림받은 사생아였다. 국가에 대한 애정과 충성심은 당연히 바닥을 기고 있겠지. 그런 자에게 힘이 주어졌다. 심지어, 단서를 찾으려는 노력조차 하지 않고 있어. 페르노크는 근본적으로 반스와 다른 부류다. 반스가 왕좌를 믿는다면 페르노크는 나라의 힘이 어디에서 비롯되는지 누구보다 잘 알고 있다."

"현군의 자질이란 말씀이십니까?"

"아니."

페르노크의 영지를 힐끗 본 크리스가 단호히 말했다.

"녀석은 혼란에서 이득을 취하는 약탈자의 본질을 타고났다. 흔히 이런 자들이 폐하와 마찬가지로 시대를 주도하는 인물이라 평가받지."

"……!"

"싹을 자르던지."

"아니면 반스에서 넘어가는 것도 좋지 않겠습니까?"

그람이 웃으며 묻자 기다렸다는 듯 버킹엄 백작이 답했다.

"이제 보니 반스 왕자를 싫어하는 두 분 후작께서 새로운 패를 거머쥐고 싶으신가 보군요."

"끌끌끌, 버킹엄 백작. 누구와 손을 잡든 그것이 나라의 이익으로 연결된다면 아주 좋은 상황이지 않겠는가."

"하지만 후작님. 이는 신의와 연결된 문제입니다. 또한 일루미나의 적통은 반스가 맞습니다."

"문제는 그뿐만이 아닙니다."

상황을 주시하던 폴리오 자작이 신중하게 말했다.

"최근 타이르가 최전선에 새로운 국경을 세우고 있습니다. 그 성채가 몹시 크고 웅장하여 마도사도 쉽게 뚫지 못할 거라 자신하더군요. 거기에 새로운 마법 협회장 루인 아그네스도 신경 쓰입니다. 그자는 아직 명확한 길을 정하지 않았어요. 르젠은 자일과 살라반이 치열하게 싸우는 가운데, 성황국은 침묵하고 있습니다."

13작이 지금까지 반스에게 이름만 빌려주고 움직이지 않았던 이유.

"한 곳을 들쑤시면 다른 곳에서 라키스에 칼을 겨눌 겁니다. 물론 반스는 총명하지만, 모든 나라를 상대할 가치가 있는지 의문입니다."

"재미있군."

모두의 시선이 크리스에게 모였다.

"일루미나에 집중되었던 관심이 지금은 라키스의 동향을 살피며 언제든 공격받을 상황으로 변하지 않았나."

"……."

"이 혼란 속에서 이득을 취하는 누군가가 계속 자신에게 유리한 판을 만들어 나가고 있다. 그리고 그 불씨는 지금 일루미나에서 활활 타오르고 있지."

혼란을 주도하는 방법은 변수를 제거하는 것뿐이다.

"진군이냐, 퇴각이냐. 하나를 택해야 한다면 라키스는 지금 나아가야 한다. 그것이 폐하의 뜻이다."

패황이라 불리는 자의 위엄을 떠올린 13작이 무거운 표정으로 고개를 끄덕였다.

"다소의 위험은 감수한다. 우리 쪽의 성 하나를 내어줄 상황이 오더라도 개의치 않겠다. 우리를 위협하는 그 모든 것들에게 제국의 품위를 각인시키도록."

크리스가 귀족들을 둘러보며 무심히 말했다.

"자유를 허가한다."

* * *

모든 조사를 끝마친 반스가 한 달 만에 왕성을 빠져나왔다.

직접 배웅하는 플레미르에게 반스가 싸늘한 시선을 보냈다.

"포르라가 폭삭 주저앉았다고 들었습니다."

"지금도 조사 중입니다."

"율리아나에게 가담한 겁니까?"

"혐의가 있는 자들을 조사하고 단죄하는 것이 제가 맡은 역할입니다."

"경합을 치르는 중이잖습니까."

"그 또한 국익을 위한 일입니다. 반대되는 행위를 한다면 단호히 경질해야겠지요."

"해서, 나 또한 처벌하시겠습니까?"

"왕자님께 혐의가 없음이 밝혀졌으니, 추후 같은 일이 벌어지지 않도록 조심하십시오. 왕국의 눈과 귀가 왕자님께만 있는 것이 아닙니다."

"그 말 내 똑똑히 기억하겠습니다."

반스가 몸을 홱 돌렸다.

"끄아아아악!"

비명 소리가 고문실을 타고 반스 귓가에 꽂혔다.

'포르라가 무너지고, 율리아나는 뜻을 이뤘으며, 페르노크는 영지를 더 넓혔다.'

단서 하나 찾자고 왕성을 비운 뒤, 너무 많은 일이 벌어진 것 같아서 반스는 화가 치솟았다.

마중 나온 하인들도 마다하고 반스는 이 사건의 주모자가 누구일지 생각하며 대로를 걸었다.

저택에 돌아올 때까지도 상념에 사로잡혔던 반스는 낯선 기척을 느끼고 검병에 손을 얹었다.

"접니다, 왕자님."

"버킹엄 백작님?"

의외의 인물이 서재에 앉아 있었다.

반스가 제일 처음 라키스에서 크리스에게 소개받은 아군이었다.

"못 본 사이 많이 초췌해지셨군요. 플레미르의 심문이 다소 과했나 봅니다."

"소식이…… 라키스까지 전해진 겁니까?"

"심문을 말씀하시는 건가요?"

"자광과 관련된 모든 사안들."

"공작님께선 다 알고 계십니다. 그리고 13작들을 모두 소집하셨죠."

"평의안을 열었단 말입니까?"

"안건은 페르노크 알 일루미나의 처분. 그리고 그에 동조하거나 라키스에 적대하는 모든 세력들의 박멸. 혹은 경계와 경고."

"……!"

"지금까지 13작은 단순한 후원자 역할에 머물렀었습니다. 그 이유는 아실 테지요?"

반스가 고개를 끄덕였다.

전면에 나서서 다른 나라의 침입에 대한 명분을 주지 않기 위함이었다.

강대국들은 저마다 숨겨 놓은 무언가가 있었고, 그것은 라키스조차 예상하지 못할 변수로 작용하기 때문이다.

변수와 계속 맞부딪쳐 깎여 나갔을 때, 성황국이 라키

스를 자극할 가능성이 몹시 높았다.

결국, 지지자에 머무른 것은 일루미나를 삼키면서 동시에 라키스의 전력도 깎아 먹지 않겠다는 이익을 취하고자 함이었다.

"공작님께서 위험을 감수하기로 결정하셨습니다."

"그건……."

"13작에게 개입이 허락되었고, 자율 행동이 부여되었습니다."

반스의 눈이 찢어질 듯 커졌다.

'13작이 각자의 의지로 움직인다.'

모든 나라의 마도사들은 그 행동에 책임을 지기 마련이다.

라키스도 마찬가지다.

하지만 현 황제는 다소 예외적인 규칙을 두었는데, 그것이 자율 행동이다.

13작 각자의 판단에 따라, 제국에 이익이 되는 형태라면 전쟁을 펼치더라도 나라에서 감내하겠다는 과격한 방식.

자율 행동은 곧 전쟁에 대한 자유 권리를 부여하는 라키스만의 독특한 형태다.

"모든 나라를 적으로 돌리시겠단 겁니까?"

"혼란을 이용하겠단 뜻이지요."

"예?"

"누군지 모를 자가 이 판을 주도하고 있습니다. 명확하게 밝혀지지 않은 지금, 저희가 이름을 감추고 행동한다면 누가 누구를 의심하고 공격해 올까요?"

버킹엄의 미소를 본 반스의 어깨가 흠칫 떨렸다.

잠시 잊고 있었지만 이자 또한 13작의 일원이다.

침착함을 가장한 전쟁의 광기가 도사리고 있다.

"현재 드러난 각 나라의 변수들만 철저히 제거할 겁니다."

"일루미나에도 있습니까?"

"페르노크."

버킹엄이 씨익 웃었다.

"급부상하는 세력의 싹을 저와 남작이 처리할 겁니다. 왕자님께선 안심하고 경합에 집중하십시오."

* * *

타이르 왕국의 최전선.

완성되어가는 진지를 살펴보던 얀이 낯선 무언가를 느꼈다.

시선이 머무는 곳에 순찰병이 새하얀 가루가 되어 사라지는 모습이 포착되었다.

'마도사?'

하얀 가루가 날아온 곳은 진지에서 1킬로미터가량 떨

어진 숲이었다.

먼 거리였지만 얀은 확실히 느꼈다.

순찰병을 가루로 만든 자가 자신을 부르는 중이라고.

쾅!

얀이 망루를 박차고 숲에 뛰어들었다.

그리고 중심부에 이르자 나무까지 새하얗게 덮인 순백의 세상이 펼쳐졌다.

그 안에 새하얀 분칠을 한 광대 같은 자가 기다리고 있었다.

"타이르의 이름난 마도사는 아니군요. 그럼에도 제 마법을 정확히 역추적한 실력자라면…… 타이르에 그런 일이 가능한 사람은 마도사를 삼키는 마법사밖에 없겠지요."

"라키스에서 온 놈이냐."

"알아봐야 의미가 있을까요?"

광대, 폴리오 자작이 손뼉을 마주치자 사방에 깔린 새하얀 가루가 바람을 타고 최전선으로 날아갔다.

"어차피 들어 줄 사람도 없을 텐데."

폴리오 자작이 새빨간 입술을 길게 찢은 순간.

화아아악-!

새하얀 가루가 걷잡을 수 없이 불어나 대해처럼 얀을 휩쓸었다.

* * *

먹구름 짙은 하늘을 물끄러미 보다가 협회로 돌아온 루인이 점잖게 말했다.

"다들 이만 물러가십시오."

"예?"

"날이 좋지 않군요. 폭우가 몰아칠지 모르니 오늘은 일찍 퇴근해도 좋습니다."

"아, 예! 감사합니다, 협회장님."

협회원들이 모두 나가는 모습을 지켜본 루인은 협회장실로 올라갔다.

거적때기 같은 옷을 걸친 백발의 노인이 씨익 웃고 있었다.

"끌끌끌, 과연 협회장직은 아무나 하는 게 아니군. 그 멀리서부터 내 기척을 느꼈는가?"

"그 모습, 호박색의 눈동자, S2의 마력…… 라키스의 그람 후작인가."

"신임 협회장께서 날 알고 있어 주니 영광이구먼."

"라키스에서 무슨 일로 왔나?"

"협회원들을 빼낸 걸 보니 내가 싸우러 온 줄 알고 있군. 걱정 말게, 나는 다른 13작들과 달라서 대화라는 걸 좋아해."

그람이 어떤 마도술을 펼치는지 알려진 바가 없었다.

느닷없는 불청객을 경계하며 루인이 언제든지 마도술을 펼칠 준비를 끝마치자, 그람이 웃으며 말했다.

"자네, 페르노크 왕자를 지지하고 있지?"

"뜬금없이 무슨 헛소리지."

"협회에서 포르라를 칠 명분을 굳이 페르노크에게 준 이유가 협력 관계이기 때문 아니겠는가. 아마도, 언제 합류할지 고민하고 있을 거야. 해서, 내가 한 가지 제안을 할까 하네."

"헛소리 그만하고……"

"페르노크 왕자를 내가 도와주겠네."

루인이 마법을 발동한 것처럼 말이 뚝 끊겼다.

"사람들은 모두 라키스가 반스를 지지한다고 생각하지만 실상은 달라. 적어도 나와 브레이아는 반스를 지지하지 않아."

"……"

"의문이 가득한 눈이군. 뭐, 케케묵은 얘기긴 한데, 오래전에 내가 가졌어야 할 공작 위를 크리스가 빼앗았거든. 그때부터 나는 크리스의 행동과 반대되는 일을 좋아하기 시작했지."

"단지, 그런 이유 때문에 페르노크 왕자를 돕겠다고?"

"폐하께서 이번 경합에 가장 큰 공을 세운 자의 작위를 높여 주겠다고 약속하셨네. 한데, 반스에게 13작의 대부분이 몰리지 않았나. 내가 왜 공을 바보 같은 놈들과 나눠야 하지?"

그람이 고개를 저었다.

"차라리 다른 자를 택해서 라키스에 이익이 되는 쪽으로 연결시킨다면, 그 공을 내가 혼자 독차지할 수 있지 않겠나. 그런 면에서 페르노크 왕자는 아주 이상적인 인물이야. 모든 세력이 결정난 판을 혼자서 뒤흔드는 잠재력을 보여 주고 있으니까. 오죽하면 그 크리스가 페르노크를 극찬할까."

크리스가 페르노크를 지목했단 말에 일순 루인의 심장이 철렁거렸다.

세계 최강의 마도사가 페르노크를 인식하고 있다는 사실을 어서 알려 주고 싶었다.

하지만 그람의 제안이 무척 매력적이라 쉽게 떨어뜨리기 어려웠다.

"결국 그대 또한 13작의 일원인 것을. 이미 결정난 사항을 어찌 돌리겠다는 건가."

"13작의 자율 행동이 부과되었네. 그건, 국가의 이익이 되는 일이라면 뭐든지 해도 상관없다는 뜻이야. 나는 페르노크 왕자와 손을 잡고 서로의 이익을 위해 힘써 보고 싶네. 크리스를 몰아낼 순 없어도, 새로운 공작이 한 명 더 탄생하는 순간을 맞이할 수 있지 않겠나!"

그람이 두 팔 벌리며 자리에서 일어났다.

희열 섞인 미소 속에 드러난 감정은 분명 질투였다.

"내가 그 말을 어찌 믿지?"

"뭐든지 말만 하게. 내가 함께할 뜻이 있는 사람이란 걸 증명하겠나."

루인이 싸늘하게 물었다.

"13작의 목 하나를 가져온다면 생각해 보지."

"오……."

헛소리에 불가능한 말로 응수했지만, 그람은 오히려 씨익 웃었다.

"그거면 되겠나?"

국가의 이익이 자기의 이익으로 연결되는 탐욕을 서슴 없이 드러내는 집단.

세상은 13작을 일컬어 광기라고 불렀다.

* * *

루인은 쉽게 입을 열지 못했다.

느닷없이 찾아와 13작을 죽여 주겠다는 저의를 어떻게 해석해야 한단 말인가.

긴장하는 루인을 그람이 웃음으로 마주했다.

"13작은 모두 퍼졌고, 전쟁은 동시다발적으로 펼쳐진 다네. 절대 도망칠 수 없어. 살고 싶다면 내 흐름에 올라 타게."

"모든 나라를 적으로 돌리고 살아남을 수 있을 거라 생각하나?"

"끌끌끌, 그러니 위험을 감수하겠다고 하지 않는가."

그람이 손가락 하나를 들어 올렸다.

"성 하나."

"뭐?"

"성 하나에 국가 한 개."

"……!?"

"우리 군신께서는 모든 나라를 정벌하는 대가로 성 절반도 잃을 각오를 하고 있지. 끌불견이라고 보지만 불가능하다고 생각되지 않아. 지금 이 세계에서 누가 크리스를 막을 수 있지? 성황국의 대신관? 모든 나라의 연합?"

그람이 웃으며 고개를 저었다.

"어림도 없지. 라키스는 결코 물러서지 않아. 유일한 기회라면 크리스가 직접 참전하지 않는 이때. 아직, 반스를 믿고 힘을 실어 주려는 이 순간뿐이네."

"13작이 모두 파견된 마당에 그 수장이 가만히 있을 리가 없을 텐데?"

"끌끌끌, 무력으로 해결하려 했으면 진즉에 직접 군사를 이끌고 찾아왔겠지. 하지만 크리스는 무의미한 전쟁을 좋아하지 않아. 희생을 최소화시켜 압도적으로 이기는 방법을 선호하지. 그게 타국의 인재를 이용하는 길이라면 더더욱 환영하고."

"13작이 모두 죽는다면?"

"그땐 명분이 없지."

그람이 씨익 웃었다.

"자네와 내가 서로 힘을 합쳐 페르노크를 왕위에 올리고 반스는 죽어 있을 텐데, 내가 제국에서 새로이 공작에 올라 입김 한 번 불어 넣으면 크리스가 멋대로 출병할 수 있을까?"

"……"

"오, 이제야 판단이 서나 보군."

그람의 말은 실로 명쾌하게 해석되었다.

13작하고 부딪치는 건 피할 수 없는 수순이다.

결국, 그들을 죽이게 된다면 크리스는 직접 참전하게 된다.

하지만 여기서 그람을 페르노크에게 붙여 공을 세우게 한 뒤에 제국의 공작으로 만들어 준다면, 내부에서 크리스의 출병을 견제해 줄 수 있다.

"13작을 순식간에 정리하고 크리스가 나오기 전에 페르노크를 왕좌에 올린다. 정말 간단하지 않나?"

하지만 그 상상이 현실로 되기 위해선 보다 많은 무력이 필요하다.

미친 사람처럼 굴고 있지만, 그람은 어지러운 형국에서 최선이 되는 방향을 뜻대로 주무르려 한다.

루인이 페르노크였다면 바로 혹했을 정도로 치밀하고

매혹적인.

'모사꾼.'

뱀의 혓바닥처럼 요사스럽게 입을 놀려 간계를 꾸민다고 알려진, 크리스 이전의 군왕이라 불리던 존재.

"자네가 여유를 부릴수록 13작은 더 활개를 치고 돌아다닐 거야. 지금 타이르의 괴물과 율리아나 왕녀를 지원했던 그 상인 놈들. 그리고 페르노크 왕자와 르젠의 살라반……."

"잠깐."

루인의 미간이 꿈틀거렸다.

"지금 상인이라고 했나?"

"율리아나 왕녀에게 군량미를 보급한 상인. 최전선 기지 구축에 일등공신 아닌가. 설마, 그 상인하고도 아는 사이야?"

"지금 누가 그곳에 있어!"

그러자 그람이 묘한 미소를 머금으며 말했다.

"누가 있는지 뭐가 중요하겠나. 나와 자네가 함께 가서 죽이면 그걸로 충분하지."

"네놈……."

"정해졌군. 그 목을 취해 페르노크 왕자와 합류하는 거야. 크하하하하!"

그람의 끈적거리는 욕망을 루인은 거부할 수 없었다.

* * *

리오는 4차 보급품을 타이르 최전선으로 운반하고 있었다.

갑자기 마차가 멈춰 섰고, 낯선 소리가 들렸다.

"상단주님!"

"무슨 일인가?"

마차의 문이 열리고 창백해진 호위가 말했다.

"지금 최전선에서 전령이 왔는데, 당장 말을 돌리라고 합니다!"

"이 보급품들을 받지 않겠다고?"

"습격입니다! 라키스에서 마도사를 파견했고 지금 최전선의 충돌이 걷잡을 수 없이 번진다고 합니다."

"......!"

대외적으로 선보일 라키스의 마도사라면 13작이다.

'13작이 전쟁을 펼쳤다고? 타이르와?'

군세와 13작의 수가 얼마나 되는지 물어보려 했었다.

하지만.

"물자를 보호해라!"

후미에서 고함이 울려 퍼짐과 동시에.

콰앙!

폭음이 사방을 뒤흔들었다.

리오가 마차에서 뛰어내렸다.

방금 전까지 울창했던 길이 새까만 그림자에 뒤덮여 있었다.

그림자들이 사람의 형태가 되어 새까만 칼을 쥐고 상단을 쓸어 버리기 시작한다.

각 개체의 속도와 예리함이 7레벨 마법사들마저 맥을 못 추고 쓰러뜨리게 만드는 압도적인 위용.

13작이 뇌리를 스치자 한 사람의 위명이 떠오른다.

지금은 멸망한 소국.

라키스에게 집어삼켜졌으나 무려 3만의 제국군을 홀로 막아선 소국의 마지막 마도사.

그림자 무사라고 일컬어지는 S1의 마도사 프룅겔.

무한히 증식하는 그림자의 마도술은 그의 전매특허다.

각 개체가 7레벨 이상의 힘을 가지고 있으며 달인 같은 무술을 뽐낸다.

"네가 율리아나 왕녀를 도왔다는 그 상인 나부랭이냐."

뒤를 돌아보기 무섭게 호위의 목이 바닥을 나뒹굴었다.

그림자가 아닌 본체.

새까만 잠행복을 입은 장검의 사내가 리오의 퇴로를 점하고 있었다.

"13작…… 프룅겔 남작께서 어찌 저 같은 상인에게 이런 참사를 일으키시는지요?"

"배짱이 나쁘진 않군. 하나."

프링겔이 장검에 묻은 피를 털어 내고 높이 들어 올렸다.

"내 죽어서 만나게 되면 그때, 이유를 알려 주마."

어느새, 리오를 제외한 상행의 모든 자들이 죽어 있었다.

한 치의 틈과 짧은 시간조차 주지 않겠다는 냉혹한 일 처리 앞에서 리오는 어떤 계략도 짜낼 수 없었다.

예상치 못한 습격에 대비할 수 없는 전력이었으니까.

쉐에에엑!

바람 소리가 들리기 전에 반사적으로 두 팔을 뻗는 것만이 리오가 할 수 있는 유일한 저항이었다.

터엉!

그런데 살이 갈라지는 게 아닌 무언가에 튕겨 나가는 요상한 소리가 눈앞에 울려 퍼졌다.

프링겔이 어느새 리오에게서 떨어져 나무에 올라탔다.

리오는 팔을 뻗은 상태로 고개만 오른쪽으로 돌렸다.

"무사하십니까!"

"루인 님!"

멀리서 루인이 날아오고 있었다.

하지만 이상한 일이었다.

루인의 마법은 참격을 튕겨 내는 종류가 아니었기 때문이다.

리오는 그 해답을 하늘에 떠 있는 사람에게서 찾았다.

"이게 무슨 짓입니까, 후작님."

"끌끌끌, 마법도 모르는 일반인에게 검을 휘둘러서야 마도사라는 이름이 울지 않겠나, 남작."

프링겔이 리오 옆에 선 루인을 힐끗 보곤 인상을 찌푸렸다.

"협회장을 담당하시지 않으셨습니까?"

"대화가 잘 끝나서 굳이 칼춤을 출 필요가 없어졌지."

"그럼 저 상인도 제국을 위해 쓰실 겁니까?"

"뭔가 오해하고 있군. 내가 말하는 대화는 제국이 아닌 나를 위한 것이야."

프링겔이 무언가를 깨달은 듯 얼굴을 딱딱하게 굳혔다.

영문을 모르는 리오에게 루인은 상황을 간략히 설명했다.

그람이 제국의 공작이 되기 위해서 13작의 목을 베어 버린다는, 상식적으로 이해하기 어려운 말이었다.

하지만 곧이어 펼쳐진 광경은 허무맹랑한 말이 진실임을 일깨워 주었다.

"후작……!"

이 일대의 그림자가 모두 허공에 띄워져 하나로 뭉쳤다.

이윽고 새까만 구는 점으로 응축되어 소멸되었다.

"진정, 이게 후작의 뜻입니까!"

"나의 이익이 곧 제국의 이익으로 향할 터인데, 무슨 걱정을 그리하시는가."

"공작께서 이 상황을 가벼이 보시지 않을 겁니다!"

"끌끌끌, 협회장이 옆에 있는데, 공작이 무슨 수로 알지?"

그리고 루인이 일대의 공간을 장악했다.

마도술 '상실'이 오직 프링겔에게만 좁혀져 갔다.

그 바깥에서 조여 오는 건 그람의 마도술 중력 조작.

마력의 성질마저 중력으로 다스리는 광범위한 마도술 앞에 프링겔은 손을 쓸 수 없었다.

S2 마도사를 둘씩이나 감당할 여력은 제아무리 제국의 13작이라 해도 불가능한 일이었다.

"브레이아가 몰라서 다행이군. 그 바보 같은 놈이 르젠에 가지 않았다면 일이 골치 아파졌을 텐데, 자네라서 다행이네."

"후자아악!"

"자네 묘비에 제국을 위해 헌신한 충신이라고 반드시 적어 놓겠네."

그람의 눈썹이 초승달처럼 휘어졌다.

"말 많은 건 자네 스타일이 아니지 않는가."

그림자가 상실에 지워지고, 중력이 발가벗겨진 프링겔의 몸을 찌부러뜨렸다.

한 줌 핏물과 함께 제국의 남작이 죽었으나 그람은 태연한 표정으로 지상에 내려왔다.

그리고 프링겔의 피를 띄워 리오와 루인 앞에 내밀었다.

"목을 주고 싶었네만, 기껏 잡은 호기를 놓칠 순 없지 않겠나. 프링겔은 그림자에 숨어서 도망치는 게 아주 능한 놈이야. 내 어쩔 수 없이 과하게 손을 썼네만, 목이 없다고 이제 와서 제안을 물리는 건 아니겠지?"

욕망에 순수한 자가 있다면 그건 아마 그람을 뜻하는 것이리라.

오늘 처음 만났음에도 구역질이 날 만큼 순수한 탐욕의 화신에게 리오는 굳은 눈빛을 보냈다.

그리고 루인은 피를 털어 내며 말했다.

"13작을 죽인 건, 내가 한 짓이라고 퍼트리면 되겠나?"

"오, 그래! 그리고 나도 자네가 상상 이상으로 강했다고 보고 하겠네! 서로 입을 맞추면 크리스도 꼼짝없이 속을 거야."

"타이르 국경은?"

"거긴 정리할 수 없어. 그 광대 놈은…… 껄끄러운 타입이거든. 게다가 이제 국경 쪽으로 다른 13작의 군세가 함께 밀려올 것이네. 내 모습은 최대한 감추면서 하나씩 정리해나가는 게 어떻겠는가?"

루인이 리오에게 시선을 돌렸다.

찰나에 많은 생각이 스쳤지만 모든 판단은 페르노크가 해야 하는 일이라고 생각했다.

두 사람이 마주 보며 고개를 끄덕였다.

"합의가 잘된 모양이군. 그럼 조금 서두르는 게 좋을 거야. 페르노크 왕자에게 붙은 놈들이 꽤 성가시거든."

"놈들?"

"크리스가 주목하는 왕자라고 하지 않았나. 다들 그 목을 베고 싶어서 난리가 났지. 몇 명이 붙었는지 나도 몰라. 하지만."

그람이 요사스러운 눈빛을 반짝였다.

"모두 오늘 밤에 결판을 내려 할 걸세. 페르노크 왕자에게 붙은 녀석들은 프렝겔보다 더 빠르고 날카롭거든."

* * *

페르노크는 이번에 합류한 성주들까지 불러 모아 연회를 열고 있었다.

어느새 그의 파벌은 반스와 비견될 정도로 커졌고, 영지로 몰려드는 백성들의 수가 날이 갈수록 많아졌다.

여기에 율리아나에게 받아야 할 영지까지 더해진다면, 그야말로 일루미나의 절반을 집어삼키는 광활한 대영주가 되는 것이다.

전쟁과 분란만 치러 왔던 이들에게 파벌 수장의 면목을

보여 주는 행사가 필요한 세력 관리 방법이라고 할 수 있다.

"아네모스 상단에서 왔습니다! 여기 초청장입니다!"

"채굴장을 관리하고 있습니다. 긴히, 왕자님을 뵙고 상의드릴 일이……."

"흠흠, 파발 남작이라고 하네. 왕자님께 내가 관리하는 목장에 대해서 설명드릴 일이 있네만."

파벌의 위용을 자랑하듯 각지에서 상단과 조합 그리고 눈치만 살피던 작위 낮은 귀족들이 찾아오기 시작했다.

페르노크는 영혼 구별로 그들을 살폈다.

재능이 좋은 자들은 거두고, 행실이 불경한 자들은 바로 내쫓아 세력을 탄탄하게 가다듬어 나갔다.

포르라에게 협력하던 여러 지주들까지 합세하자 연회장은 발 디딜 틈 하나 없이 북적거렸다.

살리오가 연미복은 어색한지 옷단을 만지작거리며 페르노크에게 다가왔다.

"이 많은 사람들을 전부 받아 주실 겁니까?"

"이 중에서 옥석을 더 가려 볼까 한다. 너는 따로 봐 둔 사람들이 있느냐?"

"몇몇 길드장들에게 필요한 사람들이 보이긴 합니다."

"이번엔 네가 먼저 추리도록 해."

"그래도 괜찮겠습니까?"

"추린 자들은 내가 다시 살펴볼 것이나, 네 안목을 최대한 기르는 연습이 되었으면 하는구나."

"명심하겠습니다."

"적당히 상대하고 돌려보내."

"예, 왕자님."

살리오에게 남은 손님들을 맡기고 페르노크는 테라스로 걸어 나왔다.

아직 꺼지지 않은 성내의 화려한 불빛을 바라보고 있을 때였다.

페르노크의 목덜미에 서슬 퍼런빛이 어렸다.

카앙!

반사적으로 아티펙트를 글러브 형태로 바꾼 페르노크가 목덜미를 치고 들어오는 날붙이를 쳐 냈다.

옆으로 물러나기 무섭게 저택이 흐물거리며 녹아내리기 시작했다.

갑작스러운 마력이 저택을 감싸 안았음에도 페르노크는 당황하지 않았다.

바로, 페드손의 마도술인 깊은 밤을 전개하여 저택과 마당에 이르는 모든 공간을 집어삼켰다.

저택 안의 마법사들이 이변을 눈치채고 튀어나오려 하자, 페르노크가 입구를 막아서며 단호히 외쳤다.

"절대 저택 밖을 나서지 마라!"

페르노크의 관찰안이 깊은 밤에 우뚝 선 두 남녀를 포착한다.

한 명은 목덜미를 파고든 낮의 주인인 남자였고, 다른

한 명은 저택 지붕에 손을 얹은 여성이었다.

'낮은 공간을 뛰어넘는 특이계 마도사, 여자는 마력이 닿은 곳을 녹여 버리는 자연계 마도사.'

둘 모두 은의 신관급의 마도사들이었다.

하지만 아직 한 명이 더 숨을 죽이고 있었다.

매가 먹잇감을 관찰하듯이 깊은 밤 속에서 정체를 감추려 하는 놈을 관찰안은 정확히 파악했다.

"이제 막 마도사에 오른 젊은 인재 정도로 여겼건만."

깊은 밤에 발을 내디디며 남은 한 명이 모습을 드러냈다.

"과연, 브레이아 후작께서도 얻지 못한 S급 길드를 요행으로 얻은 건 아니로군."

얼굴의 절반을 가로지르는 사선의 흉터를 가진 남자.

"유감이야."

S2 마도사의 벽을 마주한 실력자의 마력이 깊은 밤에 스며들었다.

"반스가 아니었다면 나는 너를 지지했을 것이다."

순식간이었다.

페르노크가 습격을 눈치챘을 땐, 세 명의 마도사가 영지를 포위하고 있었다.

2장. 확전

확전

은의 신관과 동급이거나 그 이상의 실력자가 3명.

등 뒤엔 파벌이 웅크려 있고, 전방엔 백성들이 있다.

성안에 펼쳐진 마도술은 깊은 밤의 영역.

이곳을 벗어나는 순간 마도사들의 무분별한 마력이 성을 지워 버릴 것이다.

고민은 짧았다.

설령 상대가 3명의 마도사라 해도 페르노크에겐 물러날 생각이 없었다.

소란을 신경 쓰지 않고 당당하게 모습을 드러낸 마도사들은 정체를 감추려 하지 않았다.

아니, 어쩌면 페르노크와 이 성을 통째로 삼켜 흔적을 지워 버리려 할지도 모른다.

'반스를 지지한다고 했었나.'

반스를 후원하는 마도사들의 집단.

이토록 대담한 습격을 감행할 세력은 한 곳뿐이다.

"라키스였나."

"모르페오 백작이라 하오."

후미의 사내가 소름 끼치는 마력을 흘려보내기 시작했다.

반드시 죽이겠다는 결연한 의지가 양측의 마도사들에게서도 전해져 온다.

"타국을 침략한다. 이 말의 의미를 라키스가 모르지 않을 텐데?"

"페르노크 왕자, 그대뿐만이 아니다. 함께 죽어 갈 동료들이 저 위에서 기다리고 있을 테니, 얌전히 목을 내밀어 준다면 이 성도 고통 없이 보내 주겠다고 약속하지."

세 마도사의 마력이 깊은 밤을 두드렸다.

공간이 짙은 마력에 일렁이는 순간.

"네놈들은 오늘을 반드시 후회할 것이다."

날 서린 파장이 세 마도사의 머리 위를 점했다.

페드손의 마도술 깊은 밤은 공간의 마력을 원하는 형태로 폭발시킬 수 있다. 또한 공간에 속한 모든 것들을 자유자재로 이동시킨다.

느닷없는 폭발이 연달아 그들을 휩쓸었다.

하지만 연기를 뚫고 나온 그들은 당황하는 기색 하나

없이 페르노크에게 쇄도했다.

"역시, 강화계뿐만이 아니군."

모르페오가 손가락으로 페르노크를 가리켰다.

"정보대로 더블이 확실하다."

일순, 눈앞이 깜깜해졌다.

마력이 옅은 안개처럼 눈을 가렸다.

시야가 보이지 않는 상황에서 피부가 따가워졌다.

사방에서 조여 오는 낫이 느껴진다.

제아무리 마도술이라 하여도, 영력으로 발동되는 관찰 안마저 가리진 못한다.

카앙!

페르노크가 글러브를 좌측으로 휘둘러 내리꽂히는 낫을 가로막았다.

"낫을 다루는 라키스의 마도사. 청겸 뷜크."

낫을 타고 찌르르한 울림이 손목에 전해진다.

우측 하단을 타고 오르는 마력의 서늘함이 포착되었다.

'뷜크의 낫은 공간을 넘나든다. 낫을 분절하여 조각을 날리는 일도 가능하지.'

라키스의 남작과 자작들의 마도술은 각 나라에서 어느 정도 정보를 공유해 둔 상황이다.

백작 위 이상은 베일에 가려져 있지만, 모르페오의 독특한 마도술의 원리를 페르노크는 대략 짐작했다.

'눈을 가린다. 장막 같은 것. 아니, 그건 마도술에서 파생된 잡기술에 불과해.'

모르페오의 영혼을 감도는 푸른빛이 눈에 띈다.

자연계 마법사 중 물과 얼음을 다루는 자들이 주로 저런 빛을 품곤 했다.

'자연계이거나 혹은 그와 비슷한 원소를 다루는 형태의 마도사.'

페르노크가 순식간에 4연격을 떨쳐 내고 허공에 비상했다.

눈앞을 가로막던 장막이 깨끗하게 씻겨져 나갔다.

'내 영역 안에서 마력을 이토록 섬세하게 조절할 수는 있으나, 그 거리가 대략 20m 정도. 그 범위를 넘어서는 순간 놈은 파생 기술을 쓰지 못한다.'

"한눈팔 여유가 있나 보지!?"

공간이 찢어지며 뷜크의 낫이 사방에서 닥쳐왔다.

페르노크가 기다렸다는 듯 뷜크의 팔을 잡아 앞으로 끌어냈다.

"피차 허공에선 도망칠 곳이 없을 터."

뷜크를 그대로 방패 삼아 모르페오에게 하강할 생각이었지만, 또 다른 마도사가 끈적거리는 액체로 페르노크의 사방을 조였다.

"그건 네놈에게 해당되는 말이겠지."

뷜크를 붙잡은 손이 공허해졌다.

어느새 그는 지상에서 여유롭게 낫을 어깨에 걸치고 있었다.

'붙잡아도 공간을 이동하는 마도술은 그대로 발동된다는 건가.'

정보에 없는 공간 마도술의 응용법을 머리에 새김과 동시에 점액질이 페르노크에게 달라붙었다.

치이이익!

허공에서 타들어 가는 소리가 들려오자 액화의 마도술사 라이나는 비릿한 미소를 머금었다.

형체도 남기지 않고 페르노크가 모조리 녹아내렸다고 판단한 것이다. 하지만 모르페오는 무심히 손바닥을 까딱거렸다.

카앙!

얼음이 치솟아 그림자를 타고 오른 검격을 막아 냈다.

소리에 반응한 뷜크와 라이나가 어느새 모르페오의 후방을 점하고 있는 페르노크를 바라보았다.

"공간의 응용법…… 뷜크를 보고 따라 한 건가."

뷜크와 라이나가 승기를 잡았다고 생각했을 때, 발동시킨 회심의 한 수였다.

깊은 밤에 그림자 마법을 섞어 몸을 원하는 곳으로 이동시키는 암살자의 수법이었지만, 모르페오는 역시 쉽게 당하지 않았다.

"얼음 아니 증기."

"물이라고 해 두지."

그 주위에 옅은 기류가 감돌고 있었다. 저것이 접근하는 모든 것들을 감지하고 막아서는 자동 방어 결계 역할을 한다.

모르페오의 마법의 근본은 물이었으나, 그는 자연계를 여러 갈래로 나누어 사용하는 독특한 기술을 구사했다.

"배짱도, 마도술의 응용법도, 뭐 하나 나무랄 데가 없군. 보면 볼수록 아깝단 말이지."

깊은 밤에 푸른 기류가 덮씌워진다.

창백한 하늘이 도래한 것 같은 세상에서 모르페오의 서늘한 목소리가 울려 퍼진다.

"팔 한 짝 버려."

순간, 주위에 퍼져 나가던 뷜크의 마력이 낫에 응집되었다.

S2의 마도사라 해도 믿을 정도의 짙은 마력의 농도가 광채를 번뜩였다.

쾅!

뷜크에 못지않은 광채가 관자놀이까지 도달한 낫을 가로막았다.

모두가 눈치챘을 땐, 거적때기 같은 로브가 페르노크 옆에서 휘날리고 있었다.

그건 모르페오와 비견될 만한 마도사의 역량이었다.

"이 미친 새끼들이."

중얼거림을 이 자리의 모두가 들었다.

그리고 모르페오 일행은 침묵했다.

느닷없이 공간의 한 부분을 뚫고 침투한 이 낯선 자가 일행이 아니라고 당황하는 듯했다.

"앞뒤 안 가리고 손부터 날리고 보네."

"웬 놈⋯⋯."

모르페오의 당황을 무시하듯이 지면을 거칠게 밟으며 낯선 자가 뛰쳐나갔다.

푸르스름한 광채를 머금은 대검을 빌크에게 내리꽂았다.

콰아아아아아앙!

폭풍이라도 몰아친 것처럼 사방이 거친 마력에 휩싸인다.

적인지, 아군인지.

저 방랑자 같은 자는 굉음을 터트림과 동시에 페르노크에게 확실히 전달했다.

"대신관."

성황국의 마도사였다.

하지만 페르노크가 아는 성황국의 마도사 중엔 저와 같은 자가 없었다.

클라인이 죽은 그날, 성황국 신관들의 마도술은 모두

지켜보았기 때문이다.

'복잡한 놈들투성이지만.'

깊게 고민할 여유는 없었다.

방금 전, 빌크가 낫에 응집시켰던 마력은 자신의 살도 깎아 먹는 양날의 칼이었다.

공간을 추진력으로 삼아, 고속으로 회전시켜 낫을 휘두른 팔의 혈관들은 터져 나갔다.

중간에 성황국의 마도사가 가로막지 않았다면 팔 하나가 괴사했을지도 모른다.

팔을 대가로 페르노크의 목숨을 취하려 했던 빌크는 오히려 자신의 전력을 깎아 먹는 변수에 휘둘리고 말았다.

남은 한 팔로 대검을 막아 내는 모습이 힘겨워 보였다.

"페르노크 파벌에 다른 마도사가 있었나!"

질책하는 듯한 모르페오의 목소리에 라이나가 점액질을 미세하게 퍼트리며 답했다.

"정보에 포함되지 않은 마도사입니다!"

아주 미세한 침방울 같은 것.

그것들이 얇게 퍼져 페르노크와 성황국의 마도사를 조여 온다.

관찰안이 아니라면 그것이 다가오는 모습조차 보지 못했을 것이다.

콰콰콰쾅!

페르노크가 오버 임팩트를 티트려 미세하게 퍼진 액체

를 막아섰다. 그리고 빌크와 거리를 두고 물러선 성황국의 마도사에게 향했다.

"은의 신관급은 되나?"

"그런 치부랑 비교할 거리가 되겠나?"

라키스도 모르는 이 마도사는 새벽 신을 신봉하는 자가 분명했다.

"타입."

"강화계."

"몇 명 상대할 수 있지?"

"부상당한 한 놈도 쉽지 않아."

"저놈들을 전부 죽이진 못한다…… 그럼, 기웃거리지 못하게 흔들어 버린다."

세세한 계획은 필요 없었다.

가장 필요한 것들만 주고받은 두 사람이 각자 나뉘어 뛰었다.

성황국의 마도사는 푸른 광채를 터트리며 빌크와 라이나에게.

페르노크는 모르페오를 향해 순환 연동에 돌입했다.

우우우웅!

공간을 지탱하는 마력들이 모두 페르노크의 글러브로 빨려 들어가는 모습이 모르페오의 등줄기를 섬뜩하게 만들었다.

'이 공간을 지배한 마력 외에 다른 수단이 있었나.'

강화계와 특이계를 염두하고 왔건만, 짐작조차 안 되는 방대한 마력이 페르노크에게 모여든다.

그것이 일순간 터져 나왔을 때, 어느 정도의 규모로 확산할지 짐작조차 되지 않았다.

'이 성마저 날려 버릴 작정인가.'

하지만 극단적인 수단이라고 하기엔 새로 난입한 마도사가 신경 쓰였다.

뷜크와 라이나를 상대로 대검술을 펼치는 모습이 심상치 않았다.

강화계임에도 자연계에 면역이 있는 저 푸른 아우라를 보아하니, 페르노크는 이 불가사의한 힘에 자신과 마도사는 절대 휩쓸리지 않을 거라고 자신하는 듯했다.

'철저히 상대방에게만 몰아치는 타입.'

모르페오는 페르노크의 순환연동이 필사의 한 수라 느끼며 영역에 드리운 푸름을 중앙에 집중시켰다.

'그대로 가둬 터트린다.'

푸름이 페르노크를 뒤덮었다.

푸른 구체에 담긴 페르노크가 주먹을 내뻗자 모르페오는 씨익 웃었다.

저 구체는 일종의 반사막이다.

안에서 힘을 터트리는 순간, 모든 포화는 갇힌 자에게 집중될 것이다.

순환연동을 멈추지 않는 페르노크가 자멸할 거라고 판

단한 순간이었다.

우웅……

삽시간 글러브에 모인 힘이 안에 갇힌 채 흩어졌다.

터져 나오려는 힘을 억지로 삼킨 탓인지 페르노크의 눈에서 피눈물이 흘러내렸다.

그리고.

콰아앙!

모르페오의 사방에서 굉음이 몰아쳤다.

"큭!"

자동 방어 결계마저 뚫어 버린 폭발이 모르페오의 팔과 다리를 새까만 점으로 물들였다.

이윽고 점은 면으로 확산하며 모르페오의 심장까지 치달으려 했다.

쾅!

구체를 해제한 모르페오가 몸 안에 침투한 어둠을 간신히 억누르며 외쳤다.

"B 포인트!"

그와 동시에 성황국의 마도사가 휘두른 대검이 빈자리에 내리꽂혔다.

빌크와 라이나가 뒤도 돌아보지 않고 깊은 밤을 찢으며 도망쳤다.

어느새 어둠을 모두 몰아낸 모르페오가 입가에 흐르는 피를 닦으며 페르노크를 노려보았다.

'변수가 너무 많아.'

빠로게 처리하고 이탈할 생각이었지만, 예상보다 더 페르노크의 저항이 거세다.

차라리 그 혼자였다면 계속 전투를 이어 나갔을 것이다.

하지만 뷜크가 회심의 한 수를 터트림과 동시에 난입한 마도사의 존재가 거슬린다.

'우리 정보망에 없는 세력이 추가로 있다면……'

13작의 희생 없이 일을 마무리 지어야 한다.

이대로 계속 전투를 이어 나갔다면 누구 한 명은 확실히 죽었을 것이다.

'쯧, 제국의 정보가 녹슬었나.'

모르페오가 비틀거리는 페르노크를 뒤로 하고 깊은 밤을 탈출했다.

그와 동시에 전개된 영역이 모두 해제되었다.

페르노크가 떨리는 손을 털어 내며 억지로 정신을 붙잡았다.

'얕았군.'

순환연동의 막대한 힘으로 모르페오의 신경을 집중시킨 뒤에, 깊은 밤으로 그의 사각을 노렸다.

도중에 순환 연동을 중단시킨 탓에 페르노크의 속이 뒤집어졌지만, 모르페오는 그보다 더 한 침식에 시달려야 했다.

하지만 모르페오는 페르노크의 예상보다 빠르게 대처

했다.

한 번 달라붙은 어둠을 쉽게 떨쳐 내지 못해야 하는데, 모르페오는 깊은 밤이 터지자마자 마력을 심장에 집중시켜 침투를 막았다.

그리고 심장에서부터 사지로 마력을 뻗어 내고, 외부에 돌린 마도술을 회수시켜 체내 외에서 깊은 밤을 떨쳐 냈다.

위험하고 과감했지만, 그 덕분에 모르페오는 가벼운 내상으로 페르노크의 마도술에서 벗어날 수 있었다.

"보통 놈들이 아닌데, 일루미나에 저런 마도사들이 숨어 있었나?"

"라키스다."

"라키스……."

"백작급의 센스가 과연 다르긴 하군. 은의 신관보다 더 지독한 놈은 오랜만이야."

"그놈의 은은 그만 중얼거리지?"

"새벽 신의 사제인가?"

"국경을 지키던 전투 사제였으나, 대신관의 부름을 받고 신관이 되었네."

대검을 털어 낸 그가 페르노크 등에 손바닥을 얹었다.

푸르스름한 아우라가 페르노크에게 스며들자 정신이 맑아지고, 내부의 뒤틀림이 회복되기 시작했다.

"내 마도술은 치유와 전투를 동시에 담당하지. 외부에

도 잘 알려지지 않아서, 이번에 대신관의 심부름을 받고 찾아오게 되었네. 청이라고 부르게."

"페르노크다. 안에서 따로 얘기를 나누지."

그리고 돌아본 페르노크가 살리오에게 외쳤다.

"귀빈들을 모시고 성내를 진정시켜라! 또한 길드장들을 모아 향후를 의논하겠다!"

"예!"

살리오가 당황하는 귀빈들을 데리고 저택을 빠져나갔다.

페르노크는 청의 신관에게 부서진 저택을 가리켰다.

"가지."

"어지간히 허름한 곳을 좋아하는 왕자님이군."

페르노크와 청의 신관이 저택 안, 집무실에 들어섰다.

* * *

청은 국경의 수비를 담당하는 은밀한 마도사였다.

사제답지 않게 숨어서 배후에 찾아드는 적들을 죽이는 역할을 부여받았고, 라키스에서도 그의 존재를 알지 못했다.

새벽 신전 내부에서도 그의 이름을 모르는 자가 많았는데, 은의 신관이 죽음으로서 그는 새로운 이름을 얻게 되었다.

"대신전 회의에서 새벽 신전의 유일한 마도사인 당신을 신관으로 인정했습니다. 앞으로 당신을 '청'이라고 부르겠습니다."

아리샤의 부름을 받은 청의 신관은 곧장 일루미나로 향했다.

"이 서신을 페르노크 왕자에게 전해 주십시오."

그 사이 페르노크의 위명은 세계를 떨치는 중이었고, 연회를 열고 있어서 이 후작령에 들어오는 일이 어렵지 않았다.

"……그때, 마도술이 펼쳐지더군. 상황을 조금 주시했는데, 자네가 죽을 것 같아서 바로 끼어들었지. 서신을 전달받을 사람이 죽으면 내 첫 경력부터 흠집이 나지 않겠나."

"신관치곤 꽤 명예를 탐하는군."

"국경에 수십 년을 처박혀 있었네. 그 은의 머저리 때문에 새벽 신전의 영광이 지금 땅바닥에 곤두박질치고 있어. 뭐라도 해야지."

페르노크가 피식 웃었다.

"한데, 라키스가 왜 저리 나오는 거야? 아무리 전쟁이 미친 악귀들만 모였다지만, 일국의 왕자를 대놓고 칠 정도로 양아치는 아니었던 것 같은데?"

"사람을 보냈으니 조만간 이유를 알겠지."

"라키스가 꼬여 있으면 조금 골치 아프겠지만…… 뭐, 대신관께서 현명히 판단하셨을 테니."

청의 신관이 품에서 얇은 편지 봉투를 꺼냈다.

"뭐가 됐든 나에게 답장을 달라는 대신관님의 뜻이 있었네."

페르노크가 봉투를 열고 내용물을 확인했다.

성황국의 빛이 깃드는 곳에 신전이 세워지노니.

성황국은 자국의 안녕을 지키기 위해 최선을 다할 것을 약속하겠습니다.

한 장의 편지지에 적힌 간단한 문장.

신전을 세우는 대가로 페르노크에게 전면적으로 협조하겠다는 동맹의 뜻이었다.

페르노크가 편지지를 불태우며 느닷없이 습격한 라키스를 떠올렸다.

"해볼 만하겠군."

＊ ＊ ＊

일루미나의 왕성에서도 마도사가 활개를 치고 있었다.

라키스의 13작이 아닌 왕실마도단장 S2의 오운이었다.

"이제 그만 화를 푸시는 게 어떠신가."

플레미르가 팔짱을 끼고 매서운 눈으로 오운을 노려보았다.

"국경으로 라키스의 마도사들이 넘어왔습니다. 한데, 이에 대한 보고가 제게 단 하나도 없었습니다. 왜 정보를 막으신 겁니까? 오운 단장."

"다 알면서 뭘."

오운이 피식 웃자, 플레미르의 눈길이 싸늘해졌다.

"심지어 반스 왕자까지 멋대로 경합에 보내셨더군요."

"조사가 끝나지 않았나?"

"아직 밝히지 못한 부분이 있어 왕실에 머무르라 했습니다."

"자네는 중립을 지키려는 건지, 경합이 못마땅한 건지. 도통 알 수 없단 말이야. 이 나라의 기둥인 전하께서 승하하셨네. 그 빈자리를 언제까지 공석으로 내버려 두려고 반스 왕자님을 이 왕궁에 묶어 뒀단 말인가?"

플레미르의 미간에 주름이 잡혔다.

"말이 나왔으니 하는데, 요즘 자네의 행보를 보면 이게 국익을 위한 건지 모르겠어. 대체 뭐가 불만인가? 어떤 점이 못마땅해서 이 경합을 어지럽히느냐 이 말이야?"

"말씀이 지나치십니다, 단장."

"진상조사단장이 권력을 남용해서 경합자 한 명을 나

락으로 보내지 않았나."

"포르라 왕자의 죄질은 반역과 다름없습니다. 오히려 왕족이란 특혜로 사형을 면한 게 다행이지요."

"유폐가 정답이었다? 하면, 반스 왕자님께도 같은 죄목을 적용할 생각이었나?"

"죄질에 따른 형량은 모든 사람을 막론하고 공평하게 적용해야 합니다. 반스 왕자님 또한 이 질서에서 벗어날 순 없습니다. 하지만 왕족이라는 한 마디로 유배되는 선에서 끝나겠지요."

"그렇게 다 쓰러뜨리고 나면 결국 율리아나 왕녀님 아니면 페르노크만 남게 되는군."

플레미르가 무심히 대꾸했다.

"페르노크 왕자님이십니다."

"하하하, 역시 그쪽에 마음이 가고 있었나? 그럼 그렇다고 솔직히 말하지 그랬어? 응?"

"전 페르노크 왕자님을 지지한 적도, 그럴 생각도 없습니다. 경합의 룰을 누구보다 잘 활용한 자가 왕이 되는 게 당연한 이치 아니겠습니까. 단장께서 페르노크 왕자님을 경계한다면, 지금 모든 왕족을 통틀어 페르노크 왕자님께서 가장 뛰어나다고 증명하시는 꼴이 되는군요."

"말은 바로 해야지. 자네는 구실을 찾고 있는 것뿐이야. 반스 왕자님께서 왕위에 오르지 못할 핑곗거리를 만들어 가면서!"

"전 최대한 객관적이고 공평하게 바라보려 노력하고 있습니다. 제가 진정 영향력을 퍼트렸다면 반스 왕자님께서는 이미 오래전에 왕족에서 물러나셨을 겁니다."

"하하하하, 협박인가?"

"사실입니다."

"가당치도 않군! 오래전부터 나를 포함한 사람들은 이미 반스 왕자님을 지지하고 있었네."

"장남이라는 이유 하나 때문이겠지요."

"아니. 단지 그런 이유 때문이라면 나는 율리아나 왕녀님을 지지했을 것이네. 하지만 반스 왕자님께선 장자라는 명분에 마도사라는 역량과 타고난 외교 능력을 가지신 보기 드문 왕족이시지."

"그 외교라는 말이 참으로 거슬립니다."

플레미르의 말투가 날카로워졌다.

"라키스가 지금 전 세계에 13작을 퍼트리고 있습니다! 그리고 이번엔 멋대로 국경을 넘어 일루미나에 침범했습니다! 이걸 용인하는 게 외교라는 말씀이십니까?"

"어수선하게 굴진 않을 걸세. 만약, 13작이 일루미나를 본격적으로 침범하려 든다면 내가 막아섰을 테니까."

"하면, 무슨 이유입니까?"

"뻔하지 않겠나. 변수의 제거지."

플레미르의 탁자 아래로 내린 손이 부들부들 떨렸다.

"지금…… 페르노크 왕자님께 13작이 향하는 걸 알고

도 묵인하셨단 말로 들립니다?"

"거기까진 모르겠군. 나는 그저 조용히 경합에 도움이 되는 일을 하고 떠나겠단 말만 들었네."

"누가 그리 장담하지요?"

"버킹엄 백작이 그러더군."

지금 반스와 함께 왕실을 떠난 라키스의 13작 버킹엄 백작.

어느 순간에도 냉철한 이성을 유지하는 그 모습을 떠올리며 플레미르의 싸늘함이 진해졌다.

"전쟁을 피하려면 동맹을 우선시해야 하네. 타이르처럼 정면충돌하고 싶지 않다면 말이야."

"내…… 이 나라가 개판인 줄은 알고 있었지만……."

플레미르가 분노를 억누르며 오운을 노려보았다.

"……적어도, 당신만큼은 정신머리가 제대로 박혀 있다고 생각했건만."

"공작, 이제 그만 편을 정하시게. 언제까지 중립이란 가당치도 않은 말을 할 생각이야?"

"오운…… 오운!"

플레미르가 자리를 박차고 벌떡 일어났다.

"전하를 함께 모시며 이 나라를 바로 세우자고 약속했던 그대가 어찌 질서를 어지럽힌단 말인가!"

"하아, 플레미르. 이 고지식한 인간. 내가 옛 전우의 정으로 기회를 주고 있는데 왜 계속 마다하고 있어?"

"반스를 네 직권으로 내보내더라도 라키스만큼은 국경을 넘게 해선 안 됐다! 그놈들이 뭘 하는지는 뻔하고, 그대가 변수 제거 하나뿐만이 아니라, 온 백성에게 미칠 수 있음을 정녕 몰랐단 말이냐!"

"때론 큰 것을 위해서 작은 것을 희생할 줄 알아야 한다. 우린 그렇게 전하를 보필했고, 이 자리에 오르지 않았나. 알면서 왜 자꾸 같은 말을 반복하게 하는 게야."

오운이 탁자를 두드리자 응접실의 문이 열리며 왕실마법사들이 들어왔다.

"반스 왕자님을 모시겠다면 내 이후에 자네의 법이 제대로 정착되도록 최선을 다해 협조하겠네."

"네놈은 그 좋은 실력을 가지고도 여전히 뱀의 꼬리에 머무르려 하는구나."

"하하하하, 뱀이 될지 용이 될지. 그건 지켜봐야 알겠지만, 적어도 라키스를 등에 업은 반스 왕자님께선 일루미나의 수십 년을 안전하게 책임지실 거야."

"탐욕과 음흉함으론 절대 왕이 될 수 없다."

"이미 우리가 보필한 전하라는 선례가 있지 않은가. 나로선 자네처럼 우직한 사람이 반스 왕자님을 보필하면 천군만마를 얻는 기분일 게야."

그리고 오운은 황금 패를 탁자에 올렸다.

직권을 변경시키는 어명이다.

"앞으로 진상조사단은 내가 이끌도록 하겠네."

"오운!"

"자네는 당분간 영지에서 편히 쉬고 계시게. 생각이 바뀌면 언제든 얘기하고, 내 진상조사단보다 더 좋은 자리를 마련해 줄 테니까."

공작이란 명성도 정치에서 멀어진 순간 힘을 잃기 마련이다.

하물며 이 나라의 양대산맥이자 공작에 버금가는 세력의 주인이 황금 패까지 거머쥐니 플레미르로선 뾰족한 수가 없었다.

오래전부터 이날만을 기다려 왔던 것처럼, 한때 칼잡이로 명성을 날렸던 옛 전우의 서슬 퍼런 기세가 플레미르의 가슴을 쓸어 넘긴다.

"지금쯤이면 아마 13작의 일 처리가 끝났겠지. 타이르도 최전선에서 물러나야 할 테고 율리아나 왕녀의 발언은 힘을 잃게 되네. 자네에겐 달리 선택지가 없어."

플레미르가 이를 악물었다.

"이 밤이 넘어간 뒤에 다시 나를 본다면 넌 예전의 나를 만나게 될 거야."

"뭣들 하느냐. 공작령까지 정중하게 모시지 않고."

"예, 단장님!"

순순히 마법사들과 응접실을 떠나는 플레미르의 뒷모습을 보며 오운은 피식 웃었다.

'감정적으로 일관하는 플레미르. 그건 꽤 무섭지.'

S1의 마도사임에도 오운이 플레미르의 눈치를 보는 건, 젊은 시절 함께 역경을 헤쳐 나갔던 그 모습을 기억하기 때문이다.

흉신.

냉정함이란 가면을 깨부순 플레미르는 그야말로 광전사였다.

누구보다 난폭하고 흉흉해서 그 시절을 기억하는 자들은 플레미르가 진상조사단장을 맡았을 때, 숨죽이며 살아갔었다.

포르라 일파가 괜히 무너진 게 아니었다.

'하나, 네 모습을 다시 볼 날이 찾아오게 될까.'

라키스가 13작을 퍼트려 본격적으로 반스의 행보를 돕는 이상, 남은 왕족들에게 기회란 없다.

율리아나와 페르노크는 모두 13작의 손에 죽을 테니까.

일루미나에서 13작의 뒤처리를 맡은 건 바로 오운이었다.

'목격자가 많지 않았으면 좋겠는데.'

경합은 언제나 이런 식이었다.

단지, 왕족들이 치열하게 머리를 써가며 싸우는 것이 아니라, 그를 지지하는 파벌들이 그늘에서 활약하고 정적을 제거해 나갔다.

그렇게 전대 왕이 탄생했다.

플레미르가 정면에서 날뛰면, 오운은 뒤에서 변수를 지워 버렸다.

세대를 거친 경합은 또다시 같은 수순에 접어들었다.

라키스마저 포기할 생각이 없는 만큼 오운도 단호한 결단을 내렸다.

'정 안 되면 13작이 습격한 성 하나도 지워 버릴 생각을 해야겠군.'

대세는 절대 바뀌지 않는다.

반스가 왕이 된다.

오운이 은은한 미소를 머금으며 느긋하게 차를 마셨다.

* * *

공작령에 들어온 플레미르가 회의실에 가신들을 불러 모았다.

"나는 오늘 진상조사단장에서 해임되었다."

가신들이 은은한 살기를 흘려보냈다.

플레미르는 막지 않았다.

막고 싶은 생각조차 없었다.

"현 여왕에게 그만한 직권이 있습니까?"

"중립을 표방하긴 했으나, 여왕은 지금 왕실을 장악하고 있다. 황금 패를 쓴다면 얼마든지 가능하지."

"황금 패…… 딱 세 번밖에 못 쓴다는 대리인의 권한을, 아들을 위해 쓴다니……."

가신들의 분노에 바람을 집어넣는 꼴이었다.

"이미 입장을 단호하게 표방한 것 아니겠습니까."

"아마도 포르라 왕자를 경질시킨 것에 대한 항의겠지요."

"공작님, 저 밖에서 염탐하는 왕실 마법사 놈들은 어떻게 할까요?"

"공작님께서 명을 내려 주신다면 어디라도 함께 따라가겠습니다."

모두 전대 왕의 경합 때부터 함께해 온 백전노장들이었다.

그들의 시선을 한 몸에 받으며 플레미르가 덤덤히 말했다.

"포르라 왕자는 그 죄질에 대한 대가를 톡톡히 치러야 마땅함에도, 왕족이란 이유만으로 목숨을 부지했다. 하나, 필레나는 그마저도 마땅치 않은지 넘지 말아야 할 선을 넘었다."

슬쩍 올라간 입꼬리가 몹시 차가워 가신들이 표정을 굳혔다.

"이 나라에서 마지막 양심까지 팔아 치우려 한다면 어쩔 수 없지."

플레미르가 오랫동안 잠재워 두었던 그의 애검을 탁자

에 올렸다.

"나도 뜻을 정하는 수밖에."

피가 마르지 않는다고 하여 혈검이라 불리었다.

다시 그 검이 뽑히는 날은 목숨까지 불태워 나라를 위해 쓰겠다고 선언한 플레미르가 마침내 단호한 의지를 내비쳤다.

"반스 왕자의 모든 행적을 파악, 조사해서 페르노크 왕자님께 알리도록. 그리고."

진상조사단장이라는 껍데기에서 벗어난 플레미르가 가신들에게 명했다.

"이 나라의 국경을 감히 내 허락도 없이 침범한 타국의 마도사들을 몰아내겠다. 싸우다 죽는 한이 있어도 물고 늘어져라. 할 수 있겠나?"

"예, 공작님!"

"지금까지 수집한 증거물을 모두 모아 명분을 터트려라."

혈검이 뽑히자 가신들의 살기가 함께 감화되어 일렁였다.

"우선 왕실의 개새끼들 먼저 베어 버리자꾸나."

* * *

날이 밝을 무렵 후작령의 소란도 그쳤다.

길드장들이 도착하기도 전에 선객이 찾아왔다.

"끌끌, 반갑소. 라키스의 그람이라고 하오."

페르노크가 설명을 바라는 눈으로 루인과 리오에게 시선을 돌렸다.

"보아하니, 지난 밤을 아주 진하게 보내신 듯한데 염려 마시오. 나는 귀하와 서로 이득이 되는 일을 하러 찾아왔을 뿐이니까."

"라키스의 마도사를 직접 죽였습니다. 왕자님과 손을 잡고 거사를 진행하고 싶다 하였습니다."

루인이 덧붙여 말하자 페르노크가 기세를 거두고 그람을 물끄러미 바라보았다.

문득, 브레이아의 말이 떠올랐다.

"13작은 제멋대로야. 각자 추구하는 바가 다르지. 나처럼 반스를 따르지 않는 사람도 있어. 공작님의 명이 아니었다면 자네를 후원했을지도 모르겠군."

그람은 브레이아 보다 더 탐욕스러워 보이는 눈을 내비쳤다.

"저 안에 숨어 있는 마도사 덕분에 화를 면하긴 한 것 같은데……."

"본론만, 간단히."

"……끌끌, 얘기가 잘 통해서 좋구먼. 뭐, 이쪽의 세력이 얼마나 많다 한들 13작을 모두 감당하진 못할 거야.

자율 행동이 떨어진 이상 놈들은 앞뒤 안 가리고 왕자를 물어뜯으려 할 테니까."

라키스의 자율 행동은 들어 본 기억이 있다.

분명, 수십 년 전에 라키스가 전쟁을 펼쳤고, 13작이 각기 날뛰었었다.

전쟁을 자유롭게 펼칠 권한.

그 뒷감당은 모두 제국이 감내한다는 터무니없는 방식이었다.

"이미 타이르와 르젠을 포함해 마법 협회에도 13작이 파견되었지. 물론, 협회는 내가 담당했었고, 나는 그대들과 싸우고 싶지 않아서 이렇듯 함께 왔네."

"그래서?"

"이 싸움의 명분은 어느 한쪽이 죽을 때까지 절대 끝나지 않아. 하지만 내가 도와준다면 이야기가 다르지."

페르노크가 물끄러미 바라보자 그람이 씨익 웃었다.

"크리스가 이 전쟁에 개입하기 전에, 13작들과 반스를 죽이세. 그리고 왕자가 왕위를 머금고 내 지지를 받아 왕이 되었다고 제국과 우호적인 관계를 취해 준다면, 내가 공작이 되어 크리스까지 막아 주겠네. 그럼 모두에게 행복한 날이 되지 않겠나. 정, 믿지 못하겠다면……."

"좋아. 그렇게 하지."

탐욕이 강한 자는 그 욕구만을 추구하여 선량한 탈을 쓴 위선자들보다 믿을 만하다.

루인과 리오가 함께 그람을 데려왔다면 더더욱 손잡을 만한 가치가 있다.

"호쾌해서 좋군. 한데, 왕자는 13작이 두렵지 않나?"

"파워 게임은 명쾌해서 좋다. 내 영지를 침범한 놈들을 죽이기에 더할 나위 없는 명분까지 제공해 줬는데, 어찌하여 무서워해야 하나."

"끌끌끌. 반스 그놈보다는 배포가 좋군."

"습격자들을 마킹해 뒀다."

페드손이 페르노크를 찾아 섬으로 추적한 방식을 그대로 모르페오에게 물었다.

"그놈들부터 죽이고 다시 대화를 하고 싶은데 따라올 텐가?"

"크하하하하! 이런 미친 작자를 보았나. 13작을 사냥하겠다고? 좋지. 아주 좋아! 죄다 크리스의 심복들 아닌가. 함께 죽이세! 흔적도 없이 지워 버리자고!"

그람이 피워 올리는 살기에 전혀 억눌리지 않고 페르노크가 주먹을 말아 쥐었다.

칭의 신관 덕분에 몸은 정상으로 회복되었다.

이곳에서 멀리 떨어지지 않은 곳에 13작들이 숨죽이고 있다.

언제 다시 들이닥칠 후환거리들을 절대 살려 둬선 안 됐다.

"나와 그람 후작. 둘이 간다."

"안 됩니다, 왕자님!"

루인이 막아서려 하자 페르노크는 고개를 저었다.

"이곳을 저 안에 있는 마도사와 함께 지키고 있어. 혹시나 다른 13작이 올지도 모르니까."

"하지만 그람이 변심한다면……."

"그런 제정신이 박힌 사람이라면 협회도 난리가 났겠지."

페르노크가 관찰안으로 그람을 살폈다.

"피차 갈 길이 먼 것 같은데, 배신 같이 한심하고 저열한 수작이나 부릴 시간이 있겠나."

"옳은 말이야. 시간이 중요한 싸움에서 늘어지면 안 되지. 어서 가세! 가서 각자의 목적을 이뤄 보자고!"

영혼에 조금의 떨림도 없다.

이자의 미쳐 버린 욕심은 순수하기까지 해서 본심을 숨기는 다른 자들보다 훨씬 믿을 만했다.

"흔적도 없이 놈들을 지워 버린다."

그람이 웃음으로 화답하고, 페르노크는 바로 마킹된 모르페오를 향해 질주했다.

* * *

마킹을 따라 산길에 들어섰다.

상대는 대략 3개의 능선을 넘어선 곳에서 움직이지 않는다.

"마력을 감추는 게 좋을 거야."

그람이 나무에 묻은 물기를 가리켰다.

"추적자들을 감지하려고 마법을 뿌려 놨거든. 모르페오는 굉장히 치밀한 아이지."

"당신은?"

"내가 그 애들보다 한 끗이 더 높은데 왕자와 같은 취급을 해서야 쓰나."

장난기 넘치는 말임에도 모욕을 주기 위함이 아니었기에 페르노크는 바로 마력을 숨겼다.

"아주 미약한 마력만……."

그리고 그람의 말이 이어지기도 전에 그와 나란히 달리기 시작했다.

"……센스가 상당하군. 마도사라도 이 미세한 마력 조절은 어려울 텐데 말이야."

"13작의 마도술을 알고 싶다."

과연 이것까지 말해 줄까 싶었는데, 그람은 아주 순순히 답했다.

"우선 이 앞에 있는 3명은 다양한 전투에 특화되어 있어. 일단, 빌크는 요인 암살에 능해. 대략, 1킬로미터 반경의 공간을 넘나들 수 있지."

"거리의 제약은 그게 전부인가?"

"대신, 위력이 줄어들어. 해서, 빌크가 가장 위험한 때는 모든 마력을 낮에 응축시킬 때야. 그 한순간만큼은 강화계를 초월해 특이계의 영역에 들어서지."

"공간을 고속으로 찢어발기며 나타나더군."

"호오, 이미 견식했나. 한데, 용케 살아 있구먼."

"위력이 최대로 발휘되기 전에 가로막았다."

"아, 그런 방법도 있었나."

청의 신관이 아니었다면 두 눈 뜨고 당했을지도 모른다.

그가 갑자기 난입해 준 덕분에 뷜크의 낫이 최고조에 달하기 전 상태에서 마도술의 발동을 멈췄다.

"개인과 개인의 맞대결에선 틈을 볼 수 없었을 거야. 3자의 개입이 있었군. 그것도 꽤 날카로운…… 아! 저택에 숨어 있던 그 마도사인가?"

"시답잖은 소리 말고 마도술이나 얘기해."

"끌끌끌, 성질 급하기는. 아무튼, 뷜크의 마도술은 개인전에 특화되어 있어. 도중에 공간을 격하는 마도술을 막았을지라도 그 육중함에 짓눌릴 가능성도 높으니 최대한 피하는 걸 추천하지."

"그 여자는?"

"라이나 자작 말인가. 그 아이의 마도술은 간단해. 액체에 닿는 모든 것을 산화시켜. 단 한 방울만 튀어도 삽시간에 번져 버리지. 마도사가 없는 대군이라면 수십만을 상대해도 혼자서 거뜬히 이길 거야."

개인전과 대인전에 특화된 두 마도사.

"거기에 모르페오의 다양함이 더해졌어. 모르페오 백작의 마도술은 평범한 자연계 마법 물에서 비롯되었으나, 마도술로 승화된 이후에 다양한 경로로 활용하게 되었지."

"물로 안개를 만들더군. 얼리기도 하고."

"다재다능함이 그의 장점이야. 변수를 차단하기엔 더없이 적합하지."

모르페오까지 더 해진 3명의 마도사는 그야말로 틈이 없어 보였다.

설령, 대군이 들이닥치더라도 그들 3명에서 손쉽게 몰살시킬 것 같았다.

"내 세력까지 짓뭉갤 생각으로 찾아왔군."

"그럴 생각이었겠지. 그 마도사만 없었더라면 지금쯤 자네와 후작령은 일루미나의 지도에서 지워졌을 거야."

은근슬쩍 청의 신관의 정체를 알아내려고 하는 그람의 시선을 피했다.

"모르페오의 약점은?"

"더 강한 힘으로 찍어 누르는 수밖에 없지. 아니면 상극이 되는 원소나 특이계로 갉아먹던가."

강화계, 자연계, 특이계가 한 곳에 모여 있다.

그 저택에서는 다급하게 대처하느라 미처 생각하지 못했지만, 지금 와서 보니 답이 보이지 않는 조합이다.

'천벌을 쓴다 해도 한 명이 한계다. 남은 둘까지 막진 못해.'

역시, 해답은 그람에게 있었다.

"한데, 왕자는 나와 단둘이 13작에게 향해도 되겠나?"

"이제 와서 배신할 놈으로 보이진 않는데?"

"그 사이 나를 신뢰했다면 정말 감사할 일이겠군."

"아니, 이제부터 네가 나와 손잡을 가치가 있다는 걸 증명해야지."

"……?"

"첫 습격은 너다."

그람이 의미를 이해하고 씨익 웃었다.

"나를 먼저 투입시키겠다?"

"저항하기 전에 한 놈만 먼저 죽여. 누가 됐던 딱 한 놈이면 돼."

"그리고?"

"다른 한 놈을 막아 둘 동안, 나머진 내가 처리하지."

"가능하겠나?"

"S2의 마도사라도 저 3인방을 온전히 감당하진 못하겠지. 내 방식대로 처리하는 편이 훨씬 깔끔하지 않겠나. 그 크리스라는 놈에게 들키지 않으려면 말이야."

"끌끌끌, 확실히 시간 절약하는데 아주 좋은 방법이겠군."

그람이 입맛을 다셨다.

"아무래도 내가 사람을 잘 선택한 것 같아."

"확실히 숨통을 끊어 놓지 못하면 이후의 얘기는 없어."

"염려 말게. 허무하리만치 깔끔한 내 방식을 보여 줄 테니까."

음침한 웃음을 흘리며 그람이 앞장서서 능선을 넘어섰다.

* * *

"으음……."

"참아."

모르페오가 무심히 말하며 괴사되어 가는 뷜크의 팔에 깨끗한 물을 집어넣었다.

청량함이 팔과 어깨 그리고 심장까지 훑고 지나가자, 새까맣게 변질되던 팔에 다시 혈색이 돌았다.

라이나가 팔에 붕대를 감아 주자, 뷜크는 식은땀을 흠뻑 쏟으며 나무에 등을 기댔다.

"헉, 헉, 감사합니다. 백작님."

"오늘 밤을 넘어서면 팔을 휘두를 수 있을 걸세."

"내일 다시 페르노크 왕자를 죽이러 갑니까?"

"버킹엄 백작과 합류하도록 하지."

"우리의 최우선 과제는 페르노크와 그 일파를 쓸어버리는 것. 그게 안 된다면 시간 벌이라도 해야 하지 않습니까."

라이나가 옆에서 거들었다.

"빌크 남작의 말이 맞습니다. 반스가 경합에서 승리할 때까지 페르노크를 성에 붙잡아 둬야 합니다."

"아니, 버킹엄 백작과 합류한다."

"백작님!"

"변수가 많아."

모르페오의 냉담한 말에 두 사람이 고개를 저었다.

한 번 뜻을 세운 모르페오를 굽히는 건 크리스가 아니고서야 불가능하단 사실을 알기 때문이다.

'대체 그 마도사는 뭐였지.'

느닷없이 튀어나와 페르노크를 지키고 빌크와 라이나를 몰아붙이던 마도사의 몸놀림이 아직도 머리에 선명하다.

그 푸른 아우라는 분명 강화계의 증폭과 특이계의 회복 개념을 함께 가진 복합적인 마도술이었다.

그만한 실력자가 지금까지 페르노크 곁에서 무명일 리가 없다.

'페르노크에게 우리가 모르는 협력자가 있다.'

르젠 혹은 마법 협회 정도가 전부라고 생각했던 라키스 제국의 정보망이 허술하게 뚫려 버린 듯했다.

'불가사의함을 무모함으로 맞받아쳐선 안 된다.'

당장 이 정보를 버킹엄과 교환하여 대책을 마련한 뒤에 다시 페르노크를 쳐야 옳다.

모르페오는 확실한 판단이 서야 먹잇감을 낚아채는 신

중한 사람이었다.

"각지에서 벌어지는 전쟁. 13작의 희생이 따른다면 라키스 제국의 위엄이 손상된다. 너희가 죽지 않고 페르노크를 죽일 방도가 있다면 내 기꺼이 경청해 주지."

무심한 말에 두 사람은 침묵했다.

페르노크 혼자라면 모르되, 그 마도사까지 감당하는 건 무리였다.

적어도 뷜크나 라이나 중에 한 명이 희생해야 페르노크를 죽일 수 있다.

"맞교환은 손해다. 우린 압도적으로 이 전쟁에서 승리하여 라키스의 위엄을 세계에 떨쳐야 한다. 명심해라. 감정에 휘둘리는 자들은 결코 13작에 앉지 못한다는 사실을."

두 사람이 고개를 끄덕일 때였다.

모르페오가 갑자기 동쪽으로 시선을 돌렸다.

은밀한 마력이 물기에 포착되었다.

"이건……."

그 독특한 마력의 형태를 눈치챌 때쯤, 수풀을 치우며 그람이 모습을 드러냈다.

"후작님!"

뷜크와 라이나가 자리에서 벌떡 일어났다.

"끌끌끌, 여기들 있었구먼."

"후작님께선 여긴 어떻게 오셨습니까?"

"협회 쪽을 처리하고 페르노크를 살피러 왔는데 후작령이 멀쩡하지 않던가. 뭔가 이상해서 자네들을 따라왔네."

"그건…….."

"설마, 실패했나?"

두 사람이 헛기침을 하며 그람의 시선을 피했다.

"쯧쯧쯧, 어찌 라키스의 13작이 그깟 애송이 하나 못 죽여서 일을 어렵게 만들어."

그람이 못마땅하다는 표정을 지으며 걸어오려 하자, 모르페오가 그 앞에 얇은 물의 선을 만들었다.

"……?"

"백작님?"

명백한 적의에 그람이 걸음을 멈췄고, 두 사람도 당황한 시선을 보냈다.

하지만 모르페오는 아주 차분히 그람을 응시했다.

"아직 뷜크의 질문에 제대로 답을 해 주지 않으셨습니다."

"뭐라고?"

"제가 다시 묻겠습니다. 저희가 이곳에 있다는 사실을 어떻게 아셨습니까?"

"아니, 이보게 백작……!"

"이 은신처를 어떻게 알고 찾아오신 겁니까."

선이 면으로 확장되어 모르페오와 그람 사이를 가리려 했다.

"허어, 이것 참."

투명한 막 너머에 그람의 형체가 흐릿해진다.

"이래서 눈치 빠른 자네가 참 귀엽단 말이지."

그리고 목소리가 옆에서 들려왔다.

콰득!

라이나의 등에서 지팡이가 뚫고 나왔다.

"하지만 거리 조절이 아직 미숙하군. 나와 50미터 간격을 두고 고작 저깟 물 쪼가리 하나로 막을 수 있을 성 싶던가?"

"후…… 작…… 님……?"

"으음. 미안하게 됐네, 라이나 자작."

그람이 지팡이를 빼내자 가슴에 구멍이 뻥 뚫린 라이나가 믿을 수 없다는 표정을 지으며 그대로 쓰러졌다.

털썩!

소리가 들리기 무섭게 일대의 중력이 모두 반전되었다.

"13작의 여유는 강함에서 비롯된 긴장이다. 언제나 최악의 상황을 그리며 준비해야 하지만, 아쉽게도 백작급 미만은 경계가 부족했군."

뷜크가 낫을 들었고, 모르페오의 물이 대해처럼 치솟아 그람을 감싸려 했다.

라이나 자작의 죽음 앞에서 큰 여운을 두지 않는 모습이 기꺼워 웃었다.

"끌끌끌, 13작은 모름지기 죽을 때도 화려해야 하는 법이지!"

그 순간, 대해를 뚫고 강렬한 파동이 솟구쳤다.

불씨가 확 오르듯이 갑작스레 들이닥친 마력으로 모르페오가 시선을 돌렸다.

페르노크가 글러브에 새하얀 기운을 모아 터트리고 있었다.

콰아아앙!

반전된 중력으로 부서진 파편들이 떠올랐다.

모르페오가 파편을 딛고 정면을 노려보았다.

"페르노크 왕자……?"

"역시, 내상은 회복했나."

모르페오가 빌크와 대치한 그람을 힐끗 보며 처음으로 표정을 일그러뜨렸다.

"설마, 그람 후작님과 손을 잡은 건가."

"먼저 찾아와 주더군. 나와 동맹을 맺고 싶다고."

페르노크의 덤덤한 말이 일대에 흘러나오자 빌크가 분개하여 소리쳤다.

"아무리 자율 행동이 부여되었다곤 하나! 라키스를 적으로 돌리면서까지 이러는 이유가 대체 뭡니까, 후작!"

"아닐세. 이것이야말로 라키스에 도움이 되는 행동이야."

"뭐, 뭐?"

"어찌 되었건 일루미나의 왕과 손잡으면 되는 일 아닌가. 나는 그 음흉한 반스보다 저 잠재력 넘치는 왕자가 더 끌렸네. 페르노크가 왕이 되고, 내가 그의 협력자가 되면 결국 이득은 라키스에 돌아올 터인데, 자네들은 뭐가 그리도 불만인가?"

음침한 웃음을 모르페오가 싸늘히 대응했다.

"말은 바로 하십시오. 개인적인 감정 아닙니까."

크리스의 최측근 답게 상황을 빠르게 파악했다.

"저희를 설득할 시간조차 주지 않았다는 건, 저희가 크리스 공작님을 따르기 때문이겠지요. 아직도 공작위를 빼앗긴 걸 마음에 두고 계셨습니까?"

"옹졸하다고 욕해도 좋네. 하지만 나는 마땅히 가졌어야 할 내 것을 다시 되찾겠어."

"세상이 바뀌어도 그럴 일은 존재하지 않습니다."

"크리스…… 그 오만한 녀석이 뒷짐 지고 구경할 때, 나는 앞장서서 그놈의 세력을 처리하고 있네. 유감이지만, 모르페오 백작. 자네는 내가 처리해야 할 1순위 인물이었어. 너무 영특해서 어떤 변수를 창출할지 몰랐거든."

"칭찬 감사드립니다. 이 모든 말씀은 제가 공작님께 잘 설명해 드리지요."

그람이 손뼉을 마주쳤다.

중력이 원래대로 되돌아오자, 모든 자들이 지면에 착지했다.

페르노크는 어느새 순환연동을 끝마쳤다.

모르페오는 가장 농도 짙은 물방울을 완성했다.

뷜크는 멀쩡한 팔 하나에 남은 마력을 응집시켜 최선의 일격을 준비했다.

그람은 라이나의 시체를 짓밟으며 손 위에 새까만 구체를 띄웠다.

이 자리의 모두가 느끼고 있다.

한순간이다.

죽이는 것도, 탈출하는 것도.

이 찰나에 판가름 난다.

'내가 눈치채지 못할 정도로 숨어서 찾아왔다. 그람의 짓이겠지. 하면, 도망칠 곳은 없다. 유일한 탈출구는 억지로 열어젖히는 수밖에 없어.'

모르페오가 최대의 마력을 응집시켰다.

'내가 산화하여 뷜크를 버킹엄 백작에게 보낸다.'

페르노크의 마도술은 이미 파악했다.

충분히 억제할 수 있다.

하지만 그람까지 떨쳐 내지 못한다.

모르페오 본인이 죽을 각오로 붙들어 한순간의 틈을 만드는 게 전부다.

뷜크는 그 틈을 비집고 도망칠 것이다.

마도사가 모든 것을 터트리려 할 때의 전조를 뷜크도 느꼈다.

말하지 않아도 모르페오가 어떤 행동을 취할지 뷜크는
짐작했다.

그리고 누구보다 먼저 마도술을 시전했다.

카앙!

그람이 반응했다.

"음…… 실망인데?"

뷜크가 마지막 순간에 힘을 뺐다는 사실을 느끼자마자
모르페오의 물방울이 사방으로 비산했다.

콰콰콰콰쾅!

천지를 폭발시키는 굉음이 산을 울렸다.

거센 저항에 그람이 중력을 터트리려는 찰나.

새하얀 빛이 중앙을 꿰뚫는다.

"혼자라면 감당할 수 있을 거라고 자신했나."

순환연동을 머금은 오버 임팩트.

그것이 소나기처럼 퍼부어지는 물 중간에 멈춰 섰으
나, 이어진 섬광에 모르페오가 눈을 부릅떴다.

페르노크의 마도술을 깊은 밤으로 오해한 그가 거대한
뇌룡을 마주했다.

"잘못된 선택이야."

오버 임팩트에 뒤섞여 날아오는 천벌이 모든 물살을 헤
집고 모르페오를 꿰뚫었다.

마력이 아닌 다른 차원의 힘을 그람도 흥미롭게 지켜보
았다.

'공간을 지배하는 마도술이 아니었나.'

모르페오와 마찬가지로 그람 또한 페르노크의 마도술을 다른 쪽으로 오해했다.

이런 파괴적인 힘을 알았더라면 모르페오도 한점에 집중하는 방식으로 저항했을 것이다.

하지만 그는 깊은 밤에 당한 상처를 너무 의식한 나머지, 페르노크의 다른 힘들을 간과했었다.

아니, 그걸 모르도록 페르노크가 속인 보람이 있었다.

청의 신관이 끼어든 덕분에 만들어진 오해가 쌓여 찰나의 판단을 흐트러뜨렸다.

모르페오는 순간 다양한 전략을 떠올렸으나, 실행에 옮기진 못했다.

이미 그의 몸은 새까맣게 익어 숨을 거뒀고, 페르노크는 어느새 빌크의 뒤를 따라붙었기 때문이다.

"포기가 빠르군."

그람의 중력이 날개를 달아 주듯이 페르노크를 가속시켰다.

"하찮은 각오로 감히 내 영지에 기어들어 왔나."

빌크가 창백한 안색으로 휘두른 낫을 페르노크가 아티펙트를 갈고리로 만들어 낚아챘다.

빼앗기지 않으려 안간 힘을 써 보지만, 이미 그의 두 팔은 응집시켰던 마력으로 인해 심각한 부상을 입은 상태였다.

반면, 페르노크는 마력강체술에 온갖 강화계 마법을 뒤섞어 근력을 대폭 증가시켰다.

쾅!

빌크의 몸을 거칠게 걷어참과 동시에 낫을 갈고리로 빼냈다.

동시에 갈고리를 검의 형태로 바꾼 페르노크가 빌크에게 낙하했다.

빌크가 간신히 자세를 취하여 보지만, 페르노크 또한 명계에서 온갖 절대자들의 무술을 몸에 각인시켜 왔다.

강화된 몸으로 권각술을 펼친다 해도 세상에서 제일 날카로운 검으로 펼치는 절대자의 검법을 능가하진 못한다.

기사왕의 검술에 오버 임팩트를 섞어 맞부딪칠 때마다 빌크 몸에 데미지를 축적시켰다.

그리고 그의 다리가 무너진 순간, 페르노크의 검이 중심이 흐트러진 그 목을 베어 버렸다.

서걱!

빌크가 눈을 부릅뜬 상태로 굴러 떨어졌다.

이윽고 사방에서 거대한 영력의 기둥이 솟구쳤다.

모르페오, 빌크, 라이나.

라키스의 13작들은 지금까지 죽인 마도사들보다 더 농밀한 영력을 가지고 있었다.

그것들을 모조리 흡수하니 동화율이 단번에 치솟았다.

동화율 - 55%

페르노크의 몸이 부르르 떨렸다.

한 꺼풀 벗어던진 환희에서 찾아오는 전율이었다.

마력은 S1에서 벗어나지 못했지만 영력은 이제 S2의 마도사와도 견 줄 만큼 급성장했다.

"상당히 많은 재주를 가지고 있구먼."

감탄하는 표정을 지으며 다가오는 그람을 페르노크가 물끄러미 바라보았다.

* * *

지금 여기서 그람을 죽일 수 있을까?

급상승한 힘에 충동적으로 든 생각을 페르노크가 간신히 억눌렀다.

'진심으로 제국을 칠 생각이다.'

그람은 그 욕심만큼이나 터무니없는 꿈을 꾸고 있다.

세계 최강의 마도사가 버티는 제국의 새로운 공작이 되는 것.

패황이라 불리는 라키스 제국의 황제가 아무리 싸움을 즐기는 투사의 기질을 타고났다 해도, 자국에 칼을 빼 든 마도사를 살려 둘까?

'내게 말한 것 외에 다른 이유가 있겠지. 패황조차 설득

할 방법이.'

라키스 제국의 백작급 이상 마도사들은 그 힘과 세력이 다른 나라에 잘 알려져 있지 않았다.

결국 그람과 자신의 목적이 같다면 지금 당장 죽이는 것보단 한계까지 쥐어짜 내는 편이 맞다고 판단했다.

페르노크가 시선을 거두자 그람이 흥미로운 눈길을 보냈다.

"그 사이 뭔가 달라진 것 같군."

"조금 날카로워졌을 뿐이야. 그래서 이 3명을 죽인 대가로 넌 내게 무엇을 원하지?"

"처음 약속했던 동맹."

"다른 이유가 더 있을 텐데?"

그람이 음침한 웃음을 흘렸다.

"르젠에 있는 브레이아를 제외하면 제국의 마도사들은 모두 크리스를 따르지. 나로선 왕자를 도와 13작을 약화시킬 수 있다면 향후 공작이 되었을 때 큰 도움을 얻을 것 같네."

"나와 함께하는 것만으로도 이득이 된다?"

"왕자 선까지 올라갈 것도 없이, 협회장과 손을 잡고 움직이면, 웬만한 마도사들은 다 정리할 수 있겠군."

"제국은 내가 루인과 한편이라는 사실을 알고 있나?"

"어디까지나 내 추측이었지. 의뢰주와 의뢰인의 관계치곤 심상치 않다고 여겼을 뿐이야. 하지만 내가 협회장에 갔다는 보고가 크리스에게 넘어간 이상, 그 또한 협회와 왕자의 관계를 짐작할 걸세."

"여기 죽은 자들도 크리스에게 계속 보고를 올리나?"

"일정한 시간을 두고 진행 상황을 보고할 거야. 하지만 크리스가 아닌 버킹엄이겠지. 일루미나는 버킹엄을 포함한 이들 4명이 담당하기로 했었거든."

"시간은?"

"보통 보고는 일주일 간격으로 하네. 자네가 습격당한 날을 기점으로 일주일. 보고가 올라가지 않는다면 버킹엄은 당장 이 사실을 크리스에게 전하겠지."

페르노크가 싸늘히 물었다.

"우리에게 남겨진 시간은?"

"한 달. 그 이상을 넘긴 순간 크리스가 어떤 짓을 벌일지 몰라."

13작을 친다는 건, 보고 체계가 흐트러진다는 뜻이다.

강력한 리더쉽으로 13작을 통솔하는 크리스가 이 무너진 질서를 두고 볼 리 없다.

전면에 나서기를 꺼린 그였지만, 13작에게 자율행동이 부과된 이상, 변수를 제거하기 위해 자리에서 일어날지도 모른다.

S3의 마도사.

지금껏 본 적 없는 그 힘의 경계선이 어디인지 페르노크는 짐작조차 못했다.

당장 크리스를 마주한다면, 모든 가능성은 최악으로 연결된다.

"크리스가 끼어들면 아마 나는 죽을 거야."

"S2의 마도사를?"

"끌끌끌, 그 건방진 놈은 혼자서도 제국을 지탱한다고 믿지. 아군이 아니면 모두 적이라 판단해서 움직여. 나도 상당한 위험을 감수하고 지금 일을 진행한다는 뜻이네."

"……."

"한 달일세. 한 달이 넘어서 크리스에게 보고가 들어가는 순간. 남은 13작을 이끌고 그가 출진할지 몰라. 그럼 모든 게 끝이야."

한 달 안에 반스를 죽이고 왕궁을 점령해야 한다.

터무니없는 일이 가능하겠냐고 솔직하게 묻는 그람에게 페르노크는 덤덤히 대꾸했다.

"율리아나부터 치고 반스를 몰아세우려고 했건만, 순서가 살짝 꼬이게 되었군."

"따로 생각해 둔 게 있었나?"

"경합을 치르는 도중에 비명횡사한 왕족은 적지 않지. 명분을 구할 수 없다면 암살이라도 시도하려 했지만, 라키스가 이토록 과격하게 나와 주니 새로운 명분이 생겼어."

"호오, 상당히 재주가 많은 사람이야. 왕자는."

비단, 페르노크의 생각 때문만은 아닐 것이다.

그람이 자유자재로 변환하는 페르노크의 무기와 불가사의한 힘들을 생각하며 씨익 웃었다.

의미심장한 눈초리가 몸을 훑지만 어쩔 수 없는 일이었다.

마도술만으로는 13작을 죽이지 못한다.

가진 것을 다 동원해야 기습이라도 성공하는 상황에서 무언가를 아낄 여유가 없었다.

그람이 제국의 마도술을 알려 주듯이, 페르노크도 전력이 어느 정도 노출되는 상황을 감내해야 했다.

'내가 S2의 마도사들과도 붙을 수 있다는 사실을 모르겠지만 말이야.'

13작 중 3명을 먹음으로서 한계가 깨졌다.

그람이 배신할 경우의 수도 고려하여 충분히 대처 가능하다.

"반스가 어디 있는지 알고 있나?"

"버킹엄은 입이 무거운 아이라, 나도 들은 건 없어. 하지만 굳이 신경 쓸 필요가 있을까? 지금 일루미나의 전력으론 나와 자네 그리고 협회장까지 막진 못해."

"한 점 돌파는 무식한 방법이지. 전력에 여유가 생긴 지금은 반스 하나만 고집할 필요가 없어."

"그럼?"

페르노크가 덤덤히 답했다.

"반스와 더불어 다른 나라에 파견된 13작까지 죽인다.

그럼 일이 틀어져 크리스가 출진하더라도 바로 일루미나로 오진 못 하겠지."

"오호, 사방을 흔들겠다?"

"시간이 부족한 건 우리뿐만이 아니야. 나를 죽이지 못한 순간부터 라키스도 촉박해지지. 나를 암살하려 했다는 명분이 생기니까. 대놓고 왕족을 치는 것과 은밀히 암살하는 건, 굉장한 차이가 있어. 그리고 반스는 자의가 됐든 타의가 됐든 이 선을 넘어 버린 거야."

페르노크가 싸늘히 웃었다.

"반스는 내가 죽여. 그때까지 당신은 내 사람들과 해 줘야 할 일이 있어."

"부려 먹는 건 상관없네만. 공로는 나에게 주겠다고 약속하겠나?"

"난 선의를 믿지 않아. 그 행동에 충분히 어울리는 대가를 지불할 뿐이야."

"끌끌끌, 역시 왕자는 깔끔해서 좋군. 어서 시작하자고. 크리스가 움직이기 전에!"

그리고 두 사람은 후작령으로 되돌아갔다.

* * *

반스와 왕성을 떠나 무덤의 단서를 찾아가던 버킹엄은 전령의 보고를 받은 뒤에 눈살을 찌푸렸다.

"모르페오 백작에게 연락이 없었다고?"

"예."

"벌써, 일주일이 지나지 않았나?"

"연통 넣는 장소에 편지 하나 없었습니다. 백작님과 다른 두 분도 보이지 않으셨고요."

"허어……."

그들 3인방은 어떤 환경에서 누구를 만나더라도 능히 대처 가능한 조합이었다.

설령, 분노한 나라에서 대군을 파병하더라도 오히려 역으로 받아칠 실력자들이니 실패란 생각지도 못했다.

"하옵고 후작령은 무사합니다."

모르페오 일행이 완벽하게 실패했다.

페르노크는커녕 그 파벌 하나 죽이지 못하고 연락이 끊겼다.

'3명의 생사가 불분명…… 죽었다고 보는 게 맞겠지.'

머리론 냉정하게 계산하지만, 가슴은 이상하리만치 뜨거워졌다.

신경이 곤두세워진 것이다.

'대체 어떻게 그 3인방이 죽었는가.'

S1의 마도사 페르노크 한 명만 제거하면 나머지는 손쉽게 정리 가능한 수준이다.

모르페오는 방심조차 하지 않는다.

부여된 임무를 변수 없이 깔끔하게 처리하는 것이 그의

장점이었다.

'페르노크에게 우리가 모르는 세력이 붙어 있었나. 그것도 마도사급의…….'

타이르와 르젠을 몰아치는 와중에 페르노크를 지원할 세력은 이 왕궁에 존재치 않는다.

심지어, 오운이 플레미르까지 공작령에 가둔 이상 변수는 없다고 봐야 했다.

그럼에도 완벽하게 지워 버리기 위해서 마도사만 무려 3명이 투입됐다.

그 모든 역경을 페르노크 혼자서 떨쳐 냈다고 믿기 어려웠다.

"……두 분 후작께서는 어디 계시지?"

"그람 후작께선 협회를 방문하신 뒤에 소식이 두절 되었습니다. 아무래도 숨을 죽여 사태를 파악하는 줄로 보입니다."

"협회장의 실력이 후작님들과 동급이라 보는 게 좋겠군. 하면, 브레이아 후작께서는?"

"자일에게 합류한 뒤로 소식이 끊겼습니다."

"설마…… 사람이 마음에 안든다고 또 일을 그르치시는 건 아니겠지?"

"확인해 보겠습니다."

버킹엄이 관자놀이를 검지로 누르며 고개를 저었다.

"아니, 그쪽은 신경 쓰지 말도록. 우선 이 상황을 공작님께 보고토록 해라. 아울러, 제국에 남아 있는 13작의 파견을 요청한다는 말씀도 전하고."

"예."

전령이 사라지자마자 버킹엄은 반스에게 다가갔다.

"왕자님, 송구하오나, 잠시 자리를 비우고 왕국에 다녀오겠습니다."

"왕국에? 무슨 일이라도 있습니까?"

"긴히 처리할 일이 생겼습니다."

"혹, 페르노크에게 향한 13작들에게 변고가 생긴 겁니까?"

"그 또한 확인해 볼 생각입니다."

반스가 고개를 끄덕였다.

"알겠습니다. 단서도 얼추 정리가 끝나가고 있으니 걱정말고 남은 일을 정리하고 오십시오."

"예, 왕자님."

버킹엄이 은은한 미소를 지으며 왕국으로 몸을 돌렸다.

'반스가 무덤을 찾을 때까지 어떻게든 시간을 벌어야 돼. 모든 변수는 사라져야 한다.'

싸늘해진 눈으로 주위를 둘러본 버킹엄이 모르페오의 연락이 끊긴 후작령으로 달려갔다.

* * *

모든 길드장들이 모일 무렵, 세계의 혼란을 페르노크도

접했다.

"라키스 제국이 칼을 빼 들었다. 명분은 단 하나, 제국은 위협을 좌시하지 않는다."

이해되지 않는 말에 길드장들이 고개를 갸웃하자, 로브를 눌러쓴 그람이 덧붙였다.

"끌끌끌, 이유를 생각하지 말게. 제국의 발상은 언제나 강압적이었고, 그것을 견뎌 낸 나라들만이 지금 존재할 뿐이네."

길드장들은 그람이 누구인지 몰랐다.

그저, 페르노크가 정중히 대우하라기에 가만히 귀를 기울였다.

"라키스에게 이 전쟁의 의미는 크게 2가지야. 하나는 13작들이 공을 세워 자리를 유지하거나 더 높이는 것. 그리고 다른 하나는 약한 자들을 솎아 내는 것."

"약한 자?"

살리오가 묻자 그람이 웃으며 답했다.

"수십 년의 세월 동안 전쟁 한 번 일어나지 않은 세계에서 13작은 그 자리를 오랫동안 유지해 왔네. 자국의 마도사들끼리 경쟁시켰지만 그것만으론 세계의 변수를 감당한다고 자신하기 어렵지. 해서, 이 전쟁에서 13작의 역량도 다시 재확인할 거야."

"아니, 그럼. 단지 강함을 증명하기 위해서 수많은 사람들을 죽였단 말입니까?"

"말은 명확히 해야지. 사람이 아니라 군인일세."

그 미묘한 차이를 이해한 자들이 탄성을 터트렸다.

"지금 모든 전쟁은 13작과 각 나라의 군인들이 싸우고 있어. 백성들에게 피해가 가느냐, 아니지. 백성들은 소문으로만 접할 뿐이야."

"하지만 후작령을 치지 않았습니까!"

"영지째로 모든 것을 지워 버리면 소문이 퍼져 나갈 증인이 있나? 사람이 남아?"

살리오는 꿀 먹은 벙어리가 되었다.

"나라와 나라의 분쟁으로 유도하되, 만약 민간인을 친다면 흔적조차 남지 않게 하여 누가 이런 일을 벌였는지 모르게 하는 것. 13작의 자율 행동을 보장한 이유가 바로 거기에 있지."

"하지만 이런 방식을 언제까지 고수할 순 없을 겁니다."

"끌끌끌, 죽은 자는 말이 없고, 역사는 승자의 것이지. 이유나 방식에 너무 연연하지 말게. 어차피 일은 벌어졌고, 우린 싸워야 하지 않겠나."

그람이 페르노크에게 시선을 돌렸다.

페르노크가 고개를 끄덕이며 말했다.

"후작령을 급습한 13작 중 3명을 죽였다."

"……!"

"저자의 말대로 이젠 피할 수 없어. 하지만, 이대로 제국과 싸우다간 우린 몰살이다."

냉정한 말에 회의장은 눈보라가 몰아친 것처럼 싸늘해졌다.

"현재, 13작이 파견된 곳들 중에서 제일 무사한 세력은 우리가 유일하다. 르젠은 자일이 다시 힘을 얻었고, 타이르의 국경은 지금 바노스 백작의 마도술에 허덕이고 있어."

"마도사를 삼키는 마법사는 어찌 되었습니까?"

리오가 묻자, 페르노크는 단호히 답했다.

"생사불명."

"그럼 그 괴물이 죽었단 말씀입니까?"

"아직 모른다. 바노스 백작의 마도술도 힘을 잃어 간다는 보고가 있으니, 어쩌면 얀이 치명상을 입혔거나 왕국에서 회복을 하고 있을지도 모르는 상황이다."

"으음······."

"명심해야 할 것은 아직 라키스에는 절반의 13작이 더 남아 있다는 뜻이다. 게다가, 세계 최강의 마도사가 눈을 부릅뜨고 있지."

단순히 마도사들만 펼쳐서 생겨난 각국의 분란.

여기에 제국의 본대가 더해지는 순간 강대국들의 균형은 마침내 깨지고 만다.

"크리스 공작을 위시한 제국의 본대가 어느 한 곳에 칼끝을 겨누면, 그곳은 반드시 무너지게 된다. 그리고 나는 그곳이 바로 여기라고 생각한다."

"……!"

"가장 많은 13작이 파견되었으나, 내 손에 3명이 죽었
으니 말이야."

"그럼……."

다들 말이 쉽게 나오지 않았다.

무언가 궁리하고 싶었지만 크리스라는 이름만으로 숨
이 턱 막혀 왔다.

"방법은 하나뿐이다. 크리스가 오기 전에 라키스가 만
든 혼란을 이용하는 것."

"……?"

"이 무분별한 전쟁을 명분으로 삼아, 우린 한 달 안에
일루미나 왕성을 접수한다."

길드장이 입을 쩍 벌렸으나, 리오와 루인은 침묵하며
고개만 끄덕였다.

"반스가 후작령을 지워 버리려 했다는 그 명분이면 충
분해."

"하지만 지금 진상조사단장은 왕실 마도사단장인 오운
아닙니까!"

공정하지 않을 거라는 살리오의 열변에 페르노크는 한
장의 서신으로 답했다.

"플레미르 공작의 전언이다. 반스가 지금 어디로 향하
는지 내게 자세히 일러 주겠다는군."

"우리와 함께하겠다는 뜻으로 받아들여도 되겠습니까?"

리오가 조심스럽게 묻자, 페르노크는 피식 웃었다.

"함께 손을 잡자고 하지 않았으나, 우리가 만약 왕성으로 향할 계획이라면 자신들이 먼저 길 하나를 뚫어 놓겠다고 하더군."

페르노크가 테이블에 지도를 펼쳤다.

플레미르가 향할 방향에 자신들의 진군 경로를 섞자, 보름이면 뚫어 버릴 직선 코스가 탄생했다.

"암습을 가하진 않을 텐가?"

그람이 웃으며 묻자 페르노크는 고개를 저었다.

"뭣 하러 그딴 놈 찾아가는데 시간을 써, 아깝게."

"그럼 반스는 어찌하겠나?"

"우리가 찾아갈 필욘 없어. 어차피 내가 명분으로 몰아붙여 왕성으로 진격한다면 급해진 그놈이 되돌아올 테니까."

"하면, 왕성과 함께 반스를 쓸어버리겠다?"

"거기서 당신에게 임무를 하나 부여하지. 오운을 죽여."

그람의 어깨가 들썩였다.

웃음을 참지 못하는 것이다.

"끌끌끌끌, 아직도 내가 못미덥나? 계속 시험을 하고 싶어?"

일루미나의 마도사이자 반스의 후원자를 치면서 그람이 다른 생각을 못하도록 묶는 게 아니냐는 극단적인 방식이었다. 하지만 페르노크는 덤덤히 대꾸했다.

"S2의 마도사는 S2가 상대한다. 단순하게 생각했을 뿐이야."

"뭐 좋아. 그럼 버킹엄은?"

"내가 맡는다. 반스까지 포함해서."

곰곰이 무언가를 생각하던 그람이 고개를 끄덕였다.

"이제 보니 여유가 있었군."

그 말처럼 페르노크에겐 다른 꿍꿍이가 있었다.

"전면만 치고 나가기엔 후방이 부실하지. 하여, 보급이 원활하게 되도록 루인이 르젠에서 브레이아를 상대해라."

"알겠습니다."

"리오는 보급품을 타이르 국경에 전달해."

"그것만이면 되겠습니까?"

"충분해. 타이르는 무너지지 않아. 그 위기를 기회로 타이르에 침투해라."

그람이 없었다면 인원을 나누는 방식은 생각조차 못했을 것이다.

하지만 S2의 마도사와 플레미르의 협력이 터해지면서 일루미나를 포함한 다른 나라에 개입할 수단들이 생겼다.

'라키스의 13작이 만들어 준 기회.'

제국의 자신감이 세계에 혼란을 낳고, 모두가 허덕일

거라고 생각한 그때.

페르노크는 오히려 혼란이야말로 모든 나라에 침투할 명분으로 생각했다.

일루미나뿐만이 아니다.

일루미나를 거머진 뒤에 이 나라가 처한 특수적인 상황을 모면할 방법은 타국의 힘까지 함께 얻는 것이다.

그리고 지금 13작들이 들쑤시면서 라키스를 향하는 적의야말로 페르노크가 이용할 무기나 다름없었다.

"왕성과 반스를 먹고, 타이르와 르젠을 중재하여 우리가 세울 새로운 왕조가 기틀을 잡을 때까지 시간을 벌 것이다."

이 일이 가능한 또 다른 이유는 성황국의 참전이다.

그 변수는 그람조차 모른다.

라키스의 13작들이 실패하여 생겨난 한순간의 틈.

페르노크가 검을 뽑아 들고 찰나의 기회를 돌파하려 한다.

"한 달 안에 모두 접수한다."

명계로 올라오기 전.

생전에 한 나라의 무력을 상징하던 그가 옛 모습을 떠올리는 듯 타오르는 눈으로 좌중을 바라보았다.

"전쟁이다."

3장. 진군

진군

페르노크는 각 영지의 병력들을 후작령에 집결시켰다.

이미 준비된 네임드 길드원들은 빠른 속도로 모였지만, 영지의 병력들은 징집 절차와 성벽 수비를 고려하여 지금도 계속 차출 중이었다.

길드원 5백과 병사 3천.

병력이 부족해서 군수품이 남아 돌 정도다.

"일주일만 더 주시면 병사 5천을 추가로 확보할 수 있습니다!"

살리오가 길드장들을 대표해 소리쳤다.

다른 길드장들이 그에 응하듯 고개를 끄덕였다.

"끌끌, 무의미한 짓이군."

그람의 음침한 웃음소리가 길드장들이 미간을 찌푸렸

지만, 페르노크는 그 말에 동의했다.

"보름이나 시간을 허비할 수 없다."

"하지만……."

"처음부터 급한 출병식이었다. 각 영지의 사병들이 이곳에 도달하는 시간과 성을 수비해야 할 자들도 염두에 둬야 한다. 무작정 병력을 차출한다고 끌어모을 상황은 아니란 거지."

처음 영지를 거머쥐었을 때부터 병사들의 훈련은 계속 진행해 왔다.

이곳에 도착한 3천과 새로운 성을 거둬들일 때마다 얻은 병력 5천.

도합 8천이 페르노크가 지금까지 키운 사병의 숫자다.

그 이상 차출할 수도 있다.

페르노크의 명성은 하늘을 찌르고, 영지민들의 충성도가 날이 갈수록 높아지니까.

하지만 문제는 추수와 훈련이다.

이제 곧 추수의 계절이 다가온다.

지독한 가뭄에 시달렸던 일루미나에도 수확이란 낯선 말이 성황을 이루는 시기에 남자들을 모두 차출하기란 불가능하다.

설령, 상황이 급박해져 병력이 추가로 필요하다고 해도 급조된 사람들의 전투력은 변변치 않다.

아무리 질 좋은 병장기가 있어도 다룰 줄 모르는 사람

들에게 맡긴다면 오히려 적에게 빼앗겨 세력의 약화로 이어질 가능성이 높다.

페르노크가 단순히 길드원을 이끌고 일루미나에 들어서을 때와는 상황이 다르다.

지금의 그들은 지켜야 할 영지와 백성이 있다.

왕국군이 선회하여 영지를 칠 가능성까지 고려한다면, 병력의 배분도 고심해야 한다.

여기에 병력의 훈련도와 백인장급 간부들까지 고려한다면 무리한 차출은 오히려 아군을 오합지졸로 만들어 버릴지 모른다.

"지금 이 자리에 모인 인원들로 왕국까지 진격한다. 후발대 5천은 보급과 함께 합류토록 하지."

"알겠습니다."

"본대의 보급은 왕국 진격로에 위치한 영지들에서 충당한다."

"약탈…… 입니까?"

페르노크가 고개를 저으며 지도의 성들을 가리켰다.

"반스를 따르는 영주들이다. 반스 자체에 반역의 죄를 씌워, 그를 따르는 무리들까지 함께 역도로서 처벌할 것이다. 우린 그 성의 창고만 가져간다. 또한 백성들에겐 우리의 행위가 정당한 명분을 띄고 있다는 사실을 알려준다."

"소문까지 퍼트릴 생각인가?"

그람이 흥미로운 눈으로 바라보자 페르노크는 고개를 끄덕였다.

"우리의 명분은 두 가지다. 하나는 반스가 라키스와 손을 잡고 라키스의 마도사들을 허가 없이 자국으로 데리고 와 백성들을 해하려 했다는 것. 다른 하나는 이를 파벌들이 모른 척하고 두둔하여 영지 하나를 지워 버리려 했다는 사실을 묵인하려 했다는 것."

"방관이 역도가 될 수 있나?"

"이곳의 왕족과 파벌 그리고 성 하나가 사라질 뻔했어. 반스는 이 사실을 알고도 경합에 치중하고 있지. 라키스가 대놓고 반스를 밀어준 덕분에 재밌는 소문을 퍼트릴 수 있어. 자기가 왕이 되고 싶어서 무리한 행동을 추진했다라는 식으로 말이야."

"의외군. 말장난을 좋아하지 않는 성격으로 봤는데."

"많은 희생이 동반되는 전쟁이야. 이용할 수 있는 건 죄다 이용해야지."

"끌끌, 그런 점은 나쁘지 않아. 하지만 대놓고 쳐들어가면 적의 저항이 심상치 않을 거야. 우리 행적이 명확하면 적도 그에 대응하기 편해질 테니까."

페르노크가 정면에서 치고 들어간다면 왕국의 대응은 간단하다.

국경과 수도 그리고 파벌의 힘을 정면에 집결시켜 막아서면 되는 것이다.

행적이 드러난 병력의 충돌은 공성하는 입장에서 불리하다고 보는 편이 정석적이었으나, 페르노크는 개의치 않았다.

"우리가 피로해지는 것보다 빠르게 점령해 나가면 돼. 그리고 국경과 왕국군은 움직이지 못할 거야."

"사람이 있나?"

"다들 이를 단단히 갈고 있어서 밑 작업은 어렵지 않았지. 그보다는 후방이 제일 문제야."

페르노크는 지도의 르젠을 가리켰다.

"후방의 국경은 이미 우리가 점령했다지만, 르젠에서 자일이 브레이아를 등에 업고 병력을 보낸다면 국경에 자리 잡은 영지들이 위험해."

"염려 마십시오. 이 목숨과 바꿔서라도 대의에 지장이 없도록 하겠습니다."

루인이 엄숙히 고하자 병력을 추가로 붙여 둘까 고민했던 페르노크는 고개를 저었다.

"필요하다면 성을 써도 좋다."

"히히히, 그건 결정적인 순간까지 아껴야지요. 협회만으로 해 보겠습니다."

"만약, 르젠의 대처가 시일보다 빠르다면 추가 보급과 루트밀라를 우리 쪽에 합류시켜다오."

"예."

자신감 있게 답한 루인이 중절모를 눌러쓰고 성을 빠져

나갔다.

리오는 이미 타이르의 최전선까지 상단을 이끌고 나간 상태였다.

명을 기다리는 길드장들의 시선이 페르노크에게 꽂혔다.

"이쪽의 병력은 3천 5백. 후발대를 포함해 8천 5백. 하지만 적들이 수만 대군이라 해도 상관없다. 아직 모이기 직전의 적들을 하나씩 쓰러트려 우리와 숫자를 맞추면 그만이니까."

페르노크가 왕성에 지휘봉을 꽂으며 결연히 외쳤다.

"목표는 왕성. 반스와 그 일파를 모조리 척살하고 우리가 이곳을 점령하여 왕좌를 거머쥔다."

"충!"

엄숙한 표정의 길드장을 이끌고 페르노크가 3천 5백의 병력과 왕성으로 진군했다.

* * *

청의 신관은 말을 타고 후작령을 빠져나갔다.

대신관의 명으로 페르노크를 시켜 주려 했던 청의 신관은 오히려 그에게 부탁을 받았다.

"이 서신을 대신관에게 전달해 주시오."

답신이라도 적어 놓은 것일까.

얇은 봉투를 품에 넣은 청의 신관에게 페르노크는 몇 번이고 당부했다.

"반드시 그 시간을 엄숙히 지켜달라 전해 주시오."

의아했지만 더는 물어보지 못했다.

그람이 알기 전에 성을 빠져나가야 했기 때문이다.

'남들 모르게 뭘 진행하려는 걸까.'

한 명의 마도사라도 곁에 두는 편이 왕성까지 진군한든 데 큰 도움이 될 것이다.

그런 전력을 포기하면서 페르노크가 대신관과 무엇을 논의하는지 궁금하였으나 청의 신관은 다른 곳에 시선을 둘 수 없었다.

"끄나풀이 너무 많군."

"······!"

후작령을 염탐하던 감시자들을 손쉽게 제거한 청의 신관은 뒤도 돌아보지 않았다.

"저래서야 무사히 왕성까지 갈 수 있을지 모르겠군."

후작령의 동향은 이것으로 잠시 막아 둘 수 있겠지만 그것도 며칠을 못 갈 것이다.

왕성으로 향하는 곳에 위치한 8개의 성.

페르노크가 하나씩 무너뜨릴 때마다, 그다음 성엔 몇

배의 군사가 쌓여 있을 테니까.

어쩌면 소식을 접한 오운이 왕국군을 모두 이끌고 나올지도 모른다.

페르노크의 명분을 애들 장난처럼 비웃으면서 말이다.

"명분이란 시빗거리는 출병의 전제 조건에 지나지 않아. 지는 쪽이 모두 덮어씌워지고, 이기는 쪽이 영광을 거머쥔다. 페르노크 왕자는 부디 후자가 되어야 할 텐데……."

하필이면 가장 격동적인 왕자에게 힘을 실어 주려는 성황국의 선택이 의아하지만, 그런 왕자이기에 힘을 실어 주어야 신전을 세운다는 파격적인 선택도 할 것 같았다.

대신관과 전달받는 이 서신에 전황이 빠르게 뒤집힐 묘책이 있기를 바라며, 청의 신관은 급히 성황국으로 말을 몰았다.

* * *

페르노크는 최선두를 자처했다. 그람을 본대에 숨겨 놓고, 본인이 백 명의 마법사들만 이끌어 빠르게 길을 가로질렀다.

본대가 감시자들을 경계하면서 진군하는 가운데, 페르노크의 선발대는 반나절 일찍 홀크 백작령 앞에 도착했다.

수비병들이 지켜보는 한복판에서 마법사가 페르노크를

알리는 깃발을 들어 올렸다.

"홀크 백작은 당장 이 앞에 나오라!"

마력을 실은 음성이 백작령을 뒤흔들었다.

벼락이 몰아치는 것만 같은 소리에 놀란 홀크 백작이 성루로 튀어나왔다.

"홀크 백작! 본 관할 영지에 라키스의 마도사들을 들여 보낸 사실을 알고 있겠지!"

"……!"

시작부터 숨이 턱 막히는 소리였다.

물론, 그는 라키스의 마도사들이 페르노크의 후작령으로 향하도록 귀하게 대접한 적이 있었다.

반스의 은밀한 지시였고, 성내에 그 사실을 아는 자가 자신 말곤 없다.

"왕자님! 갑자기 나타나셔서 그 무슨 해괴한 말씀이십니까!"

"닥쳐라! 내 그 마도사들을 죽이면서 진실을 소상히 들었거늘. 감히 거짓으로 모면하려 하느냐!"

그러고 보니 페르노크가 어떻게 살아 있는 걸까.

무려, 라키스의 13작 3명이 후작령으로 향했는데……?

홀크가 정신을 번쩍 차리며 뒷걸음질 쳤다.

"내가 이 자리에 어떻게 왔는지 알려 줄 터이니 당장 이 앞에 내려와 무릎 꿇고 사죄하거라. 하면, 그 목숨만 은 살려줄 수도 있다."

그 순간 홀크는 갈피를 잡지 못하고 눈알만 굴려 댔다.

내가 여기 살아 있는 게 증거다.라고 외치는 페르노크.

그 말을 무시하기엔 13작의 행로를 모두 아는 것만 같아서, 섣불리 대항하지 못하는 찰나.

"플레미르 공작이 국경을 넘어와 13작이 어떤 경로로 내게 침투하였는지, 이미 보고하였다! 네놈을 수도로 압송할 것이니, 어서 성문을 열고 죄인은 목을 내밀거라!"

공명정대한 플레미르의 이름마저 거론되자 홀크의 안색이 창백하게 질렸다.

최근 진상조사단으로 왕족들도 무참히 조사해 나가던 그 명성을 반스 파벌이라면 모를 리가 없다.

플레미르가 움직인다는 건 확실한 증거가 있다는 뜻.

수도로 향하면 자신의 목이 달아날지도 모른다.

예상치 못한 상황에 당당한 페르노크까지 마주하자 홀크의 생각은 극단적으로 몰렸다.

"성문을 닫아라!"

하여, 그는 당연하지만 최악의 선택지를 고르고 말았다.

"그리고 페르노크 왕자! 내게 죄가 있다면 왕실에서 진상조사단을 보내도록 하시오! 나를 어찌 왕자를 죽이기 위해 타국의 마도사를 들여보낸 역적으로 매도한단 말이오!"

버틴다.

그 하나의 선택지는 페르노크가 기다린 상황임이 틀림없다.

보통이라면 영지전 정도의 규모에서 대치하는 것이 규칙이겠지만, 이건 왕성까지 진격하는 전쟁이기 때문이다.

"너희들은 본대가 합류하거든 다소의 살생은 허락한다 전하거라. 단, 쓸데없는 참상은 피해야 할 것이다."

"예."

"전쟁은 참 오랜만이군."

페르노크가 아티펙트를 검으로 만들며 앞으로 나섰다.

지금 이 한 발에서 비롯된 여파가 얼마나 거센 대군으로 몰아닥칠지 상상하는 것만으로도 생전의 기억이 요동친다.

숫적 불리함, 열세를 뒤집고 나라를 우뚝세운 건, 그 당시의 대장군이었던 페르노크의 장기였다.

"홀크 백작."

그 목소리는 나지막하였으나 홀크는 분명 들었다.

"너에게 감사를 표하지."

검에 맺히는 새하얀빛의 굉음을.

"덕분에 물꼬가 트였어."

페르노크가 검을 내리치는 모습이 아주 느린 장면으로 선명하게 들어온다.

허공을 베어 넘기는 날이 이윽고 새하얀 빛을 머금으며

지면에 닿는 순간.

콰아아아아아아앙!

세상이 광채에 물들며 백작령을 집어삼켰다.

숨 막히는 시간은 찰나였으나, 홀크는 영겁에 사로잡힌 듯했다.

"……헉!"

그가 눈을 깜빡였을 때, 성문을 비롯한 성벽의 대부분이 무너져 있었다.

그리고 눈앞에 페르노크가 검을 겨눈 채 서 있었다.

"이, 이게……."

잔해에 파묻힌 병사들과 혼비백산한 기사들의 비명이 사방에서 들려온다.

"……대체 무슨 짓이오! 이건 영지전도 뭣도 아닌……."

"아까부터 무슨 소리를 하는 것이냐."

페르노크가 검을 들어 올렸다.

"왕성까지 가겠다고 한 말을 이해하지 못한 건가. 머리가 한참 모자란 놈이군."

"그게 무슨…… 아, 아니. 난 귀족이오! 백작이라고! 모든 전란의 규칙을 다 생각해도……."

"그건 네가 살아남을 가치가 있을 때의 얘기지."

홀크가 뒤로 기어서 도망치려는 찰나, 페르노크의 검이 그 목을 훑었다.

서걱!

날 서린 소리가 울려 퍼지기 무섭게 마법사들이 성루에 올라선다.

"백작니이임!"

뒤늦게 목격한 기사들이 따라붙지만 페르노크는 무심히 검을 털어넘길 뿐이다.

"저항하는 놈들은 모조리 죽여라. 항복하는 자들은 살려라. 성의 창고에서 보급품을 빼앗고, 백성들에겐 이르거라."

페르노크가 성에서 피어오르는 영력과 마력을 흡수하며 북문으로 시선을 돌렸다.

"반스가 라키스의 마도사들로 백성들을 죽이려 하였으며, 이는 엄연히 일루미나의 안위를 위협하는 역모에 준하는 행위이고, 내가 이를 단죄하기 위해 왕성으로 향한다고."

"예!"

마법사들이 나뉘어 성과 성루의 혼란을 수습해 나갔다.

본대가 뒤늦게 도착하는 모습을 살핀 페르노크는 훌크의 사체를 성문 밖에 내던지며 홀연히 북문으로 향했다.

* * *

"이, 이게 무슨 짓입니까, 공작님!"

공작령을 포위하던 왕국 직할군 풀네 장군은 무참히 썰려 나가는 병사들에게 눈을 부릅뜨고 말았다.

한밤에 펼쳐진 참상이었다.

플레미르가 기사들을 이끌고 포위한 왕국군을 베어 버리기 시작하더니, 사방에서 그의 가신들이 병사를 이끌고 나와 상황을 혼전에 몰아넣었다.

"그대에게 개인적인 원한은 없다. 다만, 지금의 왕국은 도저히 용납하기 어려운 지경에 이르렀더군."

"공작님! 지금 무슨 짓을 하시는지 이해하고 계십니까!"

"알고말고. 감히, 타국의 마도사를 자국의 왕자를 죽이라 하여 국경을 쉽게 넘도록 왕국군이 용인하지 않았던가."

"그것이야말로 질서를 바로 잡는 길임을 어찌하여 외면한다 말입니까! 정녕, 우리가 라키스에게 무너지는 꼴을 봐야 속이 시원하시겠습니까!"

"미래는 알 수 없고, 과거는 답습해 온다지만, 현재는 누구를 주군으로 받드느냐에 따라 얼마든지 비틀 수 있지. 해보기도 전에 포기한다는 생각이 군인으로서 올바른 판단이라 보는가?"

"적어도 과거를 이어 가는 편이 자국의 희생을 줄이는 길이라 판단됩니다."

"하면, 누구를 택할지 잘 정했어야지. 어찌하여 자국의 백성까지 함께 죽여 버리려는 망나니들을 택하였지? 그리고 아직 경합이 끝나지 않았음에도 왜 국경을 쉽게 내어주었나? 언제부터 일루미나가 경합이라는 한마디로 자국의 치안마저 쉽게 유린당했단 말인가!"

"이미 곪을 대로 곪은 왕국에선 이 길이 유일했습니다."

"아니, 더 나은 선택지가 있을 수도 있네. 하여, 내 살날도 많지 않고 마지막으로 왕국의 화근들을 베어 넘기고 함께 가려 하는데, 자네에게도 뜻이 있나? 함께한다면 두 손 들고 환영하겠네."

풀네가 두 손으로 창을 붙잡으며 외치려 하였다.

"오늘부로 공작령은 역사에서 지워질⋯⋯!"

부드럽게 쓸어 넘긴 건이 창과 풀네의 목을 한 번에 베어 버렸다.

검에 묻은 피가 날에 스며들어 예기를 더했다.

마도술 혈섬.

베어 낸 생명의 모든 피와 마력이 검에 흡수되어 신체 능력과 무기의 예리함을 증폭시키는 특이계의 마도술이다.

죽일수록 강해지는 마도사, 플레미르가 수십 년 만에 다시 검을 빼 들었다.

"페르노크 왕자님께서 움직이셨다. 우린 왕국군의 수장 맥도널 대장군을 친다."

* * *

오운이 한가롭게 차를 마시고 있을 때였다.

"단장님!"

다급하게 문을 열고 부단장이 들어왔다.

식은땀까지 흘리는 모습에 오운이 평소처럼 트집을 잡지 못하고 물끄러미 바라만 보았다.

"갑자기 무슨 일이냐."

"플레미르 공작이 가신들을 이끌었습니다!"

"풀네 장군은?"

"죽었습니다! 공작령을 포위한 병력 절반 이상이 죽거나 크게 다쳤고, 남은 자들은 공작령에 사로잡혔습니다."

"으음……."

오운이 찻잔을 내려놓으며 고개를 끄덕였다.

'역시, 이렇게 나오는 건가.'

플레미르 성격상 불합리를 받아들이지 못할 거라 생각했다.

하지만 그는 이 나라의 기둥 같은 존재였고, 한때나마 왕위를 위해 함께 노력한 동료였다.

한 번의 기회를 더 주고 싶었다.

그게 안 된다면 그가 공작령을 떨치고 나오기를 바랐다.

역모에 준하는 죄로 물어서 역으로 그를 죽일 수 있으니까.

"맥도널 대장군은?"

"군부를 소집하여 플레미르 공작을 칠 준비를 하고 있습니다."

"대장군만으론 벅차다. 국경 수비군까지 불러야 해. 플레미르는 전장에서 악귀처럼 날뛰는 놈이다. 그 마도술은 사람을 죽일수록 강해지게 만드는 흉측한 힘이야."

오운이 자리에서 일어났다.

"내가 플레미르를 막고 대장군이 놈의 가신들을 소탕해서 진압해야 한다. 너는 당장 군부로 달려가 이 말을 전하고……."

"단장님!"

또 다른 누군가가 급하게 단장실로 들어왔다.

플레미르가 미간을 찌푸리며 땀을 뻘뻘 흘리는 그를 노려보았다.

"……처음 보는 얼굴인데 어찌 감히 이곳에……."

"송구합니다! 반스 왕자님 휘하 질풍 부대장 알만이라고 합니다!"

"질풍? 반스 왕자님의 정보조직?"

워낙 은밀하여 측근들에게도 소문만 무성한 정보조직이다.

"예. 사안이 급박한데, 왕자님께서 계시지 않아 급히

단장님을 찾아뵙습니다."

"뭐?"

"지금 홀크 백작령이 페르노크 왕자의 손에 점령당했습니다."

"라키스가 갔을 텐데 무슨……."

"반스 왕자님의 역모를 두둔했다는 죄목입니다."

오운이 눈을 부릅떴다.

"페르노크 왕자는 라키스의 13작을 물리치고, 그들을 국내로 데려온 자들의 엄벌을 요구하며 직접 병력을 이끌었습니다! 3천 5백의 병력과 후발대 5천. 도합 8천 5백의 대병입니다!"

"……."

"페르노크 왕자는 마도사입니다! 그 휘하엔 7레벨의 마법사들도 수두룩합니다! 각 성에서 막을 여력이 없습니다! 감히, 원군을 요청하옵니다!"

오운의 눈이 싸늘해졌다.

"버킹엄 백작은?"

"귀환한다는 말씀을 들었습니다."

"이…… 이이……!"

오운은 화가 뻗쳐 올라 말을 잇지 못했다.

증거도 남기지 않게 후작령째로 페르노크를 지워 버리라고 했었다.

한데, 페르노크가 죽기는커녕 오히려 13작이 당하고,

그 여세를 몰아 왕성까지 진격하는 결과를 초래하고 말 았다.

　필레나의 귀에 이 사실이 들어간다면 목이 달아날 자가 한둘이 아니다.

　'어떻게 페르노크가 13작을 모두 물리쳤지?'

　페르노크에게 강한 협력자가 붙었거나.

　혹은 그의 실력을 잘못 재단하고 있었거나.

　갑작스러운 변수가 혹 덩어리처럼 번져서 다가오는 황당한 기분에 오운이 싸늘하게 말했다.

　"맥도널 대장군에게 플레미르와 대치하는 선에서 버티고 있으라 하거라."

　"하면, 단장님께서는……?"

　"지금 성이 점령당하고, 반스 왕자님의 파벌들이 죽고 있다지 않느냐! 그쪽부터 우선 정리할 것이다!"

　"설마, 페르노크 왕자를 죽일 생각이십니까?"

　오운이 손가락에 무채색의 반지를 끼우며 답했다.

　"페르노크 왕자는 피해자라고 외치지만, 병력을 무단으로 일으켰다. 그 죄를 물어 현장에서 즉결 처분하여도 크게 이상할 거린 없지."

　누가 시작했건, 결국 시작되었다는 사실 자체가 중요하다.

　"명분은 물고 물리는 법. 오히려 이는 유력한 왕위 후보자를 떨어뜨릴 기회다."

　"예, 단장님!"

"왕실 마도사단의 절반을 맥도널 대장군에게 붙여 주고, 나머지는 나를 따라 페르노크에게 향한다. 그리고 내가 갈 동안 최대한 수성에 전념하라고 각 영주들에게 일러두도록 하시오. 되도록 여러 명이 뭉쳐 있으면 그런대로 저항할 수 있을 테니, 가까운 영지의 영주들은 서로 화합하라 이르고."

"예!"

"마도사단을 소집하라! 내성의 병력들도 함께!"

오운은 페르노크의 소문이 더 확산되기 전에 진압하는 방식을 택했다.

플레미르는 대치만 해도 막아둘 거라는 오만한 생각.

페르노크를 쉽게 죽일 거라는 자신감이 엿보였지만, 상황은 보고가 떨어진 순간보다 훨씬 급박하게 돌아갔다.

* * *

오운에게 보고가 당도한 그 시각.

페르노크는 벌써 3번째 성주를 죽였다.

"성은 점령하지 않는다!"

"보급만 빼내서 바로 다음으로 이동한다!"

단순한 영지 점령이었다면 여기서 정비했을 테지만, 페르노크는 이 전쟁의 승패를 가르는 건 시간이라 보았다.

빠르게 소문을 확산시키면서 필요한 물자만 보급하고

반스의 세력을 약화시키는 것만 집중했다.

4번째 성에 이르러서는 적의 반격도 거세졌다.

"성벽이 꽤 높군."

"산을 끼고 있습니다. 게다가 저 성의 영주는 군부에서 수많은 전과를 세웠던 바리암 후작입니다. 마도사의 경지를 눈앞에 두고 있다고 알려진 그와 다른 귀족들이 연합했다고 합니다."

살리오의 공손한 말에 페르노크가 성루 위의 중년인을 쳐다보았다.

그 주위에 제법 많은 마법사들이 포진해 있었다.

'쓸 만하군.'

살리오의 말처럼 마도사를 바라보는 7레벨의 마법사였다. 하지만 그보다 성벽을 둘러싼 묘한 판들이 거슬린다.

'마법 대처인가.'

강한 충격을 되돌려 보내는 일종의 장치처럼 보였다.

그 뒤에 마력포가 포진해 있었는데, 제법 많은 마력이 충전되어 있어 발포되는 순간 이 일대를 쓸어버릴 것 같았다.

높은 성벽에 단단한 구조물들과 적절한 수성법이 눈에 띈다.

공성전을 경험시켜 주려면 이곳만큼 좋은 곳이 없다고 생각했지만, 애석하게도 이런 곳에 발목 붙잡힐 여유는 없다.

플레미르가 본격적으로 왕국군을 압박하고 있으니까.

"끌끌, 내 도움이 필요하지 않겠나?"

"아직 그대가 나설 차례는 아니다."

그러면서 검을 빼 들고 나서는 페르노크의 뒷모습을 그람이 물끄러미 바라보았다.

'내가 가장 싫어하는 놈과 존경하는 분이 묘하게 섞여 있단 말이지.'

망설임 없는 일 처리는 크리스를 닮았고, 투쟁심을 일깨우는 자극적인 방식은 패황을 연상케 한다.

'확실한 건, 크리스. 네놈의 패는 틀렸어.'

반스도 마도사에 오른 천재였지만 페르노크에 비할 바는 아니다.

변화무쌍한 무기와 다양한 마도술을 구사하는 재능의 범주가 세계에서 손꼽을 정도라고 판단했다.

'이대로 시간이 꽤 흐른다면 이 세계에 3번째 S3 마도사가 탄생하지 않을까.'

크리스에 도달하진 못한다.

하지만 그 밑까지 치고 올라갈 수준으론 성장할 것 같다.

전쟁을 진행할수록 날카로워지는 페르노크의 모습을 흥미롭게 바라보며 망상의 나래를 펼치고 있을 때였다.

페르노크가 높은 성문 앞으로 걸어 나갔다.

"바리암 후작!"

쩌렁쩌렁한 울림에 병사들이 귀를 막고 주저앉자, 바리암이 성루 앞에 나섰다.

"페르노크 왕자님! 지금이라도 희생을 줄인다면 죄가 옅어질 것입니다!"

"성문을 연다면 그대는 목숨을 부지할 것이다!"

"문답을 나누지 못할 정도로 꽉 막힌 분은 아니라고 생각했습니다!"

"대세가 어디로 향하는지 알고 있음에도 성에 틀어박혀 원군이나 기다리는 처지가 몹시 안타깝구나!"

"왕자님께서도 결코 성치 못할 것입니다!"

"전쟁이란 그런 것 아니겠나, 후작!"

페르노크 검 끝에 오버 임팩트가 맺히고, 성의 마력포가 찬란한 빛을 토한 순간.

"발포!"

콰앙!

섬전처럼 뿜어지는 마력포를 오버 임팩트가 허공에서 요격했다.

맞받아쳐 흘려보내지는 가루들에 바리암이 놀란 표정을 감추지 못할 때, 페르노크가 검을 높이 들어 올렸다.

"진군하라!"

성문은 굳게 닫혀 있었고, 성벽은 하늘처럼 높았다.

하지만 3천 5백의 병사들을 무언가에 홀린 것처럼 망설임 없이 우레와 같은 함성을 내지르며 달려왔다.

공성 장비 하나 없이 순수한 육체로 들이미는 모습은 바리암의 병법으론 도저히 이해할 수 없었다.

죽고 싶어 미치지 않고서야 수천의 병력이 포진된 이 요새에 그 절반도 안 되는 인간들끼리 무언가를 해낼 리 없지 않은가.

그것이 설령 마도사를 낀 병력이라 해도 말이다.

적어도 바리암의 지식은 그러했다.

하늘을 뒤덮는 우레를 맞이하기 전까지는.

"……."

마른 하늘에 날벼락도 저것처럼 거대하진 못할 것이다.

태양마저 삼켜 버린 뇌전이 용의 형상으로 뭉쳐 하강하는 모습은 뇌신이 노한 것처럼 거침없이 모든 방벽을 부숴 버렸다.

라키스의 13작들을 죽이고 성장한 페르노크의 영법이 한 차례의 진화를 거쳐 천벌은 이제 완연한 형상을 그려 낸다.

그리고 그것은 후미에서 지켜보는 그람조차 손에 식은땀이 배어날 정도로 환상적이고 강렬한 일격이었다.

"끌끌끌. 대단하군. 저건 또 뭐란 말이야!"

보물섬처럼 계속해서 튀어나오는 힘들은 그람의 상식마저 뛰어넘었다.

하계에서 구현된 영력이 마력과 뒤섞여 증폭되는 순수

한 힘의 결정체.

영법 – 천벌.

세상의 모든 소리를 삼켜 버린 굉음을 향해 바리암이
검을 휘둘렀다.

지시 하나 들리지 않건만, 마법사들의 포격이 하늘에
집중되었다.

하지만 진화된 천벌은 빗발치는 마법에서 마력만 골라
삼켜 버리고, 그 덩치를 불려 나가며 성에 내리꽂혔다.

콰아아아아아앙!

거대한 성벽이, 굳건한 장벽들이, 모두 한순간에 무너
져 내렸다.

망치로 내리친 것처럼 무참하게 뭉개진 곳으로 페르노
크의 본대가 뛰어들었다.

"병사들을 제압하고, 내성으로 진격하라!"

살리오가 파동을 끌어내며 선두에서 망치를 휘두르자,
길드장들이 호응하듯 각자의 마법으로 벌어진 균열을 더
욱 크게 벌렸다.

그리고 페르노크는 성벽을 타고 올라 귀족들이 뭉쳐 있
는 성루에 검을 휘둘렀다.

서걱!

한 수에 수십 명의 목이 떨어져 나갔다.

바리암은 간신히 막았지만 힘에서 밀리며 그대로 성루에서 굴러떨어졌다.

성벽에 볼품없이 나뒹군 바리암을 페르노크가 성루에서 내려다보았다.

바리암은 단숨에 뒤집힌 전세에 절규하고 있었다.

"아무리 마도사라도 이건 불가능해!"

이 성은 왕도와 국경지대의 병사들의 중간 지점이다.

보급을 이어받고 병력을 보내는 거점 중 한 곳이라 다른 성들보다 굳건한 태세를 갖추고 있었다.

그렇기에 이곳은 마도사의 공세를 하루 동안 받아 낼 수 있도록 설계되었다.

하지만 그 상식이 페르노크 앞에서 와르르 무너져 내렸다.

그 하얀 용은…… 다시 생각해도 마법사의 관점에서 이해할 수 없는 것들투성이였다.

마력을 집어삼키며 몸집을 불려 나가는 불가해의 힘.

영력의 존재를 처음 맞이한 바리암에겐 충격적일 수밖에 없었다.

"말도 안 돼. 어떻게……."

"네가 어째서 마도사에 이르지 못했는지 알 것 같군."

페르노크의 무심한 시선이 바리암을 쓸었다.

"마도사는 가능성을 탐구하는 존재다. 온갖 상황에 대처하지 못하고 불가능부터 입에 담는 네놈은 죽었다 깨

어나도 그 벽을 넘지 못해. 이제 보니 꽉 막힌 건 네놈이
었구나."

비아냥거리는 말에도 바리암은 대꾸하지 못했다.

세상이 어지럽게 빙그르르 돌아가는가 싶더니, 그의 앞
이 컴컴해졌다.

그는 그렇게 죽어 갔다.

언제 자신의 목이 떨어졌는지 모를 정도로 깔끔하게 베
어졌다.

페르노크가 검을 털어 내며 뒤를 돌아보았다.

"다음 성으로 바로 향할 텐가?"

어느새 성루에 그람이 올라와 있었다.

페르노크가 그를 무시하고 성내 상황을 지켜본 뒤 고개
를 저었다.

"아니, 재정비한다."

수일을 잠도 제대로 못 자고 진군하였더니, 병사들의
움직임이 눈에 띄게 느려진다.

충분한 휴식과 보급이 필요한 시점이었다.

"한시가 바쁜 상황 아닌가?"

"플레미르와도 속도를 맞춰야 한다. 어느 하나가 삐죽
튀어나오면 그쪽에 힘이 쏠리기 마련이거든. 그리고 아
직 국경의 소식이 도착하지 않았어."

페르노크가 불타는 내성을 바라보며 중얼거렸다.

"반스를 궁지로 몰아 넣고 한 번에 쓸어야 해."

* * *

　리오는 페르노크가 그토록 기다리는 소식을 전달할 준비를 끝마쳤다.

　"그래, 반스였단 말이지. 그놈 하나 왕위에 올리자고 이 지경까지 만들었다고?"

　"그렇습니다, 율리아나 왕녀님."

　율리아나의 눈이 새빨갛게 충혈되었다.

　최전선에서 13작이 활개를 쳤고, 얀은 심각한 부상을 입은 채 진지에서 치료를 받는 중이다.

　이에 노한 타이르의 국왕이 수만 대군을 앞세워 저항하는 와중에 이 모든 일을 초래한 반스 왕자를 죽이기 위해서 페르노크가 사병을 일으켰다는 말을 전해 들었다.

　없는 병력이라도 짜내서 도와주고 싶은 심정이었다.

　그리고 타이르의 국왕이 기꺼이 율리아나에게 마도사와 병력을 하사하였다.

　"페르노크에게 전해. 국경은 신경 쓰지 말고, 넌 제대로 칼춤 추라고."

　가볍게 목례하는 리오의 입꼬리가 올라가 있다.

　페르노크가 진군할 때의 가장 큰 문제점은 국경 수비군이다.

　그중 2만 대군을 빼내는 순간 진군이 가로막힐지도 모

른다는 우려가 있었다.

하지만 라키스의 침공에 분노하는 율리아나가 그 타깃을 반스로 설정한 순간 얘기는 뒤바뀐다.

'플레미르 공작이 왕국군을 틀어막고, 오운의 마도사단과 반스의 파벌을 페르노크 왕자님께서 베어 버린다. 모든 거사가 진행될 동안 가장 위협적인 국경 수비군은 타이르가 대치하면서 움직이지 못하게 막는다.'

내부와 외부에서 동시에 왕국을 압박해 포위하는 것.

페르노크가 그린 그림이 순조롭게 완성되었다.

* * *

일루미나의 세력은 크게 다섯 부류다.

국경수비군.
왕국군.
왕성수호군.
왕실마도사단.
귀족 사병.

이중 전란이 발생했을 때, 움직일 수 있는 병력은 왕성수호군을 제외한 세력이다.

하지만 각 영지에 퍼져 있는 귀족들의 사병을 모으지

못하는 가운데, 국경에서 분란이 발생하여 수비군까지 발목이 붙잡혔다.

왕국군과 왕실마도사단이 함께 움직여야 하건만, 천재지변 같은 남자의 매서운 칼끝에 모든 것이 술렁인다.

"플레미르 공작이 동서부 지역 경계를 돌파했습니다!"

"오운 마도사단장은 페르노크 왕자를 토벌하러 떠났습니다!"

"플레미르 공작의 사병들과 대치 중!"

"국경 쪽에 타이르의 군대가 집결…… 율리아나 왕녀님이십니다!"

"왕실마도사단 절반이 이곳에 합류할 예정입니다!"

지휘통제실은 때아닌 전란에 무수한 정보가 교차되었다.

맥도널은 지끈거리는 관자놀이를 문지르며 정보를 머릿속에서 취합해 나갔다.

'왕국군이 공작 한 명에게 쩔쩔맨다면, 다른 곳에 발생한 상황을 지원할 여력이 없어.'

플레미르는 진상조사단장을 역임하기 전까지만 해도 군부를 총괄했었다.

그의 지독한 면모를 알기에 맥도널도 섣불리 군사를 페르노크 쪽에 보내지 못한다.

수만에 이르는 병력이 플레미르 앞에 붙잡힌 것이다.

"국경수비군에서 병력을 따로 빼낼 여력이 없다고 하

느냐?"

"예! 지금 남쪽의 수비군도 타이르가 집결하는 서쪽으로 보내야 할 정도입니다. 유사시엔 왕국군을 국경에 보내는 방법도 생각하셔야 합니다."

"오운 단장은?"

"오늘 낮에 출발하셨습니다. 마도사단은 내일 오전 중에 도착할 예정입니다."

"그럼 공작령을 모조리 밀어 버려."

"공작령이라면…… 성까지 말씀이십니까?"

맥도널은 단호히 말했다.

"플레미르는 나라에 반기를 들었다. 역도에게 베풀어 줄 인정은 없어."

"알겠습니다!"

부관이 바로 명령을 하달했다. 각 전령이 부리나케 움직였고, 맥도널은 의자에 몸을 깊숙이 파묻으며 고개를 저었다.

'무모합니다, 공작. 어째서 그런 선택을 하신 겁니까.'

전장의 악귀를 한때나마 동경했던 입장으로써 플레미르의 행선지가 안타깝기만 했다.

결국, 이 전쟁은 수만의 대군을 바로 움직일 수 있는 일루미나의 승리로 끝난다.

플레미르가 중립자의 위치를 벗어난 순간, 필레나도 왕성수호군을 움직일지 모른다.

일루미나의 모든 세력이 페르노크에게 집결하게 되면 타이르에 있는 율리아나도 왕좌에서 멀어지게 된다.

반스가 승리한다.

이 사실은 결코 변하지 않음을 확신했다.

꽹음이 울려 퍼지기 전까지는 말이다.

콰아아아앙!

맥도널이 섬뜩한 마력을 느끼며 자리에서 벌떡 일어났다.

지휘통제실로 상처 입은 병사가 들어왔다.

"고, 공작입니⋯⋯."

말을 못다 한 병사가 쓰러진 자리엔 길게 베인 상처만 남았을 뿐이다.

그건 분명 플레미르의 검술이다.

위이이이잉!

경계령이 사방에 울려 퍼지고, 맥도널은 저도 모르게 검을 움켜쥐었다.

믿을 수 없는 일이다.

어떻게 대군과 대치하고 있는 플레미르가 지휘통제실까지 쳐들어온단 말인가.

"습격자를 막아!"

맥도널이 소리치며 지휘통제실을 빠져나갔다. 그리고 무수한 병사들이 포위한 한복판을 묵묵히 걸어 다니는 혈검의 주인이 보였다.

그 뒤에 일단의 마법사들이 따르고 있었다.

맥도널도 면식이 있는 플레미르의 가신들이다.

모두가 7레벨에 이른 노장들.

그들이 플레미르와 함께 걷는 기세가 심상치 않았다.

"플레미르 공작!"

맥도널이 검을 뽑아 들며 병사들을 산개시켰다.

1만의 대군이 빠르게 모여들기 시작하였으나, 플레미르의 걸음엔 망설임이 없었다.

"설마, 공작군을 제물로 바치고 여기에 침투한 것이오?"

"제물도, 희생도 아니다."

플레미르가 맥도널을 무심히 쳐다보았다.

"네놈 목을 빠르게 치면 왕국군은 와해될 터."

"하…… 그 난폭한 방식은 여전하시구려. 하지만 나 하나 죽인다고 바뀔 상황이 아니오."

"그럼 지휘통제실째 날려 버려야지. 어차피 왕국군은 이곳의 명령 없인 움직이지 못해."

참으로 지독한 사람이다.

전장에서 떠난 지 수십 년이 지났는데도, 언제 어디서 승부를 걸어야 할지 잘 알고 있다.

그의 말처럼 대장군의 승인 없이 왕국군은 멋대로 움직이지 못한다.

여기서 지휘통제실이 박살 나면 왕국군과 공작군은 대

치 상태로 한없이 흘러가게 된다.

"전령을 보내는 방식이 수십 년이 지나도 그대로더군."

전령까지 모두 죽이면서 이 자리에 왔다는 건, 플레미르도 단단히 각오했단 뜻이리라.

"진정 죽고 싶어 환장했소? 남은 명예라도 지키고 싶지 않은 거요? 설마, 공작가를 이대로 역사에서 지워 버릴 작정이오?"

"내 긍지는 네놈들이 철저히 짓밟지 않았더냐."

플레미르의 마력이 스멀스멀 흘러나오자 끈적거리는 불쾌한 느낌에 마법사들이 본능적으로 거리를 벌린다.

"한 나라의 군부를 총괄한다는 네놈이 감히 왕족을 죽이러 라키스의 마도사를 이 안에 들여?"

"……."

"부정하진 않는구나."

"이미 다 알고 왔지 않소. 게다가 이 선택이 결국 나라의 흥망을 좌우하게 될 것이오. 그러니 묻겠소. 라키스를 거스르면 우리가 살아남을 수 있겠소?"

"힘들겠지."

"하면, 라키스를 따르지 않으면 우리가 누구와 손을 잡아야 하오?"

"왜 잡아야 한다고만 생각하는가."

"이 나라는 오래전부터 그렇게 살아남았으니까."

"아니, 처음엔 일루미나도 광활한 대륙을 가진 강대국

이었다. 그러나 세대를 거치며 정치와 타협 끝에, 오늘날에 이르게 된 것이지. 이런 구조를 바꿀 수 있다면 얼마든지 바꿔야 하지 않겠나."

"그건 누구도 불가능해."

"가능성을 열어 두기 위해 왕족이 존재하는 것이다. 한데, 반스는…… 그 좋은 재능을 가지고 결국 나라의 존엄을 제 발로 짓밟는구나."

"그놈의 존엄을 지키면 대체 무엇이 남는단 말이오?"

플레미르의 검신에 피처럼 붉은색이 뒤덮었다.

"나라의 자부심이다. 국가를 수호한다는 네놈이 이 간단한 사실마저 외면한단 말이냐, 애송아!"

군부 시절부터 플레미르에게 질책받을 때마다 들었던 별명이 다시 터져 나오자 맥도널도 흥분하여 콧김을 내뿜었다.

"그대와 그대의 식솔들은 모두 역적의 무리로 역사에서 사라질 것이오!"

"진군한다!"

서로 교차되는 말속에 1만의 대군과 수십 명의 가신들이 충돌하기 시작했고.

서걱!

그 속을 물 흐르듯이 매끈한 혈검이 누비고 다녔다.

공간을 확대시키지 않고 검 하나에 모든 것을 담아 놓은 플레미르의 마도술은 베어 낸 상대의 피와 마력을 머금고 보다 붉게 달아올랐다.

증폭되는 신체 능력과 피를 머금어 날카로워지는 검을
어떤 마법사도 가로막지 못했다.

맥도널도 안색만 굳히며 플레미르의 진군을 바라만 보
고 있을 때.

"역시, 여기부터 노리는군."

낯선 음성이 역한 냄새를 머금고 훅 파고들었다.

쾅!

처음으로 플레미르가 베지 못하고 뒤로 세 걸음이나 물
러섰다.

맥도널이 난입자의 문장을 살피며 눈을 부릅떴다.

"버, 버킹엄 백작?"

플레미르의 눈이 가늘게 좁혀졌으나, 버킹엄은 여유롭
게 담소를 나누었다.

"갑작스러운 방문의 무례함을 용서하시길."

"아, 아니오. 한데, 그대가 어찌……?"

"왕국군이 공작군에 막힌다고 들었습니다. 하여, 열세
를 뒤집고자 수장의 목을 치지 않을까 우려하여 여기까
지 왔는데, 다행히 제 생각이 맞아떨어졌군요."

"모두 물러나라!"

별안간 플레미르가 소리를 지르자, 가신들이 전투를 멈
추고 뒤에 응집했다.

그제야 맥도널도 정신을 번쩍 차렸다.

'맞아. 버킹엄의 마도술은 분명⋯⋯.'

반스는 그의 마도술이 독이라고 하였다.

"아, 깜빡 잊고 말씀드리지 못했습니다."

버킹엄의 숨결에서 흘러나온 독기에 인근의 병사들이 중독되어 그대로 즉사하였다.

마법사들도 어지러운지 머리를 부여잡고 비틀거렸다.

아직 마법을 쓰지도 않은 단순한 호흡임에도 말이다.

"이곳의 병력을 모두 물리십시오. 플레미르 공작은 제가 처리하겠습니다."

"퇴, 퇴군! 지휘통제실 뒤로⋯⋯ 아니, 이곳에서 멀리 떨어져!"

맥도널의 고함이 전장을 요동쳤지만 플레미르와 가신들은 꼼짝도 못 했다.

부글부글 끓어오르는 독이 어느새 고리처럼 바닥에 새겨진 것이다.

맥도널이 소매로 코와 입을 가리며 떨어지자, 버킹엄은 본격적으로 마력을 흘려보냈다.

공기 중에 타고 흐르는 독을 플레미르가 혈검으로 베어 넘겼다.

"베어 낸 대상의 마력을 흡수하는 성질. 재밌군요. 마법조차 무위로 돌린다는 말입니까?"

"라키스의 마도사가 어찌하여 일루미나에서 암살이나 시도한단 말인가."

"당신들 덕분에 일이 꼬이기 시작하여, 크리스 공작님께서 나서시기 전에 저희들이 바로잡으려는 것입니다. 다 아실 만한 분께서 왜 이리 아둔한 판단을 내리십니까. 차라리 이건 어떠신지요. 공석이 된 13작에 플레미르 공작께서 합류하신다면 저희가 모든 일을 무마시켜드리겠습니다."

"라키스의 오만함은 여전하군."

플레미르가 깊이 심호흡하며 지금까지 베어 낸 피와 마력을 모두 검에 담았다.

검이 녹아내릴 것처럼 붉게 달아오르자, 버킹엄은 등골이 오싹해졌다.

이토록 날카로운 예기는 간만에 13작위식을 거행하던 젊은 날을 떠올리게 만들었다.

"이 나라를 불법으로 침투한 너희는 모두 죽음으로 사죄해야 할 것이다."

"보고보다 열정적인 분이셨군요. 하지만 때와 장소는 분간하셔야지요."

버킹엄의 입꼬리가 치솟았다.

"다른 나라에 기생하는 일루미나의 마도사 따위가 라키스에 칼을 겨누면 쓰나."

공기 중에 섞인 독이 뚜렷한 색채를 드러내며 장벽처럼 솟구쳤다.

어디로도 빠져나갈 수 없고, 하나라도 스친다면 몸에

침투하여 즉사시키는 극독이 파도처럼 밀려왔다.

녹색의 바다 한복판으로 새빨간 검이 춤을 추기 시작한다.

* * *

"네가 왜 이곳에 있는 것이야!"

필레나가 왕좌 아래에 무릎 꿇고 있는 반스를 당황한 눈으로 내려다보았다.

"버킹엄 백작님과 돌아왔습니다."

"단서는? 경합은!?"

"무덤의 위치는 대략 확인했습니다."

"한데, 왜 돌아왔어!?"

"제 파벌들이 무참히 도륙되고 있지 않습니까. 무덤을 찾는다고 끝날 것 같지 않아서 제 나름의 마무리를 지으려 합니다."

"……!"

"전하, 제가 역도들을 토벌하겠습니다."

필레나는 고개를 저었지만 그만두라 명하지 못했다.

그녀는 어디까지나 경합의 관찰자다.

이 또한 경합의 연장선이라면 반스의 뜻대로 이루어지게끔 지켜보아야 한다.

"페르노크를 죽이고, 율리아나까지 함께 벌한 뒤에 당

당히 무덤에서 제가 왕임을 선포하겠습니다."

고개를 들어 올리는 반스의 눈동자가 살의로 가득 차 있었다.

* * *

6번째 성은 무척 손쉽게 떨어졌다.

페르노크의 소식을 들은 영주가 후방으로 도망쳤기 때문이다.

"7번째 성으로 병력들이 모여들고 있습니다."

"반스 파벌의 연합군인가?"

"예. 그 수가 무려 1만에 달한다고 합니다."

그즈음 페르노크의 후발대도 선발대와 합류하여 8천 5백의 병력이 무사히 완성된 상황이었다.

여기에 부유성과 이종족들을 섞는다면 손쉬운 승리가 되리라 장담하지만, 아직 결정적인 패를 꺼내 들기엔 이르다.

일루미나마저 아래에 두는 라키스와의 전투까지 염두해야 하기 때문이다.

"하옵고, 전령이 당도하였습니다. 왕국의 상황이 급박하게 돌아가는 듯합니다."

"왕국에 플레미르를 막을 자가 있던가?"

"버킹엄 백작이 반스 왕자와 왕국에 귀환하였다고 합

니다."

"의외군. 무덤을 찾으러 갈 줄 알았는데."

반스도 느끼고 있는 것이다.

페르노크라는 불씨를 무시하고 무덤을 찾아봐야 결국 왕으로 떠받들어 줄 파벌이 한 명도 남지 않는다는 사실을.

"버킹엄이 플레미르를 막아서겠군. 하지만 대치하는 과정에서 왕국군과 공작군은 서로 움직이지 않을 거야."

"예. 양 군대는 지시를 기다리고 있는 상황입니다."

"하면, 반스는 이쪽으로 올 테고…… 오운은?"

"8번째 성에 당도하였고 7번째로 이동한다는 보고가 있습니다. 왕실 마도사단 절반과 내성 수비대에서 2천을 빼낸 듯합니다."

"1만 2천에 S2와 S1의 마도사. 그리고 왕실의 정예 마도사단……."

페르노크가 피식 웃었다.

"……이쪽에서 먼저 손을 써야겠군, 그람."

"설마, 나를 적진 한복판에 보내려는가?"

"그편이 당신의 마도술을 효과적으로 쓰기 좋을 것 같아. 왜? 자신 없나?"

"끌끌끌, 아무리 나라도 동급의 마도사와 대군을 함께 막진 못해."

"상관없어. 적을 흔든다는 것 자체로 의미가 있으니까."

페르노크의 미소가 싸늘해졌다.

"다른 생각 말고 가서 내 말대로 움직이기나 해."

반스의 목이 코앞이라는 생각에 반생자의 기억이 흥분하여 페르노크를 달아오르게 만들었다.

"나머지는 내가 알아서 쓸어버릴 테니."

집결하는 7번째 성.

그곳이 이 전쟁의 승부처였다.

* * *

라키스의 남겨진 13작들은 세계의 동향을 보고받으며 한심한 시선을 감추지 못했다.

"일루미나에서 그 3명이 죽어?"

"타이르도 몰아치지 못한단 말인가."

"르젠과 협회는 두 분 후작께서 잘 처리하시는 듯한데……."

"허어, 제국 망신은 그놈들이 죄다 시키는구나. 폐하의 얼굴을 어찌 본단 말인가."

그들은 모두 크리스의 저택을 찾아갔다.

자율 행동을 명받았음에도 제국을 지킬 최소한의 인원이 남아 있어야 한다고 하여 머물렀던 13작들이다.

사태가 묘하게 흘러가는 지금 자신들도 판에 개입해야 함을 느꼈다.

"공작님을 설득해서 함께 판세를 뒤집도록 하지."

허락을 받기 위해 크리스의 저택에 들어선 13작들은 뜻밖의 소식을 전달받았다.

"크리스 공작님께선 지금 제국에 없으십니다."

"제국에 없으시다니?"

"우리에게 아무 언질도 없이 어디로 가셨단 말인가."

의아해하는 13작들에게 차분한 목소리가 들려온다.

"보름 전에, 일루미나로 향하셨습니다."

* * *

르젠은 언제 끊어질지 모를 팽팽한 실 같았다.

외교적인 능력까지 증명한 살라반이 왕좌를 거머쥐려는 순간, 수세에 몰린 장남 자일이 할 수 있는 유일한 저항은 거병뿐이었다.

자일은 왕실마도사단장과 파벌의 힘으로 군사를 모아 살라반을 몰아쳤다.

역적으로 남을 수 있는 그의 도박이 성공하는 듯 보였다.

하지만 그것은 군부의 총사령관인 루트밀라가 파 놓은 함정이었다.

자일이 극단적인 수단까지 동원하도록 모두 묵인하여 거병한 순간에 함께 쳐서 쓸어 버리겠다는 계획이었다.

"다른 왕자들은 살려도 상관없습니다. 하지만 자일은

위험합니다. 르젠은 언제고 장자 계승을 걸고넘어질 겁니다. 그러니 왕족을 합법적으로 죽일 수 있는 판을 만들어 놓겠습니다."

"정녕, 이 방법뿐입니까?"

"왕이 된다는 것은 친형제의 살점마저 베어 낼 각오를 해야 한다는 뜻입니다. 왕자님께서 품겠다면 그 또한 존중하겠습니다. 하나, 승리를 목전에 둔 상황에서 굳이 돌아가는 선택을 좋다고 보긴 어렵군요."

결국, 자일은 루트밀라의 뜻대로 극단적인 선택을 취하게 되었다.

르젠이 내전 상태로 돌입했고, 모든 명문이 살라반에게 미소 지었다.

루트밀라가 기다렸다는 듯 자일의 목을 치려는 순간, 모든 악몽이 시작되었다.

"나는 라키스의 브레이아 후작이라 하오."

루트밀라를 가로막은 자가 태산처럼 거대한 몸집으로 군부를 막아섰다.

"라키스는 이 시간부로 자일 왕자를 지지합니다."

그 한마디에서 비롯된 보름은 지옥과도 같았다.

자일의 목을 움켜쥐려던 군부가 도리어 밀려나기 시작하더니, 왕실마도사단장도 몰아세웠던 루트밀라가 브레이아에게 치명상을 입었다.

단 한 명의 S2 마도사가 전장의 판도를 뒤바꿔 버린 것이다.

"살라반을 죽이는 자에게 작위와 금을 하사하겠다!"

라키스의 개입이 상황을 파국으로 치닫게 하였다.

그즈음 살라반은 세계에 나타난 혼란을 듣게 되었다.

"라키스의 13작들이 각 나라를 몰아세우고 있습니다!"

르젠뿐만이 아니라 다른 나라에서도 13작이 대놓고 활동 중이었다.

모든 나라를 거머쥐겠다는 오만인가.

아니면 이 정도의 영향력을 가진 나라였다고 과시라도 할 셈인가.

살라반은 왕좌가 점점 멀어지는 듯하여 아찔한 심정을 감추지 못했다.

자일은 조금의 틈도 잔혹하게 파고드는 심성을 감추고 있었다.

한 번 수세에 몰리기 시작한 살라반을 절대 놓치려 하지 않았다.

살라반이 후방 부대로 합류하기 전에 기어이 그를 찾아냈다.

"개인적으로 이런 방식은 선호하지 않는다."

브레이아가 태산처럼 막아서자 살라반은 마차에서 신음하는 루트밀라를 힐끗 보았다.

붕대로 감긴 상반신의 상태가 심상치 않았다.

조금이라도 움직이면 피가 분수처럼 솟구칠 것 같아

서, 어딘가로 도망치라고 말도 꺼내지 못했다.

지킬 수조차 없다.

브레이아는 라키스의 후작이 되기 전부터 위명을 떨친 전대 용병왕이었으니까.

"라키스가 어째서 이런 짓을 벌이는 거요?"

"국가의 중대사이기도 하지만 개인적으로 르젠은 내게 실망과 절망을 안겨 준 곳이라서 말이지. 내가 자원한 측면도 있다."

"설마…… S급 길드를 내주지 않은 전하께 앙심이라도 품은 것인가?"

브레이아는 부정하지 않았다.

"내 유일한 염원이었다. 그리고 내 후배가 이를 대신 이룩하였으니 딱히 불만은 없다만, 예전부터 용병을 사냥개처럼 부린 르젠의 방식은 역겨웠어."

"자일도 르젠의 왕족 아닌가."

"하지만 이젠 라키스의 꼭두각시가 되겠지. 너희 왕족의 운명도 지난날의 대가를 톡톡히 치르게 될 것이다."

"르젠을 손에 넣지 않고는 직성이 풀리지 않는가."

"그러니 내가 S급 길드를 만들자고 그리 간절하게 매달릴 때 손을 잡았어야지. 그럼 이런 상황은 절대 일어나지 않았을 거야."

"루트밀라는…… 다른 자들은 살려 줄 수 없겠나."

마차를 호송하던 병사들이 두려운 표정으로 창을 꼬나

쥐었다.

미약한 발버둥을 흘깃 살핀 브레이아가 차가운 미소를 머금었다.

"너희는 그때, 개가 되기 싫다고 발버둥 치던 내 동료들을 어떻게 죽였는지 기억하나?"

브레이아가 아직 7레벨 마법사였던 시절, 명성을 휘날리며 휘하에 용병들을 모아가던 그를 나라에서 경질하였다.

브레이아가 없는 틈을 타서 용병들에게 무리한 의뢰를 전했고, 그들은 끝내 몰살당하고 말았다.

돌아온 브레이아가 분노하여 왕실에 저항하였다.

기어이 마도사의 경지까지 올랐건만, S급 길드 창설은 커녕, 용병들의 수준을 강제로 저하시키고 사냥개처럼 부려 먹기 시작했다.

혼자서 바꿀 수 없는 현실에 절망한 브레이아는 크리스의 부름을 받고 라키스에 들어갔다.

현 왕과 그 측근들만 알고 있는 사실을 살라반은 브레이아가 개입한 후에야 듣게 되었다.

협상의 여지는 추호도 없었다.

르젠의 왕족들을 향한 적의가 지금껏 참아왔던 분노에 뒤섞여 폭풍과도 같은 마력을 발산시켰다.

구원의 손길은 그 순간에 도착했다.

"실망이군."

일대의 마력이 순식간에 사라졌다.

중절모를 벗은 노신사가 지팡이를 짚으며 걸어 나왔다.

그 옷깃의 표식은 분명 마법협회였다.

"페르노크 왕자님께서 브레이아 후작은 다른 13작들보다 말이 통하는 부류라고 말씀하셨는데."

"페르노크?"

"페르노크 왕자?"

브레이아가 미간을 찌푸렸고, 살라반은 얼굴에 화색이 돋았다.

루인이 경계선을 긋듯 두 사람 사이를 가로막으며 외쳤다.

"페르노크 왕자님의 부탁으로 르젠의 살라반 왕자님을 도우러 찾아온 마법협회장 루인 아그네스입니다."

"내 그대의 명성은 익히 들었소!"

"숲 밖에 협회원들을 대기시켜 놓았습니다. 어서 피하시지요."

"이 은혜는 잊지 않겠소!"

"감사라면 페르노크 왕자님께 전하십시오."

"고맙소!"

살라반이 병사를 이끌고 루트밀라의 마차를 다시 몰았다.

브레이아가 눈짓하자 추격자들이 살라반에게 따라붙기

시작했다.

그리고 남겨진 브레이아와 루인이 서로를 응시했다.

"그쪽엔 분명 그람 후작이 갔을 텐데……."

"죽은 자는 말이 없다고들 하지 않는가."

"……신임 협회장의 실력이 남다르군."

"네놈에게 평가받을 정도로 헛살지는 않았다."

"결국, 그람의 판단이 옳았어. 페르노크 왕자와 긴밀한 관계를 이어 나갈 거라는 말. 다들 반신반의했지만 이젠 명확해졌군."

고개를 끄덕인 브레이아가 체내에 마력을 순환시켰다.

"하여, 내 이번만은 모른 척해 주지. 후배가 왕이 되는 걸 도울 순 없지만, 적어도 그 주위 사람은 한 번쯤은 살려 줄 의향이 있어."

"허허허, 라키스의 오만함이 세계 제일이라더니 그람도 네놈도 시건방이 하늘을 찌르는구나!"

"페르노크 왕자 곁에서 잘 보필토록 해라. 내가 너희에게 베풀어 주는 마지막 선의다."

"피차 시간이 없는 마당에 간사한 혓바닥을 놀리는 건 그쯤 해 두지."

루인이 지팡이를 땅에 내리치자 침묵이 파동치며 사방을 뒤덮었다.

하지만 그 안에 빛을 흩뿌리는 브레이아의 마력을 꺼트리지 못했다.

공간에 영역을 구성하는 마도술이 아닌 내부에 마력을 응축시켜 파괴력을 극대화하는 집중의 방식.

'농도가 짙군.'

쉽게 꺼트리기 어려운 마력이 계속해서 응축되어 나갔다.

"유감이군."

그리고 브레이아 몸에서 빛무리가 일기 시작했다.

"되도록 페르노크 왕자의 세력과는 얽히지 않으려 했는데."

찰나에 빛이 번쩍였다.

동시에 공간을 집어삼킨 침묵이 상실로 진화하여 모든 마력을 소멸시켜 나갔다.

하지만.

서걱!

루인이 침묵을 뚫고 나온 소리를 따라 어깨 자락을 살폈다.

날카로운 무언가에 옷자락이 베어져 있었다.

'몸 자체를 고도로 날카로운 무기로 만드는 마도술.'

처음이었다.

상실 속에서 자유롭게 마도술을 펼친 사람은.

'아주 간단한 공정을 수백, 수천, 수만 번 반복하여 이룩해 낸 경지.'

단 하나에 집중된 극도로 섬세한 마도술이 루인의 등줄

기를 서늘하게 만들었다.

'쉽지 않겠군.'

상실은 마력의 틈을 파고들어 그대로 소멸시켜 버리는 공허한 힘이다.

하지만 브레이아의 마도술은 일체의 틈을 주지 않으려 계속해서 압축시킨 마력의 산물.

상실의 공간 속에서 자유롭게 노니는 브레이아는 루인이 처음으로 만나는 상극의 존재였다.

* * *

7번째 성에 도착한 오운은 곧장 귀족들을 이끌고 6번째 성으로 향했다.

"적이 눈앞에 있어! 우리가 수적으로 우위에 서 있는데, 왜 웅크리고 있단 말인가!"

귀족들도 오운을 적극 따랐다.

S2의 마도사와 고레벨 마법사들이 다수 포진된 왕실 마도사단 그리고 귀족들이 추린 기사들과 병사들까지 대략 1만 5천에 가까운 대군이었다.

오운이 선두에서 이끌자 귀족들의 전의도 한층 끓어올랐다.

이제야 지긋지긋한 페르노크를 죽일 수 있으리라 여긴 것이다.

그렇게 7번째 성을 나선 지 사흘째 되던 날이었다.

좁은 협곡 길 앞을 누군가가 가로막고 있었다.

"명성은 많이 들었소. 오운 단장."

로브를 뒤집어쓴 채 가면까지 썼다.

체구와 목소리만으론 누군지 알 수 없었다.

"그럼 잠시 나와 놀아 봅시다."

정체불명의 노인이 허공에 원을 그리자 삽시간에 거대한 마력이 빨려 들어갔다.

"……!"

극적인 변화였다.

잔잔했던 물결이 풍랑에 역류하듯이 노인의 마력은 허공에서 매섭게 대군을 강타하였다.

그에 먼저 반응한 것은 반지 낀 손을 들어 올린 오운이었다.

쿠우우우웅!

대군을 감싼 막이 허공에서 내리찍는 무언가를 가로막았다.

그 묵직함에 오운이 미간을 찌푸렸다.

'이 마도술…… 어디선가 들어 본 것 같은…….'

일대를 짓누르는 특별한 마도술사가 있다는 말을 누군가에게서 들었었던 것 같다.

하지만 확실히 기억나진 않았다. 생각을 짜낼 틈조차 없었다.

쿠우우우우웅!

압력이 짙어지자 막이 흔들리기 시작했다.

오운의 눈이 매서워졌다.

그가 반지 낀 손을 주먹으로 꽉 말아 쥐자 압력이 허공으로 튕겨 나갔다.

그에 노인, 그람이 가면 속에서 미소를 머금었다.

'리플렉터. 종류를 불문하고 모든 마도술을 튕겨 내는 반사 영역의 마도사.'

보통 마도사가 뛰어다니는 곳은 폐허가 되기 마련이다.

이는 전쟁에서도 통용되는 방식이다.

마도사가 적진 한복판에서 날뛴다면 그를 상대하기 위해 몰려든 자들의 마력까지 휩쓸어 버린다.

페르노크는 이를 노리고 그람을 보냈지만 오운은 역시 예상처럼 쉽게 혼란을 허용하지 않았다.

'무엇이든 막아 버리는 방패를 부수려면 브레이아를 동원하거나, 내가 본심을 다하거나…….'

하지만 그람은 가면을 눌러쓴 채 허공에 뛰어올랐다.

'……괘씸한 놈, 아무리 나를 의심하기로서니 이런 개짓거리까지 맡기다니.'

그람은 계획을 선회하여 적당히 오운을 두드린 채 협곡 안으로 들어갔다.

"추격하라!"

반사막을 펼친 채 협곡 안으로 들어가자 매복했던 적군이 화살을 쏘아 댔다.

"원시적인 놈들."

오운이 비릿한 미소를 머금으며 발 빠른 자들을 위로 올려 보냈다.

이윽고 화살 세례가 멈추며 보고자 한 명이 급히 내려왔다.

"뿌연 먼지가 협곡 너머에서 피어오르고 있습니다. 짐작건대, 페르노크 왕자의 본대인 것 같습니다."

"역시, 정면충돌인가. 자신감이 넘치는군. 페르노크 왕자!"

오운은 자신을 압박했던 마도술을 떠올렸다.

분명, 그자는 진심을 다하지 않았다.

그럼에도 숙련된 마도사의 솜씨가 묻어나온다.

'라키스의 13작을 처리한 것은 곁에 그런 마도사를 두었기 때문이겠지.'

하지만 S1들이 몇이나 모인다 한들 이 방패를 뚫진 못한다.

걸어 다니는 성채.

그 압도적인 방패의 위용을 페르노크에게 선보일 생각이었다.

"이대로 전진한다! 놈들이 성에 들어선다면 바로 공성으로 전환하여 뚫을 것이니 긴장을 늦추지 말도록!"

"충!"

오운과 대군이 먹잇감을 향해 질주했다.

* * *

적절한 기습을 감행하여 오운의 이목을 이쪽으로 쏠리는 데 성공했다.

페르노크의 말처럼 저들은 정말 '정면 승부'를 철석같이 믿고 있었다.

"반사막을 뚫지 못하겠다면 더 헤집지 말고 놈들을 유인해."

오운의 본대와 질척하게 싸울 거라 생각했건만, 페르노크는 한술 더 떠서 그람을 '미끼'로 사용하는 플랜B를 설계했다.

"놈들은 내가 왕성으로 향한다고 믿는다. 지금까지 내 행보가 왕성으로 향하는 최단 루트를 계속 그리기 때문이지."

"한데?"

"오운과 상대하면 그다음은 왕국군이다. 어쩌면 필레나의 수호대가 나타날지도 모르지. 8천 5백으론 부족하다. 이 사실은 처음부터 변하지 않았어. 그러니 우리는 병력을 증원한다."

그것은 오운의 시선을 그람이 붙잡고, 페르노크가 6번째 성에서 우회하는 전략.

"플레미르는 왕국군의 지휘통제실로 향했지. 나도 같은 생각이다. 대장군과 간부들을 죽인다면 왕국군은 쉽게 무력화될 거야. 그리고 공작군 7천을 내 쪽에 합류시킬 수 있다."

정면으로 치고 들어갈 거라는 적의 생각을 비웃듯이 페르노크는 백 명의 정예 마법사들만 이끌고 왕성이 아닌 지휘통제실부터 점령한다.

"버킹엄이 오운 쪽에 합류하지 않았다는 뜻은 플레미르를 막으러 갈지도 모른다는 말과 같다. 그러니 내가 지휘통제실로 향한다면 적의 주요 전력을 약화시키며 동시에 오운을 포위하는 포진을 완성할 수 있어."

플레미르와 함께 버킹엄을 죽인다.
대장군 맥도널과 휘하의 간부들까지 모두 처단하고, 여세를 몰아 왕국군을 와해시키며 공작군 7천을 휘하에 넣는다.

그리고 6번째 성으로 오운의 시선이 몰렸을 때, 페르노크는 플레미르와 함께 적의 8번째 성을 급습한다.

그람이 정면에서 적당히 대치하고 있으면, 페르노크와 플레미르 연합은 8, 7번째 순으로 성을 점령하여 오운의 후미를 칠 수 있다.

그 순간, 전방에서 그람이 치고 나온다면 세 마도사가 합작하여 오운을 포위하는 포진이 완성되는 것이다.

"오운을 쉽게 죽일 수 없다면 유인해서 끌어들여."

더 깊숙한 늪으로 오운을 빠뜨리기 위해 페르노크는 그람을 미끼로 사용한 것이다.

"놈들은 반드시 넘어온다. 내가 왕성으로 향한다며 선포하고 행선지를 계속 정면에 치중시켰으니까. 게다가 병사 100명은 이 수천의 대군 속에서 빠져나간다고 한들 티도 나지 않아."

그 말처럼 오운은 페르노크가 기세에 눌린다고 생각했는지 과감하게 파고 들어온다.

'반사막은 아군을 철저히 지키는 방패이기에 급습조차 생각하지 않아. 이러면 들어오지. 거칠 것이 없으니 눈에

불을 켜고 페르노크를 잡으려 6번째 성으로 향하겠지!'

오운의 마도술이 위험을 차단하기에 다른 위급한 상황을 고려하지 않는 역효과를 낳고 있었다.

'페르노크 왕자…… 이놈이 어디서 이런 미끼 전술을 배워 온 걸까.'

첫 선택지부터 지금에 이르기까지, 그람이 오운의 위치였어도 속았을 치밀한 구상이었다.

'끌끌끌. 오냐, 내 끝까지 어울려 주마.'

그람은 적절히 요격을 가하며 계속 오운을 유도했다.

본대가 버티고 있는 장소.

이제 곧 그의 무덤이 될 위험한 늪지대로.

* * *

오운이 왕성을 나섰을 때, 페르노크는 6번째 성을 떠났었다.

그리고 지금 수천의 병력들이 포위하고 있는 왕국군의 요충지.

지휘통제실이 있는 요새를 목전에 두고 있다.

"마도술이 느껴진다."

역한 것과 흉흉한 것.

번갈아 격돌하는 마력의 흐름을 느끼며 페르노크가 검을 뽑아 들었다.

"저곳을 돌파한다."

페르노크가 요새 외벽에 천벌을 내리꽂으며 질주했다.

* * *

천벌이 내리꽂힌 자리가 붕괴되며, 요란하게 뚫린 벽을 페르노크와 마법사들이 뛰어넘었다.

그러자 두꺼운 벽에 가려졌던 내부가 드러났다.

"으어어어!"

"사, 살려 줘!"

"무, 문을 개방해! 어서!"

혼비백산한 병사들이 사방으로 도망쳐 다닌다. 그중 지휘통제실의 간부들도 여럿 포착되었다.

"우에에엑!"

페르노크가 구역질 소리를 따라 고개를 돌렸다.

얼굴에 푸르스름한 반점이 돋아난 병사가 토악질을 해 대자 시큼하고 비릿한 악취가 풍겨 나왔다.

"……!"

페르노크가 즉시 소매를 털어 바람을 일으켰다.

악취를 날려 보내며 연달아 중독되는 병사들을 훑어보았다.

'왜 경계가 느슨한가 했더니, 이 독 때문이었나.'

버킹엄이다.

그람이 전한 그의 마도술은 쇳덩이조차 녹일 독을 퍼트리는 것.

공기 중에 흐르는 독기를 살짝만 흡입해도 극심한 고통에 시달리다가 죽는다.

시전자를 제외한 모든 것들이 중독되는 모습은 흡사 재액군주를 연상케 한다.

'중심부겠군.'

지휘통제실의 한복판.

그곳에서 매섭게 타오르는 마력과 꺼져 가는 마력이 대비된다.

'마도사라도 쉽게 이 독을 떨쳐 내진 못해.'

중심부는 이곳보다 독이 진하다.

호흡하지 않아도 모공으로 침투하는 독들이 체내에 켜켜이 쌓인다면 마도사도 기력을 잃고 중독되어 죽을지 모른다.

페르노크기 풍겨 오는 독기에 불씨를 가져갔다.

쾅.

얕은 폭음이 발생했지만 독기를 불사르지 못했다.

'독과 맞부딪친 순간 불은 폭발한다. 저 한복판에서 불을 터트렸다간 이곳이 화약고처럼 터져 나가겠지.'

최소한 동급의 마도사가 불을 뿜어야 독을 녹여 버릴 것 같았다.

하지만 폭발시킨 뒤에도 문제다.

'이 독은 연기로 화한 후에도 독성을 잃지 않아.'

오히려 독이 바람을 타고 넓게 퍼져 나갈 위험성까지 가지고 있다.

'듣던 것보다 까다로운 타입이군.'

일반적인 독과 다르다.

아무리 부수고 지우려 해도 공기 중에 녹아들거나 끊임없이 증식한다.

베는 것이 전문인 플레미르에겐 천적 같은 마도술이다.

플레미르와 버킹엄이 비등할 거란 예상을 머리에서 지워 버렸다.

"적의 마도사가 독을 사용했다. 흡입하는 즉시 체내에서 심각한 고통을 유발시키는 극독이다. 절대 중독된 자들에게 접근하지 말고, 바람이 부는 장소에 있지 말거라. 그리고 군 간부들을 모두 찾아 죽여."

"예!"

"그 목을 베어 상자에 담고 즉시 요새를 빠져나가 내 지시를 기다리도록."

"알겠습니다!"

마법사들이 사방으로 퍼져 혼란 속의 간부들을 죽여나가기 시작했다.

버킹엄의 독이 요새에서 계속 퍼져 나오는 덕분에 군부의 진형은 쉽게 흐트러졌다.

독에 중독된 자들이 갈수록 늘어나자 병사들은 습격자에 대응할 생각조차 못 하고 도망치기 급급했다.

마법사들이 그 사이를 누빌 무렵, 페르노크가 군 한복판을 가로질렀다.

중심부로 향할수록 독은 안개처럼 진해졌고, 불투명한 시야 속에 녹아 내려가는 시신들이 포착되었다.

피부가 이미 문드러져 형체도 알아보기 힘든 시체를 보자마자 마력강체술이 발동되었다.

몸이 이곳의 심각성을 받아들인 것이다.

'이곳에서 독과 반발하는 불을 터트렸다간 요새까지 집어삼켜질 폭발이 일어나겠지.'

이 짙은 독무에 대처할 방법은 하나뿐이다.

독을 생성시키는 마력에 순수한 에너지로 타격을 입힌 후 마법으로 죄다 날려 버리는 것.

콰아아아아아-!

오버 임팩트로 먼지 끈적한 독기들의 연결고리를 내리쳤다.

균열이 일기 무섭게 7레벨 폭풍의 마법을 사용해 조각난 독기들을 모두 허공에 날렸다.

한순간에 중심부가 훤해졌다.

그리고 비틀거리는 혈검의 사내와 그를 비웃으며 맞서는 자의 모습이 선명해졌다.

쿵!

페르노크가 착지하기 무섭게 버킹엄의 목으로 검을 휘둘렀다.

중심부에 구멍이 뚫리고 페르노크가 난입한 사실을 뒤늦게 눈치 챈 버킹엄의 반응이 한 발자국 느렸다.

하지만 놀랍게도 퍼져 나간 독기가 그의 앞에 반사적으로 뭉쳤다.

후웅!

페르노크의 검이 독기를 반으로 갈랐으나, 이미 버킹엄은 독무 속에 몸을 파묻은 뒤였다.

그것은 몹시 진한 녹색이어서 버킹엄의 모습을 확인하기 어려웠다.

일반적인 시야라면 말이다.

쾅—!

관찰안이 독무 속에 파묻힌 버킹엄의 마력을 정확히 포착했다.

오버 임팩트를 연달아 터트리며 몰아세우자 굉음이 일었다. 그리고 독무가 살짝 걷힌 자리에 팔뚝이 베인 버킹엄의 모습이 보였다.

뚝⋯⋯ 뚜둑⋯⋯!

하지만 섬뜩한 소리는 뒤에서 들려왔다.

"헉⋯⋯ 허억⋯⋯ 와, 왕자님⋯⋯."

피를 다루는 마도사가 도리어 새까맣게 죽은 피를 토하고 있었다.

생각보다 극심한 부상에 페르노크가 미간을 찌푸렸다.

아무리 그의 마도술이 적을 베어 버리는 것에 치중하여 독에 대처할 방법이 빈약하다고는 하나, 애초에 상대조차 되지 않을 적이라면 플레미르가 이미 몸을 빼냈을 것이다.

하지만 플레미르는 지켜야 할 것들이 있었다.

"으으윽!"

"크아악!"

고통에 몸부림치는 플레미르의 가신들.

간부들을 죽이기 위해 마도사들의 격전지에서 떠나려 했던 그들을 버킹엄이 독무에 가둬 버렸다.

플레미르의 마도술로는 독을 날려 버리는 일이 불가능했다.

혼자라면 몸을 빼낼 수 있었겠지만 이미 가신들이 중독된 상태에선 다른 선택의 여지가 없었다.

마도술사의 목을 쳐서 이 독을 해세하는 것만이 그가 선택할 수 있는 최선의 판단이었다.

하지만 버킹엄의 독은 일반적인 것들과 확연히 다르다.

베면 베는 대로 독은 연기처럼 공기에 스며들어 어떤 식으로든 대상을 중독시켜 버리기 때문이다.

'공작은 5분. 가신들은 2분 정도.'

이미 체내에 극독이 자리 잡고 있었다.

그나마 고 레벨의 마법사라 독의 저항력을 갖췄기에 숨

만 쉬고 있는 정도다.

'2분 안에 저놈을 죽여야 한다.'

견적을 머리에 그리는 중에 버킹엄이 놀란 눈을 드러냈다.

"페르노크 왕자…… 어찌 여기에 있단 말인가."

그도 페르노크의 출현은 예상치 못했었다.

"정면이 아니라 우회였나. 그럼 오운을 본대로 붙잡아 뒀다는 얘긴데, 어떻게 그런 속임수가 가능했지."

하지만 버킹엄은 크게 당황하지 않았다.

플레미르와 페르노크가 동맹을 맺었다.

그리고 지금 이 자리에 동맹들이 쓰러져 있다.

버킹엄이 보기엔 이만큼 좋은 판이 없는 것이다.

"인물은 인물이야. 하지만 멀리서 이곳을 느꼈다면, 들어오질 말았어야지!"

바람에 날려 보냈던 독무가 다시 이 자리를 가득 채웠다.

한 치 앞도 보이지 않는 뿌연 안개에 페르노크가 엄지를 깨물며 피를 흘려보냈다.

블러디 포이즌.

독을 해독하지 않고 몸에 침투한 독을 혈액에 섞어 밖으로 내보냈다.

그리고 바로 상처로 침투하려는 독을 마력으로 막아 세웠다.

앞으로 이 작업을 3분마다 반복해야 한다.

한 타이밍이라도 늦는 순간 페르노크 또한 독이 체내에 쌓여 중독된다.

"공작, 움직일 수 있겠나."

"헉…… 가능…… 헉…….'

"가신들까지 데리고 피하는 건?"

플레미르가 말없이 고개를 저었다.

그 절망적인 모습을 버킹엄은 독무에서 웃으며 지켜보았다.

'마지막에 파단이 그르쳤구나. 설령, 네놈이 내 독에서 멀쩡히 살아 나가더라도 저들은 이미 죽은 목숨이다. 지금 당장 독무를 빠져나간다면 일말의 회생 여지가 있지만, 너 같은 부류는 대를 위해 소를 희생하려 하지.'

라키스의 13작을 죽일 것인가.

플레미르와 가신들을 살릴 것인가.

두 가지 선택지 중에 정답은 없다.

무엇을 택해도 플레미르의 세력이 약화되는 건 당연한 일이다.

"2분…… 어렵겠군.'

체념한 듯한 말에 버킹엄이 씨익 웃었다.

'플레미르와 가신들을 살리려고? 좋은 선택지는 아니지.'

독성을 더욱 진하게 만들었다.

가신들이 숨에 허덕여 괴로워하다가 죽어나가도록.

그 비명에 페르노크의 판단이 흐트러지게끔.

'데리고 나가 봐야 늦었어!'

가신들의 피부가 조금씩 녹아내리기 시작할 무렵이었다.

"왕자님…… 피하십…쿨럭."

"예정대로 진행한다. 마력으로 몸을 보호하고 있도록."

독무 속에서 페르노크가 천천히 검을 들어올렸다.

벌써 1분이란 시간이 흘렀다.

아무리 마도사라도 흔들리는 모습이 있어야 할 텐데, 페르노크는 한 치의 나약함도 보이지 않았다.

"그곳인가."

무어라 형용하기 힘든 서늘함이 머리 위에서 터져 나왔다.

황급히 하늘로 시선을 올려 보낸 버킹엄이 눈을 부릅떴다.

독무 속에서도 훤히 보이는 새하얀 번개가 마른 하늘에 맺혀 있었다.

콰아아아아앙!

눈으로 보고 대처하기엔 빛처럼 빨라 몸이 따라주지 않았다.

독무가 자동적으로 뭉쳐 방패 역할을 수행했지만, 천벌을 모두 막기란 불가능했다.

콰앙!

독무가 잠시 벌어 준 그 시간에 버킹엄이 뒤로 물러났다.

'방금 그건……?'

생각이 사고로 전환되기 전, 페르노크의 관찰안이 독무에 숨겨진 비밀을 꿰뚫는다.

마력으로 탄생한 독이 가느다란 실처럼 연결되어 형태를 유지하고, 버킹엄의 반사신경을 웃도는 방어 기재로 일대를 장악한다.

공수일체의 독무는 뿌리 깊은 나무의 줄기와도 같았다.

거목을 베지 못해도 상관없다.

줄기를 불사르다 보면 지지대를 잃은 거목이 무너지기 마련이다.

보통은 본체를 치려 하지만 관찰안으로 판단된 상황은 이 독무 자체를 모두 지워 버리라 확신하고 있었다.

콰콰콰쾅!

연달아 터진 천벌이 사방에 불규칙적으로 작렬했다.

그와 동시에 아티펙트에 모인 충격이 오버 임팩트로 전환되어 버킹엄을 강타했다.

"……!"

버킹엄이 이해하기 힘든 두 종류의 힘이 동시에 마도술과 본체를 공략한다.

'이만한 규모의 공격을 감행하면 마력이 빠져나가야 한다. 그리고 그 약화된 틈을 독이 파고들어야 하는데, 어떻게 멀쩡히 움직일 수 있는 거지?'

처음의 여유가 싹 사라졌다.

독의 마도술인데, 독에 중독되지 않는 인간을 어떻게 대응을 해야 한단 말인가.

서걱!

"크윽!"

기어이 페르노크가 버킹엄의 오른팔을 잘라 냈다.

버킹엄이 팔뚝을 부여잡으며 일대의 독무를 모두 거둬 중심부의 페르노크에게 퍼부었다.

공격이 통하기를 바라고 한 행동은 아니었다.

단지, 도망칠 시간을 벌기 위한 눈가림에 불과했다.

'페르노크 왕자에게 독이 통하지 않는다. 그리고 이해할 수 없는 뭔가가 도사리고 있어. 이건, 오운에게 전해야 한다. 제국에 알려야 해!'

버킹엄도 죽기를 각오하면 페르노크에게 상처를 입힐 순 있었을 것이다.

하지만 그는 죽음을 불사하고 싸울 각오보다 정보를 우선시 여겼다.

뒤돌아서 요새를 넘어서는 뒷모습이 선명하게 포착되었다.

"쿨럭!"

독무가 사라진 곳에서 플레미르와 가신들이 왈칵 피를 토하고 쓰러졌다.

페르노크도 엄지를 깨물어 다시 체내의 피를 뽑아냈다.

"역시, 2분 안엔 불가능했나."

버킹엄을 추격할 여유는 없었다.

플레미르와 가신들이 죽기 일보 직전이었다.

하지만 버킹엄을 굳이 지금 죽일 필요도 없다.

어차피 그의 행선지는 뻔하다.

오운에게 이 사실을 알리러 갈 것이다.

함께 모여 있는 그들을 한꺼번에 처리한다.

단, 버킹엄이 마도술을 발동하지 못하도록 치명적인 짐짝으로 만든 뒤에.

우우웅!

마도술 공간 절개.

라키스의 13작, 낫을 휘두르던 그의 마도술을 사용해 눈앞에 공간을 만들었다.

그곳에 검을 내지르니 수상한 낌새를 눈치 챈 버킹엄이 공중에서 몸을 틀었다.

목을 스쳐 지나간 검격은 회피하였으나, 이어진 찌르기에 등이 관통당했다.

"크아아악……!"

비명이 하늘을 쩌렁쩌렁하게 울렸다.

마도술의 핵이 되는 마력 회로의 중심부를 꿰뚫었다.

회복하기까지 적어도 두 달은 필요하다.

기어서라도 오운에게 도착해 봐야 마도술을 사용 못 하는 부상자 버킹엄은 짐짝일 뿐이다.

"저희는…… 신경 쓰지 마시고…… 놈을……."

"전투 능력을 상실한 버러지일 뿐이다. 오운과 함께 처리하면 그만이야."

2분 안에 버킹엄을 죽일거라 자신하지 못했다.

플레미르와 가신들을 살리고 버킹엄을 후환으로 두지 못하게 만들기 위해 치명적인 비수를 박아 넣는다.

후일을 위한 대처였고, 다행히 싸우면서 지킨다는 욕심 많은 선택이 성공했다.

그리고 요새 외벽에서 푸른 신호탄이 터져 나왔다.

"맥도널도 죽인 모양이군. 이제 지휘통제실에 간부는 한 명도 남지 않았어."

"다행…… 쿨럭!"

피를 너무 쏟아 창백해진 플레미르를 바로 뉘었다.

"혈류를 조작한다고 했었나."

"피를 먹는…… 마도술……."

"정신은 멀쩡히 붙어 있으니, 지금부터 내가 말한 대로 몸 안의 혈류를 조작해."

플레미르의 의식이 흐릿해지려 하자 페르노크가 무심히 말했다.

"네 가신들을 살리고 싶으면 정신 똑바로 차려."

"크으윽……!"

"블러디 포이즌이라는 기술이다."

그리고 페르노크가 귓가에 블러디 포이즌의 방법을 속삭이자, 플레미르의 몸이 부르르 떨렸다.

몸속의 독을 피에 섞어 보내는 초보자의 부작용이었다.

"이제 시작이야."

페르노크가 플레미르의 가슴을 손바닥으로 내리친 순간, 그의 전신이 뻣뻣해지며 가슴에서 시작된 검은 혈선이 손바닥에 모여들었다.

손바닥에 작은 검흔을 그리자 새까맣게 죽은 피가 흘러내리기 시작했다.

페르노크는 바닥에 고인 검은 피를 검 끝에 모아 가신들 위에 털었다.

그러자 가신들이 입을 쩍 벌리더니 새까만 피를 토하며 역한 연기가 함께 검 끝에 딸려 온다.

독의 모체를 정하고 연관된 독들을 끌어모으는 재액군주의 독주술이라는 기술이다.

심장까지 퍼진 독을 당겨 올 순 없지만, 다행히도 가신들은 절망적인 수준까지 무너져 내리진 않았다.

"커헉!"

숨통이 트이기 시작한 그들을 내려다보고 있을 때, 마법사들이 적의 수급을 상자에 담아 다가왔다.

"모든 정리가 끝났습니다."

페르노크가 고개를 끄덕였다.

버킹엄을 죽이진 못했지만, 빈사에 가까운 상태로 만들어 버렸다.

그럼에도 여력이 남아 있었다.

당초 계획은 플레미르와 이곳에 합류할지 모르는 마도사를 제거한 후에 군부를 장악하여 왕국군을 괴멸시키는 것이었지만, 전력에 여유가 생긴다면 얘기가 달라진다.

모든 것을 압도할 힘은 가볍게 적을 제압할 수단이 된다.

"왕국군의 지휘자는?"

"가르트 장군입니다."

"그 머저리가 어떻게 왕국군을 통솔하지?"

"군부 서열 5위라 지시를 받은 듯합니다."

"잘됐군. 그럼 플레미르가 정신을 차리는 대로 공작군을 이끌도록 하지."

페르노크가 남아 있는 영력을 느끼며 웃음기 어린 목소리로 말했다.

"왕국군을 내가 가져야겠다."

* * *

"이제야 정신이 드나."

귀에 익은 목소리에 플레미르가 힘겹게 눈을 떴다.

덜컹거리는 마차에 페르노크가 앉아 있었다.

"왕자님……?"

"회복력이 남다르긴 하군."

지끈거리는 머리를 부여잡고 마지막 기억을 떠올렸다.

블러디 포이즌이라는 기술로 몸의 독을 몰아낸 후 마차
에 뉘어졌다.

그 이후부터 기억이 끊겼다.

"벌써 이틀이 지났다."

"……!"

플레미르가 벌떡 몸을 일으키며 인상을 와락 찌푸렸다.

내부에서 치솟는 고통이 그의 의지마저 침범한 것이다.

하지만 그가 이를 악물며 물었다.

"가, 가신들은……?"

"모두 살렸다. 하지만 독기에 너무 침범당해서 도저히
여기로 데려올 상황이 아니었지. 수하들을 시켜 합류 지
점으로 보냈다."

"라키스의 마도사는 어찌 되었습니까?"

"치명상을 입혀 놨다. 오운 쪽에 합류할 것 같은데, 마
도술을 사용하려면 두 달은 필요할 테니 신경 쓸 필요 없
어."

플레미르가 고개를 숙였다.

"감사합니다!"

"감사 인사를 받기엔 아직 처리해야 할 일들이 너무 많군."

고개를 들어 올린 플레미르가 마차 밖을 둘러보았다.

이 길이 몹시 익숙하다.

"왕국군과 공작군이 충돌했다고 한다."

"군부의 지시가 없었을 텐데요?"

"가르트의 독단이었나 보지."

플레미르의 안색이 딱딱하게 굳었다.

전령을 다 치우면서 여기까지 왔다.

명령 없인 절대 움직이지 못하는 군의 특성상 지휘통제실을 쓸어버리면 왕국군은 석상처럼 굳어 버릴 거라고 생각했었다.

"가르트는 욕심이 많다고 들었다. 어쩌면 공작군을 토벌해서 공을 쌓고 싶었는지도 몰라. 하지만 내게 협상 수단이 한 가지 있다."

"협상은 불가합니다. 저는 이미 왕국에 등을 돌린 몸이니까요."

"지휘통제실을 모두 쓸어버리지 않았나. 그 하나면 가르트를 설득하기 용이해. 다만, 설득에 앞서 우리의 힘을 증명시켜 줘야겠지."

"무슨 말씀······."

"공작군을 설득시켜 내 휘하에 놓아라."

"으음."

"설마, 이제 와서 다른 배를 타겠다는 생각은 아니겠지?"

"그것이 아니라, 왕자님께서 지금 공작군으로 향하신다면 왕국군까지 상대해야 하는데, 위험하지 않겠습니까."

"이미 대치가 깨진 이상 전쟁을 막기 위해선 내가 끼어드는 수밖에 없어. 그리고 공작군의 설득은 일면식 없는 나보단 주인인 네가 하는 게 좋겠지."

페르노크가 땅의 울림을 느끼며 플레미르를 응시했다.

"움직일 수 있다면 한계까지 쥐어짜 내서 네 소임을 다해. 여기서 머뭇거리는 건 용납 못 한다, 플레미르 공작."

플레미르가 굳은 표정으로 고개를 끄덕였다.

"다소 이르지만 뜻을 받들겠습니다. 한데, 어찌하실 계획입니까?"

"우선 내가 왕국군과 공작군 사이에 파고들어 모든 이목을 끌이당기겠다. 그때, 니는 마차를 끌고 공작군에 가서 내 뒤를 따르게끔 설득해. 그리고 내가 신호를 보내면 마차와 공작군을 이끌고 찾아와."

"그것이면 되겠습니까."

"충분해."

그리고 페르노크는 마차의 문을 열었다.

"먼저 가서 기다리고 있지."

플레미르가 무어라 답하기도 전에 페르노크가 마차에

서 뛰어내렸다.

마부인 마법사에게 지시를 내려 공작군의 진지로 방향을 선회하게 만들고, 페르노크는 다른 길로 빠져 왕국군이 진군하는 루트에 들어섰다.

* * *

가르트는 일주일째 소식조차 없는 지휘통제실의 대답을 더 이상 기다리지 않기로 했다.

"적은 모여 있고, 명령은 오지 않는다. 더 이상 망설일 이유가 있는가?"

왕국군 천인장들이 고개를 저었다.

"전령이 당도하지 않는 것으로 보아 도중에 명령이 차단되었을 가능성도 있습니다."

"공작군의 수장, 플레미르가 보이지 않습니다. 어쩌면 따로 행동하고 있지 않을까요?"

"플레미르가 이곳에 있다면 우리도 대치가 맞겠지만, 만약 그가 없는데 시간만 보내는 거라면 단호한 결단이 필요합니다."

수십 년간 평온했다고는 하나, 군부 서열 5위는 장식이 아니었다.

가르트가 엄숙히 명했다.

"왕국군을 앞세워 공작군을 압박한다. 플레미르가 모

습을 드러낸다면 주위에 새로운 진지를 구축하되, 플레미르가 보이지 않으면 독자적 행동을 취한다고 판단하여 바로 공작군을 몰아친다."

"충!"

언제까지 이곳에서 물자나 축내고 있을 수도 없었다.

그들의 목적은 공작군을 섬멸하고 그 기세를 이어받아 오운과 합을 맞춰 페르노크를 쓸어버리는 것이었다.

"전군! 출진하라!"

상부의 명령이 하달되지 않았음에도 가르트는 왕국군을 움직였다.

설령, 문책을 당하더라도 여러 사유를 둘러대며 명분을 챙기면 그만이다.

그리고 이 일이 잘 풀려 공작군 섬멸을 자신의 판단으로 이뤄 낸다면 단숨에 서열이 올라갈지도 모른다.

수많은 생각을 정리하며 가르트는 2만 대군을 앞세웠다.

수백 개의 공성 병기와 고레벨 마법사들이 뒤를 따랐다.

이윽고 공작군으로 향하는 제 1관문에 도착하여 바로 두드리기 시작하니.

뿌우우우우-!

웅장한 나팔 소리와 함께 관문을 지키던 기척들이 사라졌다.

퇴각은 아니었다.

그들은 관문을 폭발시킨 뒤에 소수의 병력으로 물자를 노리는 기습을 감행했다.

가르트는 부대를 나누지 않고 그대로 전진했다.

"이쪽의 수가 압도적으로 많은데 쓸데없이 병력을 돌릴 이유가 없다."

무력을 무력으로 응징한다.

단, 플레미르가 진을 치고 있는 경우만 제외하고.

그 가능성 하나만을 염두에 두며 여러 관문을 돌파했다.

심장부에 가까워져 갔지만 적은 사방에서 들쑤시기만 할 뿐 충돌을 감행하지 않았다.

공작군이 습격하기 아주 좋은 장소를 지나고 있었음에도 말이다.

그때, 가르트는 확신했다.

'플레미르는 이곳에 없다.'

플레미르의 성격상 전면전을 피하려 하지 않을 테니까.

"공작군을 섬멸한다!"

지휘통제실의 명령이 내려오지 않는 점과 플레미르가 자리를 비운 사실이 겹쳐지자, 가르트의 판단에 날이 세워졌다.

왕국군은 기세를 몰아 공작령까지 진군하기 시작했다.

그리고 공작군이 수성을 감행하며 맞서 싸우자, 공성 병기로 무차별 포격을 시행했다.

팽팽했던 대치 상황이 플레미르가 자리를 비운 상황 하나로 활활 타오르게 된 것이다.

"쳐라!"

"성벽을 뚫어!"

"보병을 물리고, 마법과 병기를 위주로 성루를 요격해!"

보통 공성은 10배의 병력을 더 가지고 있어야 가능하다고 말한다.

하지만 마법사와 병기가 충분히 뒷받침된 전장에선 일반적인 상식은 통하지 않았다.

공작군이 성벽에 두른 결계와도 같은 마법이 무참히 깨져 나갔다.

"성을 이 잡듯이 뒤지도록."

가르트가 승리를 확신하며 마지막 명을 내린 순간이었다.

쿠르릉, 콰아아앙!

하늘에서 새하얀 섬뢰가 떨어져 내리며 왕국군과 공작령 사이를 가로막았다.

일순 치솟는 마력에 모든 마법사들이 섬뜩함을 느끼며 그곳을 응시했다.

"나는 페르노크 왕자다!"

우렁찬 울림이 전장을 뒤덮었다.

"가르트 장군은 당장 내 앞에 모습을 드러내라! 도망치
거나 숨을 시, 나는 공작군과 연합하여 왕국군을 섬멸하
겠다!"

이윽고 연속해서 떨어지는 섬뢰들이 공성 병기와 보병
들을 휩쓸었다.

단말마의 비명조차 못 지르고 재가 되어 버리는 병사들
에게 본대는 접근할 수 없었다.

페르노크를 넘어서려는 순간 모두 잿더미가 될 것 같은
두려움을 느꼈기 때문이다.

용병왕.

마도사.

일루미나의 여러 성을 지배하고 르젠과 연을 맺은 자국
의 왕자.

수많은 명성들이 명령을 주저하게 만들었다.

풍문으로 듣던 소문들보다 실제로 마주한 페르노크의
압박감이 태산처럼 거대했다.

"나와라! 가르트!"

페르노크가 검을 내리찍으며 한 발자국도 물러서지 않
을 각오를 내비치니, 왕국군도 섣불리 손을 댈 수 없었
다.

이대로 페르노크에게 포격을 집중하기엔, 성벽 공작군
들의 포진이 심상치 않았던 것이다.

"나오라!"

수뇌부들의 시선이 가르트에게 꽂혔다.

이대로 페르노크가 공작군과 합세해서 왕국군과 맞서 싸우는 상황을 만들 것인가에 대한 의아함이 담겨 있었다.

'갑자기 어디서 나타난 거야!'

본래, 가르트는 오운과 합세해서 페르노크를 칠 생각이었다.

마도사가 없는 왕국군이 페르노크를 죽이려면 오운의 도움이 반드시 필요했기 때문이다.

어떻게 페르노크가 오운의 감시를 피하고 여기까지 왔는지 알 수 없었다.

하지만 애써 잡은 호기를 놓치기도 어려웠다.

가르트가 기사를 대동하고 페르노크 앞에 말을 몰았다.

"오랜만에 뵙는군요, 왕자님."

가르트는 연회장에서 보았던 모습 그대로다.

욕심은 많지만, 약간의 위험만으로도 움츠러들었던 특유의 버릇이 지금도 여전하다.

"지휘통제실을 정리하고 왔다."

덤덤히 내뱉는 충격적인 말을 순간 이해하지 못하고 눈만 끔뻑거리던 가르트.

"맥도널 대장군을 비롯해 지휘통제실의 간부들은 모두 죽었다. 이제 네놈만 남았다는 뜻이지."

이어진 말의 의미를 깨닫고 눈을 부릅떴다.

"왕국군과 정면 대결을 할 생각이었다면 애초에 내가 이렇게 나서지도 않았다. 몰래, 후방을 급습해서 네놈의 목을 쳐 버리면 됐으니까. 하지만 나는 지금 네놈에게 기회를 주고 싶구나."

그 순간, 공작령의 성문이 열렸다.

플레미르가 직접 이끄는 마차를 비롯해 공작군의 수뇌부들이 나오기 시작했다.

"내 일로 말미암아 너는 지금 이 순간, 군부 최고 서열이 되었다. 나는 이 사실을 플레미르와 함께 보장해 줄 용의가 있다. 너는 어찌하겠나. 맥도널처럼 반스를 따라 이 자리의 모두를 감당할 생각인가, 아니면 왕국군은 온전한 너의 것으로 만들어 나를 따르겠는가."

서서히 페르노크 뒤에 시립하는 공작군의 수뇌들을 살핀 가르트가 마른침을 꼴깍 삼켰다.

'프, 플레미르 공작까지 있다. 지금 이대로 마도사 둘을 상대한다면 왕국군은…….'

잡다한 생각이 이어지지 못하도록 페르노크가 마차 위에 실린 큰 상자를 가르트 앞에 내려놓았다.

"일인자로 남을지 마도사 한 명 없는 왕국군으로 나와 공작군을 상대하든지. 선택은 네 몫이다."

여력이 남아 있는 페르노크가 위협적으로 마력을 흘려보내자 가르트는 몸을 움찔했다.

눈앞에 도사리는 위험보다 앞으로 펼쳐질 미래가 그의
생각을 집어삼켰다.

'이건 어떤 식으로 따져 봐도…….'

지휘통제실이 점거당하고 위 서열들이 모두 죽었다.

군부는 이제 가르트의 것이다.

군이 이 상황에서 공작군과 용병왕을 함께 상대할 필요
가 있을까.

하지만.

"그 말을 어찌 믿을 수 있겠습니까?"

흔들리는 그에게 페르노크가 피식 웃으며 상자를 열었
다.

순간, 구역질 나는 악취가 훅 풍겼다.

그리고 가르트가 입을 쩍 벌렸다.

그 상자 안에 맥도널을 비롯한 군 수뇌부의 목이 담겨
있었던 것이다.

"이미 다 죽었다. 믿지 못하겠다면 직접 목을 들고 확
인해도 좋다. 하지만 한 가지 확실한 건, 이곳을 나선 순
간부터 군부는 자네의 것이라는 얘기지."

"저, 정말……."

"너와 내가 손을 잡으면 오운의 본대쯤은 한 번에 쓸어
버릴 대군이 탄생하지."

페르노크의 본대 그리고 공작군과 왕국군을 포함하여
도합 4만에 이르는 대군.

'오운과 반스를 치고도 남는다. 이건…… 도박이 아니
야. 아주 승산이 높은 대세야!'

윗선이 죽은 이상 그다음 순번이 가르트가 대장군에 봉
해지는 것은 당연한 수순이다.

여기에 차기 왕위 후보로 거론되는 페르노크와 플레미
르의 영향력이 더해진다면 누구도 이견의 여지를 드러내
지 못한다.

가르트가 말에서 내려 황급히 페르노크 앞에 무릎을 꿇
었다.

"왕자님의 대업이 곧 저희의 뜻이 될 것입니다! 반스
왕자의 행실은 도가 지나쳤습니다! 왕국의 질서를 바로
잡을 기회를 제게 주십시오!"

군부도 사리사욕에 빠져 있다.

하지만 상관없다.

2만 대군을 모두 얻은 뒤에 가르트를 처리할 기회는 얼
마든지 있다.

"함께해서 좋군, 가르트 대장군."

페르노크가 씨익 웃었다.

*　*　*

반스는 오운의 본대를 코앞에 두고 다급한 보고를 받았
다.

[왕자님. 당장 이곳을 벗어나셔야 합니다.]

라키스의 전령이 이토록 감정을 드러낸 적은 처음이다.

"무슨 일인가?"

[페르노크가 왕국군을 휘하에 두고 8번째 성을 점령했습니다.]

"……!?"

[오운이 속았습니다! 페르노크는 6번째 성에 없습니다!]

반스의 머리가 지끈거렸다.

왕국군과 공작군을 합쳐 2만 7천.

이를 이끄는 마도사 둘.

거기에 6번째 성에서 기다리는 그람과 8천 5백의 병력들.

페르노크가 오운의 1만 5천 대군을 앞뒤로 포위할 진형을 완성시켰다.

'빠져나갈 구멍이 없다?'

페르노크는 8번째 성을 타고 역순으로 밀고 들어온다.

정보를 알고 있어도 막지 못하는 포위진.

'오운을 잃게 된다면 내 미래도 불투명해져.'

반스가 이를 악물었다.

"왕성과 국경은?"

[국경은 타이르가 압박하여 움직이지 못하고, 왕성에선 병력을 보낼 여유가 없습니다. 자칫 페르노크가 왕성

으로 선회했다간 왕궁이 점령당할 위험이 있습니다.]

"그럼 오운에게 합류한다."

[하지만…….]

"물러설 곳이 없다! 내가 이곳에 들어선 이상, 살아남을 방법은 오운과 함께 정면을 뚫는 것뿐이야! 상대적으로 약한 8천 5백의 병력을 S1의 마도사인 나와 S2의 마도사인 오운이 합작해서 부숴 버려야 해! 이것 말곤 답이 없어!"

반스는 휘하의 기사 100명을 끌고 오운의 본대로 달렸다.

'아무리 수성 능력이 좋아도 마도사의 힘을 버티진 못한다.'

페르노크 파벌의 유일한 마도사인 페르노크가 후방에 있다.

전방에는 성을 믿고 몸을 움츠리는 마법사들 천지다.

뚫는다.

반드시 가능하다.

반스의 판단은 날카로웠지만 한 가지 예상치 못한 점이 있다.

오운과 마찬가지로 지금 6번째 성에 있는 마도사가 S2의 실력자라는 사실을 모른다.

그가 마음만 먹으면 얼마든지 버틸 수 있는 라키스의 후작이라는 사실을 알게 되었을 때.

두 사람은 빠져나갈 구멍 하나 없는 적진 한복판에서
절망하고 말 것이다.

"차핫!"

반스가 거칠게 말을 몰았다.

한시라도 빨리 오운과 합류해야 한다고 느낀 그는 알지
못했다.

자신이 깊은 늪 속에 빨려 들어가고 있다는 사실을.

* * *

일루미나의 국경수비군대장 콘타는 왕국군이 페르노크
휘하로 들어갔다는 소식에 안절부절못했다.

'당장 10만 대군을 움직일 수만 있다면 모든 내란을 종
식시킬 수 있었을 텐데.'

콘타 또한 반스를 지지하는 파벌의 일원이었다. 하지만
타이르가 국경 쪽에 3만 대군을 배치하면서 지원이란 생
각을 머리에서 지워야만 했다.

'율리아나 왕녀가 왜 저곳에 있단 말인가.'

마도사를 대동하고 나타난 3만 대군은 아무런 말도 없
이 근방에 자리 잡았다.

최전선에서 라키스의 13작과 부딪친다는 말이 거짓말
처럼 들릴 정도로 평온했다.

전쟁을 일으킬 생각은 추호도 없어 보일 정도였다. 하

지만 율리아나가 보낸 서신엔 이 말이 적혀 있었다.

　수비군이 움직이는 즉시, 타이르도 반스를 죽이러 가겠다.

　라키스가 움직인 이유를 반스에게서 찾았다는 협박이
었다.
　결국, 콘타는 무의미한 대치만 지속하며 성안의 상황을
주시할 수밖에 없었다.
　'부디, 왕자님께서 무사하시기를.'
　8번째 성이 함락되었단 소식에 어떻게든 병력을 나누
려 했던 어느 날이었다.
　"전하께서 서신을 보내셨습니다!"
　"전하께서?"
　콘타가 왕의 인장이 찍힌 봉서를 열어 보았다.

　친애하는 콘타 경.
　율리아나의 행동은 도를 넘어섰습니다.
　하나, 율리아나 또한 왕위 계승자임에는 틀림없는 사
실.
　그 아이가 엇나가지 않도록 국경수비군이 꽉 잡고 있어
줘야 합니다.
　반스는 내가 은밀히 사람을 보내겠습니다.
　이 서신은 다른 사람들에게 들키지 않도록 바로 불태워

버리세요.

　절대 다른 곳에 병력을 돌리지 말라는 엄포였다.
　"정말로 전하께서 이런 서신을 보내셨다고?"
　콘타는 믿기 어려웠다.
　자식들 중에서 특히 아끼는 반스를 구하기 위해서라면 국경수비군에 무리한 차출을 요구할 사람이었기 때문이다.
　"예. 전령에게 직접 받았습니다."
　"전령은 어디 있느냐?"
　"반스 왕자님께 전해야 할 것 있다며 돌아갔습니다."
　"으음…….."
　"왜 그러십니까?"
　"전하께서 국경수비군이 움직이지 말라 하셨단 말이지."
　"왕명입니까?"
　"미쳤다고 왕명을 거론하겠느냐. 그랬다간 전하께서 천명하신 중립이 깨지고, 눈치를 살피던 다른 자들이 궐기할 터인데."
　"하지만 줄곧 반스 왕자님을 밀지 않으셨습니까?"
　"자식들을 다 아끼시는 게지. 저곳에 있는 율리아나 왕녀조차 굽어살피라 하시는구나."
　콘타가 서신을 여러 번 살피곤 고개를 저었다.

분명, 왕의 인장이 찍힌 진짜 봉서였다.

"전하께선 아마도 무리하게 병력을 돌려, 타이르가 직접 일루미나에 개입할 여지를 주지 말라고 하시는 듯하구나."

"하면, 왕국군이 후방에서 오운 단장의 본대를 치는 걸 두고 보실 생각이십니까?"

"전하께서 생각이 있으시니, 내게 이런 봉서를 보낸 것이겠지."

촛불에 봉서를 태운 콘타가 성루에 올라섰다.

3만 대군이 벌써 보름째 요지부동이다.

저만한 대군을 먹일 식량과 보급을 어디서 구해 오는지 신기할 따름이다.

"율리아나 왕녀를 지켜보세. 다른 곳에 가지 못하게 막는 것만으로도 반스 왕자님께 도움이 될 테니까."

* * *

페르노크가 전령의 보고를 받으며 피식 웃었다.

"국경수비군은 그대로 대치 중이고, 왕국수호군도 왕성에 집중하고 있습니다. 양 세력은 현재 내란에 개입할 여지가 보이지 않습니다."

왕의 인장을 사용해 필레나가 국경수비군에게 봉서를 보낸 것처럼 꾸몄다.

8번째 성부터 역순으로 거슬러 올라갈 수 있는 원동력도 인장 덕분이었다.

필레나가 허가서를 내준 것처럼 왕국군이 병기고와 보급을 충분히 얻어 낼 때까지 기다려 줬고, 모든 준비가 갖춰진 순간 8번째 성을 급습했다.

왕국군을 아군이라 착각한 성주는 그대로 죽었다.

손쉽게 8번째 성을 점령한 페르노크는 기세를 이어 7번째 성을 두드렸다.

"쏴라!"

가르타가 한껏 흥분하여 7번째 성의 후미를 두드리고 있었다.

오운에게 모든 병력을 의탁한 귀족들은 왕국군을 막을 여력이 없었다.

애초에 그들은 후방에서 병력이 들이닥칠 거란 생각은 상상조차 못 한 듯했다.

"플레미르."

"예, 왕자님."

"전황이 어떻게 보이나?"

플레미르가 가르타의 모습을 눈여겨보며 고개를 끄덕였다.

"날이 저물기 전에 함락시킬 것 같습니다."

"몸 상태는?"

"본신의 절반 정도는 낼 수 있습니다. 가신들은 아직

충분한 휴식이 필요합니다."

"일단 이번 일을 정리하기 전까진 가신들의 도움을 기
대하기 어렵다는 건가."

곰곰이 생각하던 페르노크가 지휘봉을 플레미르에게
넘겼다.

"하면, 가르타와 함께 7번째 성을 함락시킨 뒤에 곧장
전진토록."

"무슨 말씀이십니까?"

"나는 3천의 병력을 이끌고 긴히 가야 할 곳이 있다."

플레미르의 의아한 눈동자에 페르노크가 미소를 지으
며 말했다.

"이 대군에서 3천이 빠진다 한들 눈치챌 자는 아무도
없을 거야."

보안에 조금 더 신경 써라.

그리 말을 전해 놓고, 페르노크는 3천의 별동대를 이끌
며 은밀히 성을 돌아갔다.

* * *

오운은 6번째 성의 두꺼운 방벽을 뚫지 못하고 있었다.

"더 퍼부어! 왜 저깟 성벽 하나를 뚫지 못하는 거냐!"

성에서 날아오는 병기들은 오운의 반사막에 튕겨 나갔
다.

이쪽이 일방적으로 공세만 취하는 게 가능했다.

하지만 성벽에 묘한 마력이 흐르기 시작했다.

이쪽에서 발사한 모든 병기들이 성벽에 닿기도 전에 짓눌렸다.

왕실마도사단의 마법도 미끄러지기 일쑤였다.

'내 반사막을 짓누르려 했던 마도술과 동일하다. 하지만 이토록 광범위했다고? 수만의 공격을 받아도 계속 형태를 유지해?'

자신과 동일한 S2의 마도사가 아니면 불가능한 얘기다.

오운의 표정이 굳어져 갔다.

있어서도 안 되고 있을 수도 없는 일이 눈앞에 펼쳐지자, 힘으로 찍어 누르려 했던 모든 계산이 헝클어지기 시작했다.

"계속 공격해!"

밤낮을 바꿔 가며 성을 두드렸지만 꿈쩍도 하지 않았다.

그리고 이틀이 지날 무렵, 예상치 못한 사람이 악재를 들고 나타났다.

"오랜만입니다, 단장님."

"아니, 반스 왕자님? 여긴 어떻게 오신 겁니까?"

"내란이 극심해져 경합에 집중할 수 없었습니다."

그러면서 고개를 돌린 곳엔 창백한 안색의 버킹엄이 부

축받고 있었다.

"여기까지 오는 길에 버킹엄 백작님을 만났습니다. 지금 왕국군 맥도널 대장군과 지휘통제실이 모두 쓸려 버렸다는 소식을 들으셨습니까?"

"아뇨. 그런 말은 전혀……."

"왕국군이 페르노크에게 합류했습니다."

오운의 눈이 찢어질 듯 커졌다.

"아무래도 제가 먼저 정보를 전달한 것 같군요. 당장 여기서 병력을 물려야 합니다. 후미에서 페르노크의 왕국군과 플레미르 공작의 병력이 함께 모여 성들을 점령하고 있습니다. 놈들이 곧장 이곳까지 달려오는데, 저 성은 무너질 기미가 전혀 안 보이는군요. 이대론 협공당해 죽습니다."

"……."

평소라면 S2의 마도사라고 자신 있게 외쳐 협공하는 적을 오히려 격파했을 것이다.

하지만 수만의 대군과 페르노크와 플레미르라는 마도사.

거기에 6번째 성을 지키는 정체불명의 마도사까지 모두 머리에 집어넣자 상황이 복잡해졌다.

"버킹엄 백작은……."

"지휘통제실에서 플레미르 공작을 막아서다가 페르노크의 협공에 크게 다쳤습니다. 마도술은 불가능합니다."

"으음……."

"단장님, 일단 국경 쪽으로 빠지시지요."

의아함이 담긴 시선을 보내자 반스가 단호하게 말했다.

"국경수비군도 제 사람입니다. 율리아나 때문에 가로막히고 있으니, 역으로 이쪽에서 국경에 힘을 실어 타이르를 몰아낸다면 국경수비군의 지원을 받는 게 가능해집니다."

"이대로…… 저 버러지들을 두고 도망친다면 우린……."

"아직 패배하지 않았고, 힘을 더 증원받을 여력이 남아있습니다. 사소한 자존심에 대의를 잃지 마십시오, 단장님."

고민하던 오운이 결국 고개를 끄덕였다.

"알겠습니다. 일단, 이곳을 벗어나야겠군요."

"후방은 위험합니다. 이곳에 다른 샛길이 있습니까?"

"언덕이 있는 장소가 한 곳 있습니다. 그곳으로 후퇴해서 국경으로 향하면 될 겁니다."

재정비를 논하던 그 순간, 6번째 성에서 마력이 치솟았다.

"……?"

반스와 버킹엄의 시선이 바로 성을 향했다.

"왕자님도 느끼셨군요. 저곳에 상당히 강한 마도사가 있습니다."

"……."

"왕자님?"

반스가 조용히 해 보라는 듯 손을 올렸다.

그리고 막사를 뛰쳐나가 성루를 보았다.

아무리 먼 곳이었지만 두 마도사는 정확히 소름 끼치는 마력을 뿜어내는 그 남자를 응시했다.

"그…… 람?"

반스와 버킹엄이 친숙한 마력에 중얼거리자, 뒤늦게 나온 오운이 그 말을 듣고선 고개를 갸웃했다.

"그람? 설마, 라키스의 그람 후작을 말씀하시는 겁니까?"

"……."

"허허, 그럴 리가요. 라키스의 후작이 왜 저곳에 있단 말입니까."

하지만 노골적으로 적의를 드러내는 마력에서 두 사람은 확신했다.

"그람 후작님입니다."

"예?"

"분명해요. 이 마력 그리고 성벽을 감싼 마도술의 성질은 분명 그람 후작님의 '중력'입니다."

"아니, 그게 무슨……."

버킹엄이 무언가에 홀린 사람처럼 앞으로 나갔다.

상처 입은 몸이라는 것도 잊은 채 성루를 노려보며 외쳤다.

"그람 후작님! 이게 무슨 짓입니까!"

마력이 실리지 않은 육성이 성에 닿을 리 만무했다.

하지만 S2의 마도사는 그 미약한 소리를 잡아내 웃음으로 화답했다.

[크하하하하하! 역시 버킹엄이군! 반스도 같이 온 건가?]

반스와 버킹엄의 얼굴이 싸늘하게 식었고, 오운은 당황하여 말도 잇지 못했다.

[아, 왕국군의 소식은 접했네. 보아하니 상처가 깊군, 버킹엄 백작.]

"어째서 그쪽에 있으신 겁니까?"

[나는 페르노크에게서 왕의 자질을 보았네. 그리고 지금 내 예상대로 페르노크는 그대들을 죽이러 달려오고 있지.]

"후작! 이건 공작님의 전언을 거스르는 행위입니다!"

[천만에. 자율 행동이야! 우린 왕이 될 자를 선택해서 그에 맞는 판단으로 제국에 영광을 가져오면 되네. 길은 다르겠지만 결국 뜻은 같아지게 되지.]

"기어이…… 공작님께 대항하는 겁니까!"

[선택을 잘했어야지. 내 누누이 얘기하지 않았나. 음흉한 놈은 냉정한 판단과 무력 앞에 결국 무너져 내릴 거라고. 지금이 그 순간이겠군.]

그 말이 끝남과 동시에 일대를 거대한 중력이 짓눌렀다.

오운이 다급하게 반사막을 펼치자, 그람이 웃으며 마력을 더했다.

[끌끌끌, 개인적인 원한은 없네. 각자의 판단이 달라서 나온 결과이니, 너무 서운하게 여기지 말고 죽으시게, 백작. 그리고 못난이 반스야.]

반스가 어금니를 꽉 깨물었다.

제국으로 유학을 떠났을 때, 자신을 인정해 주지 않는 두 사람이 브레이아와 그람이었다.

그리고 이렇게 적으로 만나 입버릇처럼 담던 말을 토해 내자 반스의 평정심이 깨지고 말았다.

"이곳을 벗어나겠습니다!"

[어림도 없지. 내가 보내 줄 리 없지 않는가.]

반사막에 균열이 생기기 시작하자 오운이 이를 악물며 외쳤다.

"아무래도 저 배신자가 왕자님을 반드시 죽이려 하는 것 같습니다. 여긴 제가 막고 있을 테니, 어서 국경으로 가십시오. 그리고 라키스에 이 사실을 전하여 마도사들을 데려오십시오!"

"너무 깊게 파고들진 말고, 적당히 견제한 뒤에 국경으로 합류하십시오."

"예, 왕자님!"

오운이 반사막을 전면에 세우자 성벽처럼 거대해졌다.

성에서 흘러나온 마력까지 모두 튕겨 내니, 대군의 움

직임이 한결 수월해졌다.

하지만 성에선 여전히 음침한 웃음소리가 흘러나왔다.

[끌끌끌, 멍청한 놈. 라키스를 등에 업을 생각을 하니, 네가 죽는 거야.]

두 마도사의 마력이 격돌하는 순간, 반스는 대군과 귀족을 이끌고 옆길로 빠져나갔다.

* * *

국경의 대군과 합류해서 율리아나를 몰아내고 그 힘의 절반이라도 가져온다면, 페르노크와 플레미르의 동맹을 무너뜨릴 수 있다고 판단했다.

그 생각은 틀리지 않았다.

각자, 대등한 조건의 마도사가 있다면 대세는 보다 많은 병력을 가진 쪽이 움켜쥐게 된다.

한순간에 병력이 열세가 되어 버린 반스의 살길은 오직 국경수비군과 합류하는 것뿐이라고 생각했다.

하지만 같은 예상을 한 자가 한 명 더 있었다.

반스가 오르려는 언덕길에서 그자는 수천의 병력으로 퇴로를 가로막으며 덤덤히 고했다.

"현명한 녀석은 항상 살길을 찾아 헤매지. 궁지로 생각되는 순간에 똑똑한 네가 취할 행동은 병력의 열세를 뒤집는 것. 다 잡은 승기를 깨뜨리지 않기 위해서 자신의 마지막 힘을 찾아 나서는 것뿐이었다."

반스의 얼굴이 딱딱하게 굳었다.

"버킹엄까지 망가진 마당에 국경수비군 말곤 해답이
없었겠지. 앞뒤로 포위하면 그곳까지 갈 길은 이곳뿐이
라고 예상했다. 하지만 넌 이런 판단을 내려선 안 됐어.
그람을 보고 도망칠 게 아니라, 네가 오운까지 이끌고 정
면을 뚫었어야지."

페르노크가 언덕 위에서 검을 빼 들었다.

"어설프게 똑똑한 네놈에게 내가 하계에서 주는 처음
이자 마지막 가르침이다."

그의 입가에 차디찬 미소가 걸렸다.

"강의 비용은 그 목으로 대신하지."

더 퍼스트의 순환연동이 시작되었다.

4장. **세계최강**

세계최강

"왜 수호군을 움직이지 못하냔 말이야!"

필레나가 왕좌에서 소리를 질렀다.

수호군대장 메다스가 식은땀을 흘리며 답했다.

"페르노크 왕자의 군대가 만약 왕성으로 향할 경우를 우려하고 있사옵니다."

"지금 다른 성들을 함락시키며 오운에게 향하고 있어! 내란을 중재하는 역할이 수호군에 있음을 모른단 말인가!"

"하오나, 왕국군이 방향을 틀 가능성도 배제할 순 없기에……."

"답답한 소리 말게! 페르노크는 오운을 죽일 생각으로 왕국군까지 움직였어! 놈들은 역도야! 역모라고!"

메다스는 답답한 심경을 애써 억눌렀다.

'지금 이렇게 된 게 반스 때문이라는 걸 모르고 하는 말이야?'

국경수비군과 오운이 합작하여 라키스 제국의 귀족들을 일루미나 안으로 들여보냈다.

필레나가 이 사실을 알고 있었다면 경합에 권력을 행사한 부정행위를 저지른 것이고, 몰랐다면 오히려 반스에게 책임을 물어야 했다.

하지만 태도로 보건대 필레나는 모르고 있었지만, 알았어도 딱히 라키스 제국의 귀족들을 막지 않았을 듯싶었다.

그녀는 자식 중에서도 유독 반스를 아꼈다.

타고난 재능에 라키스와도 손을 잡는 배포가 얼마나 예뻤겠는가.

반스라면 다른 왕족들도 설득하여 평화롭게 왕위를 물려받을 거라 예상했을 것이다.

"지금 내 아들이 죽게 생겼이!"

포르라가 죄를 범했을 때도, 필레나는 지금처럼 역정을 내며 감싸 안았다.

자식이라는 이유만으로 지켜야 할 법과 질서를 외면했다.

누구보다 중립적이어야 할 그녀가 권력을 악용하고 그걸 넘어서 경합을 더럽히고 있다.

메다스는 새삼 선왕이 그리웠다.

그는 난봉꾼에 음흉한 기색이 넘쳤으나, 왕국을 어지럽

히진 않았다.

'공작님께서 왜 그런 선택을 내렸는지 알 것 같군.'

플레미르의 궐기가 남 일처럼 느껴지지 않았다.

메다스는 중립이 아니다. 굳이 따지자면 율리아나를 지지한다.

마음 같아선 국경수비군을 몰아쳐 율리아나가 왕위를 잡도록 도와주고 싶다.

하지만 아무리 파벌을 따르더라도 최소한 지켜야 할 역할들이 존재한다.

상황이 급박해질수록 더더욱 선택을 강요받는다.

'타이르는 물론이고, 르젠이나 협회 쪽에서도 말이 나올 것이다. 하아, 플레미르 공작님을 적으로 돌린 건 크나큰 실책이었다.'

하다못해 플레미르라가 왕국수호군을 이끌었다면 어수선한 나라를 진정시키는 데 도움이 됐겠지만, 그는 적으로 돌아섰다.

왕국군이 어째서 페르노크를 따르는지도 짐작이 갔다.

국경수비군은 율리아나를 신경 쓰느라 섣불리 움직일 수도 없다.

'페르노크 왕자나 오운 단장. 누가 되었든 내란을 빨리 종식시키길 기도하는 수밖에 없지.'

이런 상황에서 왕성수호군이 병력을 돌리는 건 미친 짓이었다.

"무슨 말이라도 해 보게! 이대로 가다간 내 아들이 죽게 생겼어!"

거기에 한쪽을 편애하는 필레나의 모습을 본 순간, 메다스는 허탈해서 외쳤다.

"전하께옵선 중립이자 관찰자의 입장이시옵니다."

"지금 나를 훈계하는 거야?"

"전하는 어머니가 아니라 전하여야 하옵니다."

"이익! 지금 반스를 죽게 내버려 두라고 그리 고하는 것인가? 아니, 그러고 보니 자네. 율리아나를 자주 따랐지? 설마, 율리아나를 왕위에 올리려고 내 명을 거부하는 건가!"

"저는 분명 율리아나 왕녀를 지지합니다. 하지만 그 이상으로 제게 주어진 책임을 막중히 여기고 다하려 합니다."

메다스의 표정이 딱딱하게 굳었다.

"수호군의 역할을 왕성을 지키는 것. 그 외에 제가 드릴 답은 없습니다."

"지금 내 말을 거역하겠다고!?"

"전하, 송구하오나. 전하께옵선 잠시 그 자리에 머무는 것뿐입니다."

"뭐라?"

메다스가 고개를 올려 당황하는 필레나를 무심히 바라보았다.

"이 내란을 거치고 우뚝 선 자가 나타난다면 그가 바로 왕이 될 것입니다. 전하께옵선 어디까지나 관찰하는 입장임을 자각해 주십시오."

쾅!

분에 못 이겨 팔걸이를 세게 내리친 필레나가 소리쳤다.

"네놈은 오늘 일을 반드시 후회할 것이다!"

"이만 물러가겠사옵니다."

돌아서는 메다스 입에서 한숨이 새어 나왔다.

하지만 필레나는 충직한 신하의 답답함을 듣지 못했다.

"왕족이란 것들이 왜 이리도 나라를 어수선하게 만드는 게야! 잠자코 경합이나 치르면 될 것을 왜! 대체 왜에엑!"

비명처럼 내지른 소리가 대전에 울려 퍼졌다.

그 분노에 해답을 가진 자는 지금 반스를 몰아치고 있었다.

* * *

페르노크를 마주한 순간에 별다른 느낌은 들지 않았다.

약간의 의아함과 대치 국면에서의 대처.

그리고 언덕 위의 병력들과 마법사의 숫자를 기계적으로 세고 있었다.

"궁지에 몰렸을 때, 평범한 사람들은 당황하고 조급해하기 마련이지. 허점이 가장 잘 드러나는 순간이 바로 그때다. 바꿔 말하면 그 순간을 넘어섰을 때, 네게 닥친 시련은 오히려 기회가 된다는 것이다."

크리스의 가르침이 새삼 머리를 가득 채웠다.

당혹스러운 상념을 일체 제거한 뒤 찰나에 들이닥친 상황을 점검한다.

페르노크와 마주하고 대화가 오간 3초 남짓한 시간에 반스는 결론을 내렸다.

'내가 이곳에 올 것을 예상하고 기다리고 있었다. 저 정도 병력만으로 지형의 이점을 활용해 충분히 몰아친다는 판단이겠지. 그럼 도망가지 않고 이쪽에서도 맞받아친다.'

수천의 병력이 언덕 위에 진을 치고 있다. 무리해서 뚫더라도 상당한 피해를 감수할 수밖에 없다.

페르노크도 전혀 비키려 하지 않았다.

반스를 죽이겠다는 냉담한 미소가 각오를 전해 온다.

'진장의 판도는 미도시에게 달려 있다. 저곳의 유일한 마도사인 페르노크를 내가 막으면 우리 군이 저 병력들을 모두 쓸어버릴 수 있어.'

결연한 각오로 검을 뽑아 들며 페르노크를 마주 보았다.

이렇게 진심으로 마주 본 적은 처음이었다.

새삼 묘한 기분이 들었다.

'저놈이…….'

페르노크가 검을 들어 올렸다.

검 끝에 맺히는 태양이 눈에 부셔 반스가 눈살을 찌푸렸다.

'……이 정도로 커 보였었나?'

페르노크와 왕궁에서 마주한 이후로 계속 꿈을 꿨다.

사생아들을 죽이고 다닌 나날.

마지막으로 마주했던 눈동자.

그 안에 담긴 증오와 분노.

모두 한 줌의 재가 되어 사라졌을 과거의 편린이다.

하지만 지금 이 순간 반스는 절실하게 염원한다.

다시 한번 과거로 돌아갈 수 있다면, 페르노크의 몸을 재조차 남기지 않고 태워 버리겠다고.

화르륵!

태양처럼 진한 불이 검신에 타올랐다.

반스의 마도술 화염검을 신호로 부관들이 일사불란하게 움직였다.

"언덕을 뚫고 국경으로 향한다!"

방패수가 앞에 나서고 창병이 뒤에 포진하였으며 제일 후미에서 궁병들이 언덕 위로 화살을 조준한다.

그러자 페르노크가 가소롭다는 듯 손아귀에 힘을 실었다.

우우우우웅!

더 퍼스트가 순환연동을 머금고 태양보다 환한 빛을 토해 냈다.

"죽어서 네가 죽인 자들에게 무릎 꿇고 사죄하도록."

메마른 목소리가 검에 실려 언덕 아래를 휩쓸었다.

콰아아아앙!

방패수들이 먼저 터져 나갔다.

창이 틀어지고 진형이 붕괴되었으며 궁병들의 화살은 언덕에 진을 친 페르노크의 병사들에게 가로막혔다.

그들 역시 방패를 세워 솟구치는 화살을 가로막고 반대로 자신들이 화살을 쏘아 역공을 취했다.

그에 반스가 수평으로 검을 뉘었다.

경계선을 긋듯이 부드럽게 그은 일합이 매섭게 몰아치는 화살 비를 재로 만들었다.

"돌파한다!"

페르노크의 오버 임팩트를 느끼고 분석할 여유는 반스에게 없었다.

상대가 아무리 강해도 자기 할 일을 찾아 해내는 것.

그것이 반스의 강점이었다.

오버 임팩트에 휩쓸린 병력을 짓밟으며 반스가 돌진했다.

순식간에 언덕 위로 솟구치는 그를 페르노크가 후려쳤다.

쾅!

반스가 언덕 아래로 떨어지기 무섭게 페르노크가 도약했다.

찰나에 따라붙는 가공할 속도에 놀란 것도 잠시.

반스가 페르노크의 마력을 훑으며 씹어뱉듯 외쳤다.

"더블인가."

병사를 휩쓸어 버린 충격파와 검을 맞부딪칠 때의 근력.

특이계와 강화계를 사용하는 마도사인 만큼 소문보다 더 강하다고 판단했다.

하지만.

"뚫어라!"

"언덕을 점령하면 우리가 이긴다!"

병사들이 언덕 위에서 얽히기 시작하자 전장의 소란이 반스의 심장을 고동쳤다.

그의 화염검은 감정에 영향을 받는 자연계와 특이계의 특성이 실린 마도술이다. 고양될수록 화염은 보다 짙고 화려하게 타오른다.

라키스에서는 이를 불사조의 검이라 불렀었다.

카아앙!

세 차례의 검합이 순식간에 오갔다.

더 퍼스트를 맞받아치는 반스의 모습에도 페르노크는 전혀 흔들린 기색이 없다. 오히려 놀란 건 언덕 위로 향하는 버킹엄이다.

분명 마력의 회로를 끊어 버렸을 텐데, 그는 마지막 힘을 짜내 마력을 흘려보내고 있었다.

그것은 생명을 담보로 하는 무식한 방법이었다.

버킹엄은 자신이 희생하여 언덕을 돌파하고 반스를 국경까지 보낸다면 완승을 거둘 거라 예상했다.

하지만 그의 판단은 모두 페르노크의 관찰안이 꿰뚫어

보고 있었다.

쾅!

뒤로 흘려보낸 마력을 반스의 화염검이 가로막았다.

한눈을 팔지 말란 경고를 비웃으며 페르노크가 손목을 회전시켰다.

달라붙은 검에 반탄력이 생기며 반스가 튕겨 나갔다.

그리고 독이 퍼져 나오기 전에 버킹엄의 등을 다시 한 번 꿰뚫었다.

"라…… 라키스에…… 영광을……!"

그대로 검을 뒤틀자 버킹엄의 몸이 터졌다.

보란 듯이 살점과 피가 비산하여 인근에 혼란을 전파하려는 순간, 들끓는 화염이 페르노크의 목을 노렸다.

페르노크가 검을 역수로 쥐고 갈고리처럼 반스의 검에 얹은 뒤 몸 쪽으로 끌어당겼다.

반스의 힘을 있는 그대로 이용하여 궤도를 엇나가게 만드는 병기술이었다.

지금껏 이런 방식으로 화염검을 이용한 상대를 만난 적이 없어서 반스는 뚜렷한 대책을 세우지 못했다.

그리고 어떤 판단을 내리기도 전에 페르노크의 무릎이 반스의 안면을 강타했다.

"크윽!"

반스가 고개를 젖히며 휘청거렸다. 다시 자세를 잡기도 전에 페르노크의 검이 사선으로 올라갔다.

서걱!

우하단 복부에서 시작된 검상이 좌상단 어깨까지 이어졌다.

반스가 뒷걸음친 덕분에 깊은 상처로 이어지진 않았다.

하지만 페르노크에 명확한 틈을 보였던 사실이 반스의 머리를 어지럽게 만들었다.

'공작님께 사사받은 병기술을 쉽게 떨쳐 내?'

마도술에 어울리는 병기술을 크리스가 창안해 전수해 주었다.

지금껏 강한 마력으로 짓눌러진 경우는 있어도 병기술의 대결에서 밀린 적은 없었다.

천하의 플레미르가 온다 해도 충분히 자신 있었다.

하지만 페르노크는 처음의 충격파를 사용하지 않은 채, 오직 순수한 검술로 자신을 압도하고 있다.

몇 합 부딪치지도 않았건만 숨이 턱 밑까지 차오른다.

이 정도의 압박감은 크리스 이후로 처음이었다.

"원통할 만하군."

페르노크가 화염을 불사르는 반스에게 차가운 미소를 지어 보였다.

"고작 불쏘시개 놀음이나 하는 녀석에게 가슴이 꿰뚫렸으니, 이 얼마나 분하고 억울했을까."

무슨 말을 하는지 이해할 겨를도 없었다.

페르노크가 한 발을 내디디며 사선과 수평을 번갈아 휘

두르는 검격에 반스는 일방적으로 밀려 나갔다.

'이놈의 마도술은 대체 뭐지?'

마도술에도 두 종류가 있다.

공간을 넓게 펼쳐 영역을 장악하거나, 마력을 몸에 집중시켜 일점 돌파하는 집중 방식.

하지만 페르노크는 처음의 충격파 외에 별다른 특징을 보이지 않았다.

오히려 집중 방식의 반스와 어울리듯이 신체 능력을 앞세워 마력을 검에 집중시킬 뿐이었다.

"여기까지 와서 나를 욕보이려는 것이냐! 전력을 다해라, 페르노크!"

"그럴만한 실력은 있고?"

이를 악무는 반스에게 페르노크가 비웃음을 날렸다.

"의뢰주의 부탁이다. 네가 가장 자신 있어 하는 걸 짓밟으며 죽여 달라더군."

그리고 빚부딪친 검에서 불똥이 뛰자 오히려 반스가 밀려났다.

"모든 건, 너로부터 시작되었다. 하지만 이젠 너 하나의 목으로 충분치 않아."

"페르노크으으으!"

"내 가슴에 검을 박은 고통이 일루미나의 샛된 귀족들과 왕족들을 몰아칠 것이다."

지면에 발을 세게 내리치며 타고 오르는 탄력을 허리에

실어 검을 휘두르자 반스가 쉽게 튕겼다. 흔들리는 몸에
사방으로 검을 내리그었다.

콰아앙!

반스의 불이 일 순간 꺼질 정도로 강렬한 충격이 강타
했다.

몸이 허공에 띄워지고, 삽시간에 드러난 여러 개의 틈
을 페르노크가 날카롭게 포착했다.

서걱!

한 호흡에 16번의 검격이 쏟아졌다.

사지와 목과 심장이 단숨에 꿰뚫렸건만, 반스의 눈은
죽지 않았다.

놀랍게도 사라졌을 불꽃이 검과 몸을 연결시켜 즉사에
가까운 몸을 치유하기 시작한 것이다.

불사조.

반스의 이명을 떠올린 페르노크가 싸늘하게 웃었다.

"아주 좋군."

치유가 사지를 붙일 순 있어도, 떨어져 나가는 고통까
지 감춰 주진 못한다.

어디까지 베어 내야 반스가 죽을까.

그 과정에서 반스는 어떤 고통에 허우적거릴까.

오래전, 반스에게 꿰뚫렸던 가슴이 꿈틀거린다.

더 철저히 몰아붙이라고 소리치는 듯하여 페르노크는
마도술을 발동시켰다.

라키스의 13작 중 한 명인 액화의 마도술.

검으로 벤 자리를 지지고 녹이며, 다시 치유와 재생을 반복하게 하여 살아도 산 것 같지 않은 고통에 허우적거리도록 더욱 철저히 지독하게 몰아붙였다.

보통이라면 진즉에 죽었어야 할 반스가 불꽃 때문에 억지로 상처를 치유한다.

어설픈 반격을 쳐 내며 페르노크가 싸늘한 눈길을 보냈다.

"편하게 죽을 생각은 꿈도 꾸지 말거라."

액화를 머금은 검이 반스의 목을 갈랐다.

* * *

반스의 불꽃은 여타의 자연계와 격을 달리했다.

단순히 적을 폭격하는 불이 아니라 치유와 재생까지 담당하며 공방일체의 특별한 방식으로 운용된다.

자신의 불꽃을 제내로 쓰는 법은 크리스와 만나며 깨달았다.

"검에 두른 불을 전신에 감쌀 수 있다면 너의 신체 능력은 비약적인 상승을 경험할 것이다."

육체가 재생되는 속도를 빠르게 할수록 신체 능력이 대폭 증가하는 특별한 경험을 했었다.

크리스가 직접 반스를 수십, 수백 번 구렁텅이로 몰아넣었다.

그 순간, 반스는 마도사에 이르렀다.

죽음을 뛰어넘은 초월적인 재생과 가속되는 신체 능력 그리고 검의 절삭력을 높이는 불꽃의 삼위일체가 완성되었다.

다만 그 조건에 이르기 위해선 수많은 고통을 감내해야한다.

누군가가 신체를 찢어발기고 베어 내야 검의 불이 상처를 수복하러 육신에 몰려들기 때문이다.

페르노크의 난도질은 반스의 마도술을 보다 활성화시키는 촉매 역할과도 같았다.

몇 번이고 생사를 넘나드는 고통에 허우적거렸지만, 상처가 재생되는 속도가 빨라지기 시작하자 반스의 정신은 도리어 맑아졌다.

"캬아아아!"

날카로운 기합과 함께 손을 털어 내자 페르노크의 액화가 불에 삼켜졌다.

12번?

아니 20번 정도는 죽였을 것이다.

반스의 온몸은 어느새 불로 뒤덮여 있었다.

그건 흡사 갑주를 연상케 했다.

검에서 흘러나온 불이 육신과 연결되어 날카로운 형태

로 다듬어졌다.

'불이 모든 것과 합일되는군.'

단순히 위협적인 불씨에서 그치지 않았다.

불이 추진력을 더하듯이 반스의 신체 능력을 끌어 올렸다.

관찰안으로 포착한 속도보다 한 단계 더 빨리 불의 검이 눈앞에 치달았다.

까앙!

불똥이 튀기 무섭게 페르노크가 뒤로 물러났다.

불이 대기를 가른 자리에 현기증을 유발시키는 독성이 발생했다.

'불로 태운 자리가 마력으로 변질되어 미약한 독기를 형성시킨다. 저 불은 단지 검과 몸을 지키기 위한 수단만이 아니로군.'

절삭력, 방어력, 기동력.

그리고 검이 훑은 자리엔 반드시 독이 생성되는 흉기 그 자체나.

게다가 액화를 머금은 불이 더욱 크게 치솟았다.

'나와 부딪칠 때마다 터져 나온 마력을 불이 흡수해 활활 타오른다.'

시작은 반스의 마력이었으나, 한 번 타기 시작한 불은 외부의 마력을 이용해 자체적으로 유지된다.

그리고 상대의 마력을 휘감아 더욱 뜨거운 불길로 타오르니, 그야말로 꺼지지 않는 불의 화신 같았다.

페르노크가 물과 바람을 섞어 보냈지만, 불은 오히려 반발하듯 크기를 키웠다.

반스는 그 안에서 어떤 영향도 받지 않았다.

리스크가 없음에도 리턴값이 커지는 진귀한 마도술.

어째서 그를 불사조라 일컫는지 알 것 같았지만, 페르노크의 흥미는 오래가지 않았다.

서걱!

관찰안이 반스의 속도를 잡아내기 시작하며, 모든 경로가 예상대로 움직인다. 그곳에 검을 가져가자 반스는 쉽게 일격을 허용당했다.

'자신의 속도에 자신이 휘둘리는군. 본인도 알고 있지만 상관없다는 태도야.'

어차피 베인 자리는 재생되고 강해진다.

지구력 승부로 몰고 간다면 페르노크가 불리할 거라고 반스가 판단한 듯했다.

여러 번의 검격을 손쉽게 허용하면서 그는 올곧게 전진했다.

두려움이나 망설임도 없었다.

업화가 몸을 뒤덮은 순간, 세상의 무엇도 자신을 베지 못할 거라는 확신에서 나오는 태도였다.

'누군가에게 자신의 장점을 확실히 배웠군.'

하지만 야성에 매달리는 힘은 결국 기술을 가미한 효율 앞에 무너지기 마련이다.

쾅!

그 사이, 두 번이나 반스의 목을 베어 낸 페르노크가 뒤로 뛰어올랐다.

반스는 목을 수복시킴과 동시에 불씨를 일으키며 빠르게 달라붙었다.

주위에서 불을 뿜어내는 것만으로도 페르노크가 독기에 감염될 거라 여긴 듯했다.

페르노크가 코웃음 치며 검을 십자로 그었다.

반스가 정면에 검을 세우고 맞받아치려 하니.

서걱!

"……!?"

등 뒤가 깊게 베였다. 불에 드리운 그림자에서 검이 튀어나와 있었다. 그리고 눈치챘을 땐, 사각을 노리고 페르노크의 검이 춤을 추기 시작했다.

서걱!

질단된 시지에서 불이 실처럼 연결되어 다시 몸으로 끌어당겼다.

반스가 불 속에서 차가운 미소를 지었다.

'난 절대 안 죽어. 왕이 되어서도 절대!'

페르노크에게 수십 번도 넘게 목이 베었을 것이다.

그럼에도 살아남아 오히려 그를 압박하고 있다.

모든 것이 갖추어진 순간에야 완성되는 공방일체의 마도술.

그 흥분에 호응하듯이 불은 거침없이 날뛰며 마침내 페르노크의 옷자락을 갈랐다.

'닿았다.'

페르노크도 지쳐 가기 시작한다고 생각했다.

시간이 지날수록 그의 움직임이 눈에 선명해진다.

기괴한 검술도 맞부딪치는 횟수가 늘어났다.

"동급의 마도사 중에서 화신이 된 너를 벨 자는 존재치 않는다. 제국에서도 백작급은 되어야 너와 비등한 승부를 펼치겠지. 마도술이 온전히 발현된 순간에 상대의 공격까지 머금고, 고통을 불꽃으로 승화시켜 압박하거라. 그럼 너의 승리다."

이번에도 크리스의 가르침은 틀리지 않았다.

라키스의 귀족이 되지 못했던 마도사들과 겨룰 때처럼 똑같이 압박하면 된다.

상대의 공격조차 자원으로 삼아 버리는 불을 휘감고 도망치지 못하게 달라붙으며 크고 웅장하게 휘두르는 것.

크리스는 이를 '강검과 중검'의 묘리라 하여, 패도적인 기세로 적을 찍어누르는 데 특화되었다고 하였다.

까앙!

보라!

페르노크는 지금 해괴한 검술을 구사하지 못하고 반스

에게 압박당하고 있다.

검을 가볍게 흘려보내지 못할 정도로 지친 기색이 역력하다.

'네놈이 어떤 마도술을 사용하던 나를 뚫진 못해!'

한 합에 실린 호흡이 불의 기세를 끊어 넘치게 하였다.

어느새 주위에 기둥 같은 불이 번져 나가기 시작했고, 아군들이 혼란스러워하며 진형을 넓게 퍼트렸다.

언덕 위의 적군들까지 휘황찬란한 불에 집중한 순간, 화신이 내뱉는 숨결 같은 불꽃 속으로 새하얀 검이 파고들었다.

툭.

가볍게 치고 빠졌다.

하지만 반스의 어깨가 느리게 움직였다.

"……?"

곧바로 속도가 정상적으로 회복되었지만 이미 페르노크는 옆으로 몸을 피했다. 그리고 제치 반스의 시지를 여러 번 찔러 댔다.

푹푹!

불꽃을 넘어 살점에 정확히 꽂혔다.

반스의 불꽃이 일순 얇아졌다.

"사람에겐 원천이 있다. 모든 흐름의 근본, 마력을 사용하는 자들에게도 이것은 존재하지. 특히 네놈은 이 '회로'가 터무니없이 많아."

무덤덤한 목소리가 검에 실려 반스의 온몸을 쑤시기 시작했다.

반스가 불을 일으켜 호흡조차 태워 버리려 하였지만, 페르노크는 물 만난 고기처럼 오히려 품에 파고들었다.

강검과 중검을 위주로 펼치는 강맹한 공격을 보기 좋게 넘기며 계속 이상한 곳만 찔러 들어갔다.

반스가 지금껏 가르침 받은 어떤 내용에도 이런 식의 쓸데없어 보이는 공격은 없었다.

하지만 본인조차 모르는 그 광활한 회로를 페르노크는 정확히 포착하고 있었다.

불꽃에 가려져 관찰안마저 흐트러뜨리던 마도사의 육신이 지금 완벽하게 관찰되었다.

푸푸푸푹!

마력강체술에 강화계 마법을 더하여 순간 속도를 높였다.

아무리 마도술이 좋다곤 해도, 동체시력까지 급상승시킬 순 없는 법이다.

반스의 눈에 잔상만 남겨질 정도의 검격이 휘몰아쳤다.

맞부딪친 소리는 고작 10개에 불과했다.

하지만 눈 깜짝할 사이 반스의 몸엔 40개의 검상이 자리 잡고 있었다.

화르륵!

불씨가 타올라 상처 입은 자리를 수복시키려 하지만 어째서인지 제대로 휘어 감지 못한다.

게다가 상처에서 까만 피가 흘러나와 내부의 마력을 진탕으로 만들었다.

한 번 흐트러지기 시작한 마력은 육신에 과부하를 발생시켰다.

"······!?"

기세 좋던 검이 지상에 내리꽂혔다.

무척이나 가벼웠던 검이 태산처럼 무겁게 느껴졌다.

"보통은 회로를 자르고 없애려 한다. 그것이 마도사를 무력화시키는 방법이라 여기지. 하지만 네놈은 달라. 잘라 낸 회로도 다시 재생시킬 수 있어. 그럼 방법은 하나지. 회로에 상처를 내고 재생시킬 때, 그 방향이 잘못된 쪽으로 틀어 버리게 하는 거야."

반스의 상식으론 이해할 수 없는 단호함이었다.

"지금 네 마력이 역류하듯이 온몸을 꼬여 버리게 만드는 거지."

"개소리 집어쳐! 그런 일은 크리스 공작님도 불가능하다!"

자신을 흔들기 위한 헛소리로 치부하며 검을 들어 보려 하지만, 석상이라도 된 것처럼 꿈쩍도 하지 않았다.

활활 타오르는 불이 멈춰 서자 페르노크는 비웃으며 검을 반스의 가슴에 겨눴다.

"지금은 입도 잘 안 움직이겠지. 내가 네 회로를 모두 엉뚱한 방향에 재생되도록 유도했으니까. 몸은 이제 네 통제를 벗어났어. 한 가지 방법이 있다만, 마도술을 포기하기 전까진 불가능해."

"……."

"공방일체의 재생까지 가능한 특별한 마도술. 제법 흥미롭긴 했다만, 큰 감흥은 일지 않는군."

페르노크의 뇌리에서 반생자의 기억이 솟구친다.

억울하게 죽어 갔던 마지막 순간.

자신을 내려다보는 싸늘한 반스의 눈동자가 보인다.

"힘을 가진 자가 자신의 책임에 허우적거려 무언가에 얽매일 필욘 없다. 그러나 힘을 가진 자는 그것이 억울한 자를 탄생시키지 않도록 조절하는 법을 배워야 한다. 너희 왕족들은 말이야. 터무니없이 좋은 환경을 가졌음에도, 재능이 넘쳐흐름에도, 서로 시기하고 질투하고 의심하여 결국 이렇게 되는 거지."

천천히 반스의 가슴에 검을 찔러 넣었다.

살점이 파고드는 고통을 그가 느낄 수 있도록.

반생자가 죽던 날의 분노와 슬픔이 함께 담겨 전해지도록.

"모든 마력은 이 심장에서 비롯된다. 심장은 코어고 이와 연결되어 전신으로 흐르는 회로를 관이라 칭하지. 너의 관은 모두 다른 곳으로 틀어 놨어. 상처를 입지 않고 길만 돌려놨으니 당연히 재생은 발동되지 않을 터. 여기에 코어를 부수면 어떻게 될까?"

"……!"

"그 방대한 마력이 잘못된 관을 역류한다면?"

반스의 안색이 창백하게 질렸다.

"코어가 부서져 담겨 있던 거대한 마력이 한순간에 관으로 폭주한다. 마력이 흐르기에 불꽃은 재생을 시작하지. 그리고 같은 작업이 반복되는 거야. 네 안에서 마력은 잘못된 경로로 끊임없이 부딪치고 폭발하여 재생한다. 네 내부는 지금부터 화약고처럼 변하여 불꽃의 재생이 다 하기 전까지 계속 터지기를 반복한다는 뜻이다."

페르노크가 검을 뽑아냈다.

검 끝에 달린 심장의 조각을 털어 내며 뒤로 물러났다.

화르륵!

외상이 없음에도 불이 거세게 요동쳤다.

심장이 깨지고, 코어에 담겼던 무수한 마력이 회로를 타며 전신으로 퍼져 나간다.

하지만 이미 틀어놔 버린 경로는 결국 마력을 부딪치게 만들고, 회로가 터져 나가자 수복을 위해 불꽃이 내부로 스며들어 재생하기 시작한다.

하지만 다시 수복된 회로는 잘못된 경로를 간직한 그 상태다.

외부에서 마력을 더할 필요도 없었다.

반스는 자신이 가진 마력이 다할 때까지 계속 내부의 회로와 신경과 장기가 터져 나가는 고통에 시달릴 것이다.

그 소리가 입 밖으로 튀어나오지 않도록 마법으로 차단시켰다.

"……!"

부릅뜬 눈에서 피눈물이 흘러나왔다.

불꽃에 피가 닿자 증발하여 독성을 머금은 연기가 되었다.

주위의 병사들이 중독되어 뻣뻣하게 굳어 가고, 아무도 반스에게 다가가지 못했다.

이윽고 반스의 모공에서 피가 흘러나오기 시작했다.

눈, 코, 입, 귀.

얼굴에서 피를 흘리며 눈을 부릅뜬 반스의 표정으로 그 고통을 짐작게 했다.

"왕자님!"

달려오는 기사들을 가볍게 베어 낸 페르노크가 약해져 가는 반스를 물끄러미 지켜보았다.

내부에서 수백 번도 넘게 회로가 터지고 재생하기를 반복한 덕분에 불이 촛불처럼 작아졌다.

더는 외부에 힘을 돌릴 여력이 없다는 뜻이다.

페르노크가 손가락을 튕기자 그의 소리를 가로막던 마법이 사라졌다.

비틀거리던 반스가 그 자리에 무릎 꿇었다.

"헉, 헉, 허억."

"마지막으로 힘을 짜내서 겨우 심장을 복구한 건가. 추하게라도 살아남고 싶었나 보군."

고개를 들어 올린 반스의 눈동자에 두려움과 공포가 어렸다.

시들해져 버린 반스의 가슴에 검을 겨눴다.

"하지만 살아서도 죽어서도 네가 갈 곳은 없다."

반스는 살려 달라 외칠 기력조차 없었다.

마도술로 자멸한 그에게 남겨진 유일한 동아줄인 심장을 검이 관통했다.

깊게 찔러 완전히 부숴 버린 뒤에 검을 뽑아내자 반스가 피를 뿜어내며 쓰러졌다.

* * *

"끌끌끌, 한 놈이 죽었군."

"닥쳐라!"

"왜? 그대도 느끼지 않았나. 불처럼 타오르던 마력이 혹 꺼졌어."

"이이익! 배신자 새끼가!"

"제국의 귀족이 아닌 자에게 그런 말을 듣게 될 줄은 몰랐군."

그람이 웃으며 지면을 밟자 반사막을 두드리는 중력이 더욱 거세졌다.

6번째 성의 병력들은 모두 페르노크를 지원하러 달려나갔다.

언덕 위에 진을 친 병력과 6번째 성의 본대가 앞뒤로 포위한다면 반스의 병력이 전멸할 것은 자명한 일이다.

게다가 멀리서 다가오는 수많은 인기척이 느껴진다.

플레미르를 앞세운 공작군과 왕국군의 연합이다.

수만 대군이 결집한 이곳에서 빠져나갈 구멍은 존재하지 않았다.

오운도 이 모든 정황을 느끼고 있기에 심장이 타들어 가는 듯했다.

'그람은 날 제대로 죽일 생각이 없어. 본대가 올 때까지 묶어 두기만 해도 우리 쪽이 전멸할 테니까.'

차라리 전력으로 싸우러 와 준다면, 그 힘을 반동 삼아 반스 쪽에 합류했을 것이다.

하지만 이 능구렁이 같은 그람은 오직 견제와 제압만을 목적으로 힘을 조절한다.

플레미르가 도착하면 굳이 큰 힘을 쓰지 않아도 오운을 쉽게 죽일 수 있기 때문이다.

"귀족의 긍지도 모르는 이 비겁한 놈!"

"비겁하고 음흉한 것이 내 장점이라서 이제 곧 죽을 놈에게 듣는 도발이라기엔 몹시 달콤하구먼."

그람의 웃음소리가 들려올수록 오운의 심장은 새까맣게 타들어 갔다.

한 발자국 움직이기만 했을 뿐인데, 중력이 나아가는 경로에 여러 겹으로 중첩되었다.

온몸에 쇳덩이가 달린 것처럼 짓눌러졌다.

놀랍게도 이 중력은 반사막을 넘어 안까지 묵직한 마력

을 전해 온다.

'왕자님의 마력이 사라졌다!'

오운의 심장이 철렁거렸다.

가냘프던 마력이 얇아지다 못해 느껴지지 않을 정도로 훅 꺼졌다.

오운의 반사막도 덩달아 놀라 흔들리고, 찰나의 틈을 그람이 파고들었다.

쾅!

반사막에 균열이 일자 오운이 피를 흘리며 뒷걸음질 쳤다.

뒤늦게 정신을 차리며 반사막을 세워 보지만 그람은 정확히 어느 부위를 노려야 할지 모든 판단을 끝냈다.

'제압으로도 족하지만, 이놈의 목을 잘라서 갖다 바치면 페르노크 왕자도 동맹으로서의 신의를 굳건히 여기겠지.'

남겨 둬선 안 된다.

페르노크가 왕이 될 나라에 적대적인 요소는 하나라도 더 제거해 둬야 한다.

그래야 자신의 입지도 덩달아 올라갈 테니까.

우우웅!

한곳에 뭉친 중력을 구슬처럼 만들어 수복된 반사막에 쏘았다.

바로 만들어진 자리라 아직 끈끈하게 연결되지 않았기 때문이다.

이대로 중력탄이 반사막을 뚫고 내부를 짓누른다면 오

운은 말라비틀어진 건어물처럼 쪼그라들어 터질 것이다.

그람의 입가에 진한 미소가 감돌던 순간이었다.

쾅!

불쾌한 소리가 반사막과 중력탄 사이를 가로질렀다.

찰나였다.

오운과 그람 모두 소리가 들리고 나서야 무언가가 난입했다는 사실을 깨달았다.

그리고 그때는 이미 반사막과 중력탄이 동시에 깨진 뒤였다.

우우우웅!

묘한 울림이 들리는 곳으로 두 사람의 시선이 모아졌다.

"······?"

오운이 의아한 눈으로 바닥에 꽂힌 얇은 물건을 지켜보았다.

"······."

그리고 그람은 얇은 물건이 침이라는 사실을 깨달았을 때, 침묵하고 말았다.

머리카락처럼 길고 가느다란 장침.

밤하늘처럼 새까만 장침을 쏘아 보내는 세계 유일의 마도사를 누구보다 잘 알고 있었다.

"배신한다면 브레이아라고 생각했다. 페르노크 왕자를 아주 좋게 보고 있었으니까."

그람이 딱딱하게 굳은 표정으로 시선을 돌렸다.

검은색의 롱코트를 입은 무표정한 남자가 의식의 사각지대에서 천천히 모습을 드러냈다.

세계에 단 둘뿐인 S3의 마도사.

X급에 누구보다 가깝다고 평가받는 라키스 제국의 군신.

"하지만 너였나, 그람."

적막한 전장에 크리스의 냉엄한 목소리가 스며들었다.

* * *

그람은 전신이 뻣뻣하게 굳는 것만 같았다.

'어떻게?'

크리스는 줄곧 제국에서 모든 상황을 주시하고 있었다.

라키스를 지탱하는 기둥인 그가 공작이 된 이래 타국을 홀로 찾았던 경우는 한 번도 없었다.

공작이란 나라에 예기치 못할 상황을 경계해야 하는 자리였으며, 크리스는 군부까지 통괄하고 있었기에 더더욱 그 동향을 예의 주시하고 있었다.

불과 사흘 전까지도 그의 행적을 보고받았었다.

여전히 저택과 황궁을 오가며 공작다운 삶을 살아가는 중이었다.

그람은 확신했다.

페르노크가 파 놓은 이 포위진이 정상적으로 가동해서 반스를 구렁텅이에 몰아넣고, 오운까지 함께 죽이는 순간 모든 영광이 자기 손에 들어오리라고.

크리스가 이 사실을 알게 될 때는 모든 일이 끝난 뒤라고.

하여, 한 달 하고 보름의 시간을 잡았었다.

그런데 딱 한 달째 되는 날에 크리스가 나타났다.

믿을 수 없지만 그가 분명했다.

'여전히 마력을 느낄 수 없고, 좌중을 아래로 내려다보는 듯한 태도……'

그람은 크리스와 직접 겨뤄 보지 못했다.

그가 대군을 상대로 딱 한 번 마도술을 펼친 모습을 보기만 했었다.

평상시에 마력이 없는 인간처럼 지내던 크리스가 그 순간만큼은 그람을 절망케 하는 거대한 마력을 터트렸었다.

그때, 그람은 깨달았다.

S2의 마도사로는 S3의 마력과 한계를 절대 느낄 수 없다는 것을.

하여, 크리스가 평범한 사람처럼 보이는 것도 당연한 일이다.

크리스의 발끝조차 따르질 못하니 마력이 있다는 사실조차 파악하지 못하는 것이다.

그것을 크리스는 '격'이라고 얘기했었다.

S2의 존재가 S3에 이르고 싶다면 그에 걸맞은 격을 쌓아야 한다고 조언해 준 모습이 떠올랐다.

까드득.

그람이 어금니를 꽉 깨물었다.

본디 자신의 것이었어야 할 공작위를 가진 날에 크리스
는 13작들을 불러 모아 가르침을 내려주었다.

당연히 그 대상엔 그람도 포함되어 있었다.

"후작의 중력은 광역에서 압도적인 위용을 자랑하겠지
만, 한 부위를 집중해서 파고드는 공격엔 취약할 거야. 이
넓게 펼친 공간을 하나로 응축시켜 개인을 대상으로 가둬
버리는 건 어떤가? 그럼 조금은 쓸 만해질지도 모르지."

따르기 싫었다.

조언 따윈 무시하고 싶었다.

하지만 브레이아와 겨루고 난 뒤에 저도 모르게 크리스
의 조언을 따르고 있었다.

그 결과 그람은 약점으로 지목되었던 중력의 범위 조정
을 원활하게 진행했고, S2의 끝에 다다랐다는 평가를 받
게 되었다.

'같은 전장에 선 지금도 네놈의 마도술을 보이지 않는
구나.'

크리스와 전장에서 대면한 경험은 이번이 처음이다.

하여, 그가 가진 마도술의 편린이라도 봤으면 좋으련만
여전히 무엇도 느끼지 못했다.

오운과 자신의 팽팽한 마력을 뚫어 버린 이 장침의 특

징만 기억한다.

크리스의 독문무기.

장침에 마력을 담아 쏘아 보내면 그 속도가 가히 섬전을 방불케 하여 모든 마력을 꿰뚫어 버린다.

하지만 그건 마도술이 아니다.

단지, 마력을 담아 놓는 기초적인 운용 방식에 불과하다.

"내게 공작위를 빼앗긴 것이 그리도 억울했나?"

모든 상황을 알고 있다는 듯 무덤덤한 태도에 그람이 억지로 미소 지었다.

"다 알면서 지금까지 방관하고 있었나?"

"같은 라키스의 귀족으로 여기며 다소의 방만함은 너그러이 용서하라는 폐하의 뜻이 있었다. 그리고 네 마도술은 제국에 필요하다고 판단했지. 따르지 않을 이유가 없었다."

"지금은 폐하의 명을 거역하겠다는 뜻으로 들리는데?"

"내가 어째서 절반의 마도사들을 각 나라에 파견시켰는지 아는가?"

"끌끌끌, 반스 놈을 왕에 올려놓고 싶어서겠지."

"그건 애초에 계획한 2가지 이유 중 하나에 지나지 않아."

크리스가 언덕으로 향하는 길로 시선을 돌렸다.

"반스가 사경을 헤매는 지금 나는 다른 이유를 위해 자율 행동을 유지하고 있다."

천천히 그람에게 시선을 돌리는 크리스가 흐릿한 미소

를 머금었다.

"수십 년 동안 이 세계엔 변변찮은 전쟁 하나 일어나지
않았어. 라키스는 내부에서 치열한 경쟁을 통해 작위를 거
머쥐었지만, 그게 세계의 마도사들에게 통할지는 미지수
였지. 하여, 반스를 도와주는 한편 확인해 보고 싶었다."

"설마, 타국에 파견한 귀족들을 어중간하다고 그리 재
단하는 것이냐? 네놈이?"

"마도사는 귀한 자원이지. 설령, 그들이 실패에 가까운
짓을 저지르더라도 다시 제국으로 데려올 의향은 있었
다. 브레이아에게 귀족들을 살려 오라 명은 해 뒀었다만,
설마 대부분 죽었을 거라곤 생각지도 못했군."

크리스가 주머니에서 장침을 꺼내 들었다.

"덕분에 누가 나약하고 누가 배신자인지 명확히 구분하
게 되었다. 너를 대체할 인재도 새로 찾아냈고 말이야."

"인재?"

그람이 오운에게 시선을 돌리곤 눈을 부릅떴다.

그러고 보니 어째서 크리스는 곧장 반스에게 향하지 않
은 걸까?

왜 하필 이 전장부터 난입한 것일까?

'이놈 설마……'

라키스의 대업.

일찍이 패황이 꿈꿨던 새로운 시대.

"크하하하! 나는 13작들과 반드시 이 세계를 통합할 것이다! 그래, 내가 비로소 최초의 통일 황제가 되는 것이지!"

거대한 야망에 이끌리듯 강자들이 모였고, 이제 절반이 줄었다.

그 자리를 새로운 자들이 채워야 한다면 그건 기존의 13작들을 아득히 뛰어넘는 체계의 확립이다.

"보름만 늦었어도 일이 틀어질 뻔했군."

그람이 이를 갈며 외쳤다.

"네놈은 언제나 다른 자들을 깔보듯이……!"

쾅!

무언가 그람의 머리칼을 스쳐 지나갔다.

그리고 6번째 성벽에 닿자마자 거대한 폭발을 일으켰다.

성벽이 우르르 무너지고 나서야 그람은 장침이 스쳐 지나갔다는 사실을 깨달았다.

"그람, 너에게 마지막 기회를 주지."

그람의 이마에서 식은땀이 흘러내렸다.

"새로 개편될 13작의 백작위부터 다시 시작하겠는가. 아니면, 이 자리에서 네 부질없는 희망과 함께 죽겠는가."

작위가 강등되는 선에서 목숨을 부지한다면 그나마 다행이다.

크리스는 배신의 대가를 톡톡히 받을 것이다.

어쩌면 백작위의 그람을 사지 한복판에 계속 밀어 넣어

목숨이 다할 때까지 싸우게 만들지도 모른다.

'더 밑으로 내려가라고?'

죽음보다 치욕적인 삶이다.

그람은 죽을지언정 또다시 크리스 발밑을 핥는 인생을 살고 싶진 않았다.

우우우웅!

한순간 폭발적으로 솟구친 마력이 일대에 중력을 조작한다.

오운조차 자세를 잡지 못하고 비틀거리다 주저앉기 일쑤였지만 크리스는 미동도 없었다.

"역시 너는 욕망에 충실해서 읽기 쉬워."

크리스가 싸늘한 눈으로 그람을 쳐다보는 순간이었다.

콰아아-!

모든 마도사들의 시선이 한 곳에 집중되었다.

반스가 병력을 몰고 간 곳.

그곳에서 S2에 달하는 마력이 치솟았다.

* * *

페르노크는 확실히 느꼈다.

오운과 그람의 대결에 끼어든 훼방꾼의 존재를.

순간적으로 터져 나온 마력이 멀리서도 소름 끼치게 만들었다.

'누구지.'

이 전쟁에 끼어들 뚜렷한 존재가 떠오르지 않았다.

'반스의 숨겨진 패인가.'

얕은 숨을 쉬고 있는 반스를 짓밟으며 페르노크가 언덕 상황을 살폈다. 반스가 불꽃을 뿌린 덕분인지 병력들이 언덕에 집중하지 못하고 진형이 흐트러졌다.

"왕자니임!"

반스의 부관으로 짐작되는 자가 마력을 일으키며 달려들었다.

불꽃에 뛰어드는 나방 같았다.

서걱!

페르노크가 가볍게 베어 넘기며 혼란스러운 좌중에 소리쳤다.

"진형을 풀고 섬멸전에 돌입한다!"

언덕의 병력들이 방패를 앞세우며 내려오자 기다렸다는 듯 반스의 병력이 맞받아치려 했다.

단순히 숫자로만 따져도 5배가 넘는다. 3천의 행동은 무모해 보였지만, 마도사가 가세한다면 얘기가 달라진다.

콰아아앙!

페르노크가 자연계 마법을 터트리며 적진을 휘저었다.

"마, 마도사단은 진형을 잡아라!"

"마도사를 봉쇄해!"

"왕자님을 모셔라!"

어느새 절반의 적들이 페르노크를 포위했다.

머릿수로 밀어붙이면 충분히 제압할 거라 판단했다.

일반적인 마도사였다면 반스와 격돌하고 대군까지 감당하는 상황에 힘이 부족했을 것이나, 페르노크는 평범함과 차별을 둔다.

전장에서 죽인 자들의 영력과 마력을 흡수하며 반스와 싸우기 전보다 상태를 고조시켜 나갔다.

전장의 함성과 살기들마저 예민하게 받아들일 즈음, 뒤에서 익숙한 얼굴들이 들이닥쳤다.

"페르노크 왕자님을 따르라!"

"한 놈도 살려 두지 마라!"

살리오를 중심으로 한 6번째 성의 본대였다.

8천에 달하는 본대가 합류하자 상황은 단숨에 악화되었다.

"후, 후방을……."

언덕의 병력들이 정면에서 방패로 밀어붙이고, 후방에서 단련된 정예들이 맹수처럼 달려든다.

그리고 중앙에 뛰어든 페르노크가 검무를 추자 어떤 맹장들도 이렇다 할 판단을 내리지 못했다.

페르노크가 2천 명에 달하는 숨을 앗아 가고 난 뒤에야 전장은 평온해졌다.

"사, 살려 주십시오……!"

왕실 마법사의 목을 베고 주위를 둘러보니, 페르노크의

깃발이 휘날리고 있었다.

길드장들이 앞다퉈 다가왔다.

"대승을 축하드립니다!"

"왕국군도 근처까지 왔다고 합니다!"

"오운만 잡으면 왕성까지 코앞입니다!"

하지만 페르노크는 긴장을 늦추지 않았다.

오운과 그람의 마력이 평행선을 달리는 상황이 석연치 않았다.

처음 느꼈던 그 소름 돋는 자가 6번째 성에 있다면 오운을 처리하는 과정이 어렵게 될지도 모른다.

"병력을 이끌고 6번째 성으로 돌아간다!"

"예!"

우렁찬 외침이 들림과 동시에 페르노크가 가냘픈 숨의 반스를 어깨에 걸치고 6번째 성으로 달려갔다.

얼마 지나지 않아 황야처럼 넓은 곳에 도착한 페르노크는 기묘한 존재를 마주쳤다.

'어떤 빛도 없어?'

오운과 그람의 찬란한 빛 사이에 우두커니 서 있는 사내.

냉막한 표정의 그는 어떠한 재능의 빛도 보이지 않았다.

"크리스 공작!"

그람의 비명과도 같은 말이 터지고 나서야 페르노크는 이유를 깨달았다.

관찰안이 대상을 제대로 판별하지 못하는 경우가 간혹

있다.

완성되지 못한 관찰안으로 파악하지 못할 '격'을 가지고 있다는 것.

격을 가진 자를 파악하기 위해선 동화율을 더 끌어올려야 한다.

"크리스……."

위명은 따갑게 들었다.

페르노크가 서둘러 일을 마무리 지으려는 것도 세계 최강이라는 그가 끼어들 상황을 만들지 않기 위함이었다.

한데, 지금 그가 눈앞에 있다.

어떻게 이곳까지 왔는지 생각할 겨를은 없었다.

그저 머릿속에 요동치는 건 단 하나뿐.

하계에서 처음으로 격을 가진 존재를 만났다.

같은 S3의 마도사 아리사도 격을 갖춰 나가는 중이었다.

하지만 크리스는 이미 완성된 격을 가지고 있다.

관찰안으로 파악할 수 없어서 속단하기 어렵지만, 적어도 명계의 절대자들과 비교해서 절대 부족하지 않다.

'장침이었던가.'

페르노크가 바닥에 꽂힌 침과 성벽을 통째로 무너뜨린 침을 번갈아 흘깃하곤 크리스에게 시선을 모았다.

"반스가 그 지경이 될 만하군."

마력조차 느껴지지 않는 눈에서 페르노크의 솜털을 곤두서게 만드는 묘한 위엄이 느껴졌다.

"S1이라 들었건만, S2가 코앞이야. 그만한 재능은 오랜만이군. 왜 그람이 그대에게 힘을 보탰는지 알 것 같아. 그러니 그 재능을 아깝게 여겨 내가 한 가지 제안을 하마."

크리스가 페르노크 어깨에 축 늘어진 반스를 살피며 말했다.

"반스를 내게 넘기고, 배신자 그람의 처우를 모두 맡겨라. 그럼 당분간은 살려 두마."

"착각이 심하군. 누가 누구를 살려 줄지 결정하는 건 네놈이 아니야."

페르노크의 본대가 찾아오고 있었다.

또 다른 퇴로를 플레미르와 왕국군이 다가오며 가로막았다.

그러자 페르노크가 반스를 눈앞에 내림과 동시에 그 목을 잘라 크리스 앞에 걷어찼다.

"이곳은 내 영지다."

페르노크는 크리스에 대해서 알지 못한다.

그의 정보는 그람조차 모를 정도로 꽁꽁 감춰져 있다.

하지만 크리스는 물러설 생각이 없고, 페르노크 또한 이 상황을 마무리 지은 순간 왕국의 모든 것을 손에 넣는다.

상대의 위명에 겁부터 집어먹고 손안에 굴러 들어온 승기를 쉽게 내준다면 명계의 절대자들이 모두 비웃을 것이다.

반스와 그 파벌을 함께 쓸어버리기 위해 줄곧 만들어온 함정.

그곳에 강함을 자신하는 라키스의 군신이 더해진다면 금상첨화다.

"후환은 제거한다."

페르노크와 그람.

6번째 성의 본대.

플레미르와 왕국군.

수만에 이르는 병력과 마법사들이 이곳을 포위했다.

사지 한복판에 적장이 굴러 들어온 지금.

이 순간에 승부를 걸어야 한다.

* * *

그리스는 무덤덤히 장침을 손가락 사이에 끼웠다.

수만 대군의 한복판에서 산책이라도 나온 것처럼 느긋이 사방을 쓸어 보았다.

"라키스의 크리스 공작이다!"

페르노크가 팽팽한 실을 당기듯이 외쳤다.

이곳을 포위한 장수들이 모두 놀란 눈을 크게 떴다.

"적은 크리스와 오운 둘뿐이다!"

용기를 북돋듯이 페르노크가 단호하게 외쳤다.

"이 둘을 죽이고 우리가 일루미나의 새로운 질서를 만든다!"

혼란은 삽시간에 가셨다.

플레미르가 먼저 혈검을 번쩍 들어 올렸다.

"세계최강의 마도사도 자국을 침략한 약탈자에 불과할 뿐! 이 자리에서 일루미나가 결코 녹록하지 않다는 것을 저 오만한 자들에게 증명하라!"

호응하듯이 사방에서 기세가 끓어올랐다.

"반스 왕자가 죽었다!"

"페르노크 왕자께서 새로운 왕이 되실 차례다!"

"국경을 멋대로 침탈한 약탈자에게 단죄를!"

"진군하라!"

S1의 마도사가 상대였다면 병력들도 꺼리는 마음이 있었을 것이다.

상대가 S2의 마도사였다면 페르노크가 먼저 검을 뿌리기 전까지 기다렸을 것이다.

하지만 S3는 수백 년의 역사 속에서 드물게 나타난 존재였으며, 그 힘을 직접 본 자는 이곳에 그람이 유일하다.

사람은 경험하기 전까지 그것이 얼마나 크고 위험한지 깨닫지 못한다.

직접 맛보지 못했기에 S3의 마도사가 어떤 존재인지 모른다.

아니, 모르는 편이 좋을지도 몰랐다.

피할 수 없는 전장에서 망설임은 결국 독이 되어 자신을 갉아먹을 뿐이니까.

"적을 섬멸하라!"

페르노크가 아티펙트를 글러브 형태로 다듬으며 주먹을 들어 올렸다.

영력이 스며들어 뿌연 빛을 흘리자, 플레미르가 왕국군을 이끌고 제일 먼저 나섰다.

수백의 기마대와 수천의 보병이 돌격했고, 궁병이 시위를 팽팽하게 당기며, 그곳에 자연계 마법이 덧씌워졌다.

페르노크의 본대들은 길드장들을 따라 고레벨 마법사들이 뛰쳐나왔다.

그람은 크리스와 오운 주위에만 중력을 내렸다.

집중된 중력이 압력을 가중시켜 몸을 으스러뜨리려 했다.

피할 곳 없는 압박 속에서 크리스는 느긋하게 물었다.

"이제 일루미나에 그대가 있을 곳은 없는 것 같군."

"하, 함께하겠소!"

크리스의 입가에 흐릿한 미소가 머금어졌다.

"오늘부터 그대는 라키스의 당당한 13작이다. 작위는 이곳을 나가는 대로 수여하지. 우선, 마도술로 자신의 몸을 보호하라."

"아니, 그럼 공작은……?"

"마저 볼일을 보고 상황을 마무리하지."

크리스가 손바닥을 풀었다.

장침이 중력을 타고 지상에 떨어진 순간.

콰콰콰콰콰쾅!

장침에서 시작된 균열이 삽시간에 사방으로 퍼졌다.

무려 3킬로미터에 달하는 지면이 갈라지고 붕괴하였다.

"히히히히힝!"

말들이 조각난 대지에 놀라 앞발을 치켜세웠다.

일반 병력은 더 이상 전진이 불가능했다.

이런 상황을 예측한 마도사와 마법사들만이 조각난 대지를 밟으며 뛰어올랐다.

가장 먼저 도달한 자는 페르노크.

"상당히 훈련이 잘된 병사들이군."

지금껏 자신을 마주했던 적들이 이런 기분이었을까.

크리스는 조금도 당황하거나 두려워하는 기색 없이 페르노크의 권각술을 가볍게 흘려 넘겼다.

"살리오, 피해!"

별안간 페르노크가 비명에 가까운 소리를 질렀다.

관찰안으로 크리스의 동작을 1초 먼저 예측한 것이다.

콰아아아앙!

목덜미 옆을 스쳐 간 장침이 섬전 같은 속도를 보이자 허공에 파문을 일으켰다.

그것은 마치 살리오의 파장처럼 '증폭'되었으며 일시에 마법사들을 집어삼켰다.

눈을 깜빡하는 것조차 허용되지 않는 시간이었다.

소리와 동시에 터져 나온 한 발의 장침에 마법사 절반
이 흔적도 남기지 못하고 죽었다.

"……허억!"

겨우 한 번이었지만 직접 마주했던 이들은 애써 숨통을
틔웠다.

페르노크가 알려 주지 않았다면 얇고 긴 침 하나에 전
멸했을지도 모른다.

특별히 마법을 발동시킨 적도 없다.

그저 장침 속에 마력을 담아 튕겼을 뿐.

기초에 충실한 공격이 터무니없는 위력을 담아내자, 지
금껏 마도술사들의 휘황찬란한 마도술만 마주했던 페르
노크에겐 신선한 충격이었다.

"눈썰미가 좋군."

촤르르ー!

주머니 속에서 침들이 부딪치는 소리가 들려왔다.

얼마나 많은 침을 가지고 있는 걸까.

침 하나에 담을 수 있는 마력의 한도는?

크리스의 마도술은 사물을 강화시키는 종류인가?

순간, 많은 상념이 머리를 스쳐 지나갔다.

동시에 크리스가 장침을 쏘아 보낼 틈을 주지 말아야
한다고 판단했다.

페르노크는 발판을 디디고 크리스에게 바짝 달라붙었다.

육체를 강화하는 타입이 아니고서야 육탄전은 자신이 유리하다고 생각했다.

우우웅!

순환연동을 시작한 글러브에서 오버 임팩트가 터져 나왔다.

그 힘을 권각술에 실어 지근거리에서 밀어붙이자 크리스가 처음으로 흥미로운 기색을 드러냈다.

"불가……?"

무어라 하는지 알 수 없었으나, 크리스는 분명 오버 임팩트에 시선이 쏠리고 있었다.

쉐에에에엑!

플레미르가 전장에 퍼진 피를 혈검에 담아 크리스의 등 뒤를 겸했다.

그람이 중력을 모두 크리스에게 집중시켰다.

전면에서 최고조에 달한 오버 임팩트까지 몰아쳤다.

마도사 3명의 합작품을 마주한 크리스의 입꼬리가 꿈틀거렸다.

"좋군."

그 순간, 관찰안이 크리스의 '색'을 포착했다.

아주 짧은 틈이었다.

하지만 크리스가 침이 아닌 본신에 마력을 순간 증폭시키자 영혼은 압도적인 빛을 터트렸다.

'평상시엔 마력을 몸 안에 감춰 S2의 마도사들도 감지하지 못하게 한다. 반대로 그건, 들키지 않을 정도로 마력을 은밀히 응축시켜 놨다는 뜻이야.'

크리스가 공작이 된 이후로 라키스는 이렇다 할 전쟁을 일으키지 않았다.

평화로운 기간 동안 크리스는 마력을 응축시켜 놓았고, 그 막대한 마력이 고농도로 증폭되어 터져 나온다면?

콰아아아아—!

마력이 뚜렷한 형체를 가지며 온몸을 녹일 듯한 빛으로 발광하였다.

순수한 마력의 힘으로 중력을 몰아내고, 혈검의 절삭력을 뒤덮었으며, 순환연동의 오버 임팩트가 깨져 나갔다.

"……!"

페르노크와 플레미르가 동시에 튕겨 나갔다.

그리고 장침 두 개가 각자 나뉘어 쏘아졌다.

페르노크는 사전에 동작을 예측하여 간신히 피했으나, 플레미르는 허벅지가 관통당했다.

"단순히 눈이 좋다고 피할 것이 아닌데, 감이 좋은 건가."

크리스는 즉사시킬 생각이었지만, 전장의 피를 머금은 플레미르와 관찰안을 가진 페르노크는 치명상을 면했다.

"내가 녹슬었나."

그와 동시에 크리스가 롱코트를 펼쳤다.

안감에 달라붙어 있는 수십 개의 장침이 모습을 드러냈다.

"공작!"

"으윽!"

플레미르가 몸을 일으키려 했지만 이내 주저앉았다.

아직 버킹엄에게 당한 상처가 모두 회복되지 않은 상태로 무리하게 마도술을 일으켰고 상처까지 입었다.

기동력이라도 회복시키려면 1분이라도 시간이 필요했지만, 크리스의 공격에 여유는 없었다.

S3의 마도사는 지독하고 철저하게 일말의 가능성까지 삼키려 했다.

롱코트의 장침들을 모두 털어 냈다.

허공에 수십 개의 장침들이 나온 순간, 살리오 일행이 지척에 도달했다.

그람의 마도술은 다시 정비되는 중이었다.

이 모든 과정들이 느린 화면처럼 선명하게 보였다.

전멸.

전투 개시 5분 만에 페르노크의 뇌리가 판단을 끝냈다.

S2의 마도사가 2명이나 있었고, 수만 대군이 포진하고 있었지만 크리스는 격을 달리했다.

적어도 동화율이 80프로에 도달해야 승부를 겨룰 만한 존재라는 정보가 모였다.

하지만 무모해 보이는 상황 속으로 페르노크는 생각보

다 몸이 먼저 반응했다.

콰지직!

동화율 60프로에 이른 영력이 아티팩트에 스며들어 우레와 같은 함성을 내지른다.

그와 동시에 페르노크는 전대 마법협회장에게서 **빼앗**은 시간의 마도술을 발동했다.

크리스가 장침에 손가락을 얹는 일련의 과정이 선명해졌다.

그 주위의 시간이 느려짐과 동시에 크리스 개인의 신체 시간은 급속도로 활성화되었다.

정지와 노화를 함께 사용하며 천벌을 발동시켰다.

크리스가 큰 동작을 펼치는 이 순간을 노린 절호의 연계였지만, 천벌이 하늘에 맺히는 와중에 페르노크는 묘한 불안감에 휩싸였다.

'뭐지?'

움직이지 못해야 할 크리스가 어느새 고개를 돌리고 있었다.

페르노크와 눈을 마주친 그가 중얼거렸다.

"이쪽 부류였나."

그리고 정지된 시간에서 크리스의 손가락이 장침을 튕겼다.

절대 잊어선 안 될 비현실은 페르노크의 상식을 단번에 뛰어넘었다.

콰아아아아아앙!

천벌에 장침이 닿자마자 새하얀 벼락이 허공에 멈췄다.

그건 흡사, 세계의 시간을 정지시킨 것만 같았다.

관찰안이 이 기묘한 변화를 포착했다.

"……!"

크리스의 마력이 퍼져 있었다.

동시에 그것은 특별한 방식으로 얽혀 시간의 마도술과 똑같은 성질의 마도술로 탄생되었다.

그건 마물의 산맥에서 맹위를 떨쳤던 카르고라스의 능력과 흡사해 보였으나 어딘가 미묘하게 달랐다.

복제 같은 수단이 아닌 모방한 듯한 느낌.

하지만 그 위력은 이 일대를 집어삼키고도 남는다.

"그거였군!"

희열 섞인 목소리가 정지된 세계를 뒤흔들었다.

그람의 마도술이었다.

그의 중력은 단순히 짓누르고 가볍게 만드는 수준을 넘어 '반전'에 이르는 새로운 영역으로 승화되었다.

이것이 본래의 마도술이라는 듯 그람이 시간을 반전시켰다.

크리스에게 떨어지는 천벌을 가속화시켰고, 일행의 시간을 되돌렸으며, 모든 압박이 크리스에게 향하도록 유도하였다.

"네놈 마도술을 모방……!"

절호의 기회였으나 그람의 생각은 오래 이어지지 못했다.

콰아아아앙!

천벌이 떨어짐과 동시에 반전이 사라졌다.

새하얀 빛을 크리스가 가볍게 찢고 나왔다.

몸에 달라붙은 영력의 잔재가 불가사의한지 고개를 갸웃하였으나, 감상은 오래가지 않았다.

"⋯⋯쿨럭."

어느새 그람이 피를 토하며 무릎 꿇고 있었다.

천벌의 빛에 가려져 쏘아 보내진 장침을 관찰안은 포착하지 못했다.

시야의 사각을 노린 암수는 그람의 가슴을 꿰뚫었다.

"훌륭하다, 페르노크 왕자."

일련의 과정이 모두 크리스의 뜻대로 이루어졌다.

그리고 그는 냉막한 표정으로 페르노크를 응시했다.

"참으로 이해하기 어려운 마도술들을 펼치고 있군. 향후 10년이 기대되는 재능이야."

콰콰콰콰쾅!

멈춰 있던 시간이 제대로 흐르자, 수십 개의 장침이 사방에 터져 나가며 아군을 휩쓸었다.

포격이라도 받은 것처럼 곳곳에 거대한 구덩이가 만들어졌다.

고레벨 마법사들이 피를 토하며 절규하는 곳에서 크리스는 마지막 한 발의 장침을 손가락에 끼웠다.

페르노크는 하계에서 처음으로 식은땀을 흘렸다.

반드시 해야만 하는 싸움이었고, 가능성이 높은 전투라고 판단했었다.

S3의 위험성은 충분히 고려하고 움직였다.

마도술이 겹쳤을 때, 승리를 자신했다.

본신의 마력으로 떨쳐 낸다 해도 2발, 3발째를 준비하면 됐으니까.

하지만 한 가지를 예상하지 못했다.

다재다능.

크리스가 가진 마도술의 특별함을 겨우 파악했다.

그건.

"대상의 마도술을 따라할 수 있었나."

시간을 역으로 되돌리듯이 한 번 마주한 대상의 마도술 원리를 파헤쳐서 자신이 역으로 구사하는 것.

방금 전, 페르노크의 시간의 마도술만 사용한 것이 아니다.

분명, 크리스는 천벌이 몸을 강타할 때, 그람의 '반전'까지 따라 했었다.

"합격이다."

가르침을 내리듯이 무심하게 바라보는 크리스가 마지막 일격을 토하려 했다.

페르노크는 별다른 수단이 없었다.

이번엔 관찰안으로 행동을 예지해도 몸이 따라 주지 않

을 것이다.

"그 인망까지도."

한데, 크리스의 손가락이 오른쪽으로 움직였다.

이곳이 아닌 저 너머.

상당한 거리를 둔 곳으로 장침이 쏘아졌고.

쾅!

크리스에 비견될 만한 마력이 삽시간에 치솟아 장침을 가로막았다.

이윽고, 눈 깜빡할 사이에 등장한 존재가 페르노크를 또 한 번 놀라게 했다.

이 자리의 모두가 예상하지 못한 듯 새하얀 신복을 입은 면포의 여인에게 시선을 집중시켰다.

그녀가 손바닥에 잡은 장침을 바닥에 떨어뜨리며 아름다운 미소를 그렸다.

"오랜만이군요, 크리스 공작."

크리스의 눈매가 꿈틀거렸다.

세계의 무수한 전쟁 속에서도 타국에 간섭하지 않고 고요히 존재감을 유지하던 성황국.

그 역사의 틀을 깬 존재가 지금 크리스가 예상하지 못한 형태로 이곳에 서 있다.

"그럼 혼자서 제국의 귀족들을 물리치진 못할 거라고 생각했다. 다른 세력을 염두에 뒀다만, 설마 그게 너였나, 아리샤."

세계의 또 다른 S3의 마도사.

성황국의 대신관 아리샤가 페르노크 앞을 지키며 미소 지었다.

"성황의 신성한 뜻 아래 성황국은 페르노크 왕자를 일루미나의 새로운 왕으로 지지합니다. 설사, 라키스 제국이 가로막더라도 이 뜻은 절대 변하지 않을 것입니다."

* * *

청의 신관의 서신을 받은 아리샤가 바로 신관 회의를 소집했다.

"페르노크 왕자는 우리에게 라키스와 국경을 대치해 달라고 부탁했습니다. 반드시 한 달 안에 라키스를 압박해야 한다고, 어디로 향할지도 알려 주었죠."

"결국…… 전쟁이군요."

"하지만 해 볼 만하지 않습니까?"

"그 대가로 신전을 설립할 수 있다면, 후세를 위해서라도 우리가 길을 열어 줘야 한다고 봅니다."

신관들이 긍정적인 반응을 보냈다.

새벽 신전의 성물을 찾아 준 공로와 지난 근원 사태를 해결해 준 페르노크에게 다들 호의를 품고 있었다.

아리샤 또한 자신의 염원이 이뤄지는 이 순간을 기다려 왔다.

"그럼 신관 두 분께서 사제들을 이끌고 라키스의 국경으로 가 주세요. 저는 일루미나로 가겠습니다."

"대신관께서요?"

"하지만 크리스 공작이 국경에 나온다면⋯⋯."

"그땐, 제가 페르노크 왕자를 도와 일루미나의 진정한 왕을 가리도록 힘을 실어 주면 될 일입니다."

신관들이 아리샤를 물끄러미 바라보았다.

면포 속의 그녀가 어떤 생각인지 도통 알 수 없었다.

"한 가지 우려되는 점이 있어서 그렇기도 합니다."

"무엇을 말씀입니까?"

"크리스 공작은 저택과 황실을 오가며 여느 때와 같은 일상을 보내고 있죠. 특별히 경계할 점은 없어 보입니다. 하지만 제국의 귀족들을 페르노크 왕자에게 보내면서 왜 그가 국경이나 다른 전선에 따로 모습을 드러내지 않는지가 살짝 걸리는군요."

"페르노크 왕자께 그람이 붙어 있지 않습니까. 그 또한 제국의 귀족이고 우리보다 더 자세히 돌아가는 상황을 알 겁니다. 크리스 공작이 움직였다면 그람이 왕자께 설명했겠지요."

자애의 신관이 너무 걱정 말라는 듯이 말하자, 아리샤가 묘한 미소를 머금으며 답했다.

"전장에선 변수를 통제해야 합니다. 페르노크 왕자의 서신도 결국은 한 달 하고 보름 안에 반스 왕자를 죽이지

못할 경우, 크리스가 난입할 경우를 우려해서 보낸 것이
죠. 우리에게 시간을 더 벌어 달라는 뜻일 겁니다. 하지
만 크리스는 특별한 존재입니다. 그의 변수는 저도 짐작
하기 어렵죠."

"으음……."

"성황국의 백 년을 가를 중요한 갈림길입니다. 제 우려
가 단순히 기우에 그치길 바라야겠죠. 하여, 저는 왕자께
가겠습니다. 라키스의 귀족들에게서 왕자를 지킬 수 있
을뿐더러, 대신관이 나서 성황국의 뜻을 전하는 편이 훨
씬 보기 좋은 그림이 될 테니까요."

"……알겠습니다. 그럼 국경에서 대치하다가 크리스
공작이 나올 기세가 보인다면 바로 물러나겠습니다."

"믿고 있습니다."

성황국의 병력이 신관들과 라키스의 국경으로 떠난 그
날.

아리샤는 조용히 페르노크에게 향했다.

* * *

본래 서신의 내용은.

성황국이 나서 라키스의 국경을 두드려 준다면, 크리스
는 절대 내란에 개입하지 못할 것이다.

서신이 당도한 일주일 안에 거사를 시작해야 한다.

크리스를 꼼짝 못 하게 만들어 혹시나 모를 사태에 대비하려는 페르노크의 작전이었다.

당연히 아리샤가 나타날 거라곤 페르노크 본인도 예상하지 못했다.

그건 크리스도 마찬가지였다.

"재밌군. 오랫동안 침묵했던 성황국이 끝내 택한 존재가 왕국의 사생아라."

"적어도 나라의 존엄을 팔아넘긴 반스 왕자보단 믿을 만한 사람이니까요."

"단지 그런 이유 때문이라면, 우리 쪽에서 더 좋은 조건을 줄 수도 있다."

"새벽 신전의 성물 탈취 사건은 들으셨겠죠?"

"물론. 오랜만에 재밌는 소식이었지."

"그걸 찾아 주신 분이 바로 페르노크 왕자님이십니다."

크리스의 눈매가 가늘게 좁혀졌다.

"그것뿐만은 아니겠지. 넌 호의만 가지고 움직이는 사람이 아니야. 하지만 그 뭐가 되었든 라키스에 칼을 든 선택이 옳진 않을 것이다. 정녕, 오늘 이 자리에서 성황국의 역사가 끝나기를 바라는가?"

칼에 베인 것처럼 날카로운 마력을 온화한 마력으로 맞받아치며 아리샤가 크리스를 응시했다.

"가끔은 과감함에 몸을 맡기고 싶은 충동이 있죠."

그리고 아리샤는 페르노크를 지키며 살포시 웃었다.

"제게는 지금이 그런 순간입니다."

크리스도 물러날 기색은 없었다.

"가는 길이 외롭진 않겠군. 이곳의 수만 명이 너를 따라갈 테니."

"예전부터 그 콧대 높은 자신감을 한 번은 꺾고 싶었지요."

"오래전에 결판났었어. 그때도 넌 내게 무릎 꿇었다."

"어린 시절의 일을 자랑스럽게 떠들지 마세요. 무서워서 도망치는 것처럼 보이잖아요, 공작."

두 사람 입가에 싸늘함이 맺힌 순간.

"병력을 물려라!"

요동치는 마력에 페르노크가 소리를 질렀다.

그것을 신호 삼아 두 사람의 팔이 움직였다.

콰아아앙!

한 합에 반경 500미터의 지형이 붕괴되었다.

크리스도 아리샤도 제각각 마도술에 관련된 정확한 정보가 세상에 알려져 있지 않았다.

탐색을 위한 마력 충돌일 뿐이었다.

하지만 마도술이라도 펼친 것처럼 붕괴되는 범위가 점차 넓어졌다.

그 어떤 마법사도 끼어들지 못하는 마력의 폭풍이 휘몰아쳤다.

제대로 서 있기 힘든 곳에서 격돌하는 S3의 마도사들을 페르노크의 관찰안이 포착하고 있었다.

'이게 S3였군.'

지금까지의 장침이 장난에 불과했다는 듯 아리샤를 상대하는 크리스의 마력이 일대를 지배한다.

그러자 격에 가려졌던 찬란한 영혼의 색이 보이기 시작했다.

아리샤도 휘황찬란했지만, 크리스는 그보다 한 줄 위였다.

실력은 군주에 비할 수 없으나, 그 잠재력과 영혼의 색은 가히 군주급이었다.

이대로 몇 년만 지나면 절망군주에도 비견되는 절대자로 성장할 것이다.

'아주 고귀한 재능이야.'

탐스러웠다.

어떻게든 찢어발겨 삼키고 싶었다.

두려움이나 절망보단 강해지고 싶다는 욕망이 꿈틀거렸다.

누군가를 보면서 이토록 강함을 자극받은 건 하계에 내려온 이후 처음이다.

지금까지 대업을 위해 성장을 늦춘 측면도 있다.

이 상태로도 모든 위험에 충분한 대처가 가능했으니까.

하지만 크리스를 본 이후로 생각이 바뀌었다.

'내 성장을 가속시켜야 한다.'

명계에서조차 비견할 자가 없어서 오랫동안 홀로 최강의 지위를 유지했었다.

지루함은 하계에서도 이어졌다.

루인이나 그람처럼 강해 보이는 자들도 있었다.

하지만 동화율을 일정 수준까지 올린다면 충분히 꺾을 수 있다고 여겼었다.

강함보단 대업이 우선이었다.

그 생각이 크리스를 만난 후에 바뀌었다.

지루함은 고동으로.

강함은 열망으로.

초월자가 잠시 내려놓았던 시대의 우선순위가 재차 확립되었다.

"공작님!"

별안간 두 마도사 사이에 불청객이 끼어들었다.

반사막으로 몸을 감추고 있던 오운이 아리샤에게 마도술을 전개했다.

짧은 틈이라도 만들어 크리스가 우위를 점하게 만들 생각이었다. 그리고 소리가 들려온 순간에 페르노크도 움직였다.

오운의 판단과 동일했다.

크리스가 자신에게 한 번이라도 손을 뻗는 불필요한 동작이 생긴 순간 아리샤가 반드시 허를 찌르리라 판단한 것이다.

그리고 S3의 마도사들이 손을 교차시켰다.

쾅!

아리샤의 손바닥이 오운의 반사막을 두드려 터트렸다.

그리고 페르노크의 아티펙트가 장침 한 번에 반으로 부서졌다.

직후 크리스가 서늘한 눈을 페르노크 코앞에 내비쳤다.

아리샤를 뒤로하고 페르노크부터 처리할 생각이었다.

고작 1초 만에 전환된 생각이 소름 끼칠 만큼 정확하게 심장을 파고들려 했다. 하지만 상대는 아리샤였다.

"……?"

크리스의 장침이 도리어 그의 얼굴로 날아갔다. 아리샤의 마력이 개입한 것만은 분명했다. 그러나 어떤 방식으로 크리스를 조작했는지 알 수 없었다.

직접 영혼을 삼키기 전까지는 그 마도술의 정체를 정확히 알진 못하니까.

하지만 틀어지는 장침을 고개만 젖혀 피한 크리스가 페르노크에게서 떨어지며 중얼거렸다.

"사상변환……."

크리스가 처음으로 눈가에 흥미로운 기색을 드러냈다.

"지금껏 감춘 마도술이 이것이었나?"

아리샤는 입을 다물었다.

예기치 못한 타이밍을 노렸건만, 크리스는 가볍게 회피했다.

그리고 지금 묘한 방식으로 마력을 운용시킨다. 그건 흡사 자신이 숨겨 놓은 마도술과 비슷했다.

　"모방…… 만은 아니군요."

　일련의 합 속에서 아리샤는 크리스의 마도술이 페르노크가 예측한 '모방'이 전부가 아니라고 생각했다.

　숨겨져 있는 무언가를 크리스는 아직 꺼내지 않았다.

　'다른 것도 써야 하나.'

　세상은 그녀를 더블이라 말하지만, 성황 외에 아무도 모르는 마도술이 더 숨겨져 있다.

　그러나, 그건 오직 성황국의 위기에만 사용하겠다고 성황과 약속했다.

　만약, 그 외의 상황에 사용한다면 그땐 적을 반드시 죽여 마도술의 비밀을 지켜야 했다.

　'하지만 크리스를 확실히 죽일 수 있나.'

　아리샤는 수만 대군과 페르노크를 대동하고도 크리스와의 승률은 절반이라고 판단했다. 그가 마음먹고 도망친다면 이 자리의 누구도 쫓을 수 없었다.

　"모방과 체질인가."

　그때, 조용히 스며드는 페르노크의 말이 크리스의 살기를 흐트러뜨렸다.

　"그게 아니라면 내 시간을 되돌린 것도 설명할 수 없지, 공작."

　확신에 가까운 말이 처음으로 크리스를 멈칫하게 만들

었다.

"하지만 너무 과신하는 게 아닌가. 피차 감춰 둔 것들을 모두 꺼낸다면 너도 무사하지 못해."

"같잖은 협박이나 할 정도로 여유로워 보이진 않는군."

크리스가 페르노크의 상태를 정확히 짚었다.

페르노크는 검이 두 동강 난 뒤로 속이 진탕되어 서 있는 것조차 고작이었다.

위협이 장난처럼 느껴지는 것도 당연한 일이다. 하지만 이 위협에 근거를 붙인다면 어떻게 될까.

"나는 힘들겠지만 내 수하들은 다르지."

크리스가 입을 열려던 순간이었다.

"브레이아를 너무 맹신하지 마. 내 패가 네 목에 칼을 들이댈 정도는 되니까."

땅을 타고 미세한 울림이 전해진다.

이곳에서 10킬로미터 떨어진 거리였으나, S2 이상의 마도사들은 그 용맹한 기세를 느끼고 있었다.

아리샤가 페르노크에게 고개를 돌렸다.

설명을 바라는 듯한 그녀에게 페르노크가 웃으며 말했다.

"내 후작령은 르젠과 맞닿은 국경 부근에 위치해 있지. 설마, 후방을 닫아 놓고 왔을 거라 생각했나."

울림으로 보건대 대략 수만에 이르는 대군이다.

'브레이아가 막지 못했어?'

13작 중에 제일 신뢰하는 귀족이다.

용병 출신으로 자유분방하지만, 그 힘에 걸맞은 태도로 새로운 13작의 첫 순위로 꼽힌 인물이다.

그가 직접 르젠을 쳤다. 살라반의 목숨이 칼끝에 놓였다고 몇 번이나 보고받은 기억이 있다.

'르젠엔 브레이아를 막을 마도사가 없다. 그럼 외부의 조력자란 말인데.'

크리스가 힘겹게 숨을 몰아쉬는 그람을 응시했다.

분명, 그람은 협회장이 페르노크의 아군이라며 죽이겠다고 나섰다.

하지만 그는 지금 페르노크 편에 서 있다.

협회장은 죽지 않았고 페르노크와 한 패였다는 뜻이다.

그럼 지금 이 자리에 없는 협회장은 어디에 있는 걸까.

"자기 목숨을 내던지고 협회장 루인을 브레이아 쪽에 붙였나. 대담하다고 해야 할지…… 어지간한 배짱으론 그런 짓을 못 해."

페르노크의 웃음이 많은 상황을 의미했다.

"과연, 이 나라의 왕족들이 모두 합심해도 너 하나의 그릇엔 못 미치겠군."

왜일까.

페르노크의 모습에서 문득 라키스의 패황이 겹쳐 보인다.

"아리샤를 포함해 이 자리의 수만 대군이 네 팔 한 짝이라도 물어뜯으려고 달려들겠지. 아무리 군신이라도 단신으론 부상 없이 맞상대할 순 없을 터."

페르노크가 입가에 흐르는 피를 닦으며 크리스를 응시했다.

"설령, 이 자리의 모두를 죽인다 해도 르젠까지 막을 순 없다. 게다가 성황국의 신관들이 라키스의 국경으로 진군 중이니, 네놈이 빠진 제국도 평화롭진 못하겠군."

크리스의 입매가 꿈틀거렸다.

대부분은 자신을 보고 겁먹고 도망치거나 물러서기 마련이지만, 페르노크는 오히려 근거 있는 협박을 감행해 온다.

참으로 오랜만에 신경을 자극하는 적수를 만났다.

"이쪽은 목숨을 걸 테니, 너도 목숨을 걸든가 아니면 라키스를 성황국에 빼앗기든가."

페르노크가 아리샤와 나란히 서서 기세를 돋웠다.

"기세 좋게 덤볐으면 판돈을 올려. 누구 하나 죽어도 원통하지 않을 노잣돈을 말이야."

누가 이기는지 끝까지 해 보자는 페르노크의 모습은 치기 어린 애송이가 아니라 죽음마저 초월한 노장의 긍지를 느끼게 했다.

어설픈 협박이 아니다.

크리스를 죽이고 성황국과 르젠이 연합해서 라키스를 몰아치겠다는 단호한 경고였다.

'내가 3 저쪽이 7.'

아리샤가 합류했을 때도 상황은 자신 쪽이 조금 더 유

리하다고 판단했다.

하지만 르젠이 합류한 이상 승산이 터무니없이 줄어든다.

'길동무로 삼을까. 하지만······.'

크리스는 황제의 목소리가 떠올랐다.

"자율 행동은 어디까지나 대업의 일환이다. 공작, 이 선후관계를 망각하지 말고 가볍게 산책이나 돌고 오시게."

제국에서 잠시 자리를 비우는 것만이 허용되었다.

상황이 가파르게 변하고 있지만 무모한 행동으로 제국의 대업을 망가트릴 순 없다.

고심은 짧았다.

크리스가 마력을 가라앉혔다.

"이제 와서 꼬리 말고 도망치려고?"

"좋은 날이 있겠지. 오늘은 많은 것을 보고 느꼈다."

크리스가 손바닥을 펼치자 사방에 떨어졌던 장침들이 회수되었다.

"네 이름을 기억해 두마. 다음엔 오늘처럼 가벼운 마음으로 오지 않겠다."

그리고 바닥을 가볍게 내리찍자.

콰아아아앙!

붕괴된 지면의 파편들이 허공에 치솟아 시야를 가로막았다.

페르노크가 반토막 난 검을 휘두르려 했지만, 심장이 요동치며 전신이 파르르 떨렸다.

주저앉은 그를 대신하여 아리샤가 장내를 진정시켰다.

그리고 크리스와 오운이 사라져 있었다.

오운의 마력이 희미하게 북쪽에서 느껴진다.

"왕자님, 추격하지 않으실 건가요?"

"당장은 희생을 감수할 여유가 없지."

포위라는 것은 결국 상대가 싸울 의지가 있을 때나 효과를 보는 것이다.

크리스가 오운까지 끼고 철저하게 도망치는 지금, 무리한 추격은 오히려 아군이 갉아 먹히는 위험을 초래한다.

"라키스와 싸울 기회는 많아. 적어도 그에 대응할 체계를 먼저 가다듬어야지."

들끓는 승부욕을 내세워 당장의 중요한 대의를 놓쳐선 안 된다.

"우리 르젠과 합류하자마자 왕성으로 진격한다. 라키스는 그 이후야."

페르노크는 크리스의 모습을 떠올렸다.

분명, 강한 상대였으나 명계에선 그보다 격이 높은 자들을 여럿 상대했었다.

벽이란 성장할 가능성이 막막한 상태일 때나 쓰는 말이다.

이 시대의 최강자가 어느 정도의 수준인지 파악했다.

동화율 80프로.

그 이상을 넘어선 순간 충분히 크리스를 압도할 수 있다.

"크리스는 철저히 보복하러 올 것입니다."

아리샤의 우려 섞인 목소리에 페르노크가 무덤덤하게 답했다.

"놈이 가진 마도술의 비밀을 알아냈다."

마도술의 모방.

그리고 특별한 체질.

아리샤와의 전투로 관찰안에 포착된 수많은 정보를 되새기며 페르노크가 반토막 난 더 퍼스트를 움켜쥐었다.

"다음엔 확실히 죽인다."

* * *

"공작님! 이대로 가시면 안 됩니다! 페르노크라도 죽여야 합니다!"

오운의 간절한 외침에도 크리스는 멈춰 설 기색이 없었다.

"왕위가 페르노크 손에 넘어가고 말 겁니다!"

크리스는 돌아보지 않고 무심히 답했다.

"그렇겠지. 반스가 죽었으니 이제 나라의 경쟁자라고는 율리아나 한 명. 하지만 왕성으로 향할 페르노크가 왕관을 쓰게 될 것은 자명한 일."

"맞습니다! 방치했다간 페르노크가 일루미나를 삼켜 버릴 것입니다!"

"하지만 율리아나가 왕이 된다고 해서 나아질 상황이 있던가?"

"율리아나까지 함께……."

"둘 모두 죽이고 나면 누가 남지?"

"필레나 여왕님! 그분이 진정한 왕이 되시도록 도와주십시오! 그럼 일루미나와 라키스의 관계는 더욱 돈독해질 것입니다!"

크리스가 피식 웃었다.

"단장은 이제 라키스의 사람인데 어찌하여 일루미나의 안위를 걱정하는가?"

"진정 저를 라키스의 귀족으로 받아들이실 생각입니까?"

"한 번 뱉은 말을 도로 담기 어렵지. 단장이 신의를 저버리겠다면 나도 생각을 달리하는 수밖에 없어."

크리스가 어깨에 손을 얹자, 오운이 오싹함에 몸을 움찔 떨었다.

"아, 아닙니다. 목숨을 구해 주셨는데 제가 어찌 공작님을 배신하겠습니까. 전 그저 이 나라의 미래와 라키스의 평온함이 함께 이어지리라 판단하여……."

"그건 단장이 걱정할 문제가 아니야. 그리고 필레나는 왕으로 만들 가치가 없어."

"……예?"

"반스가 죽었으니 눈에 불을 켜고 페르노크와 싸우겠지. 페르노크도 성황국과 르젠을 대동하여 필레나와 일전을 벌일 거야. 이미 우리 손을 떠난 문제네. 그보단, 그 이후가 중요하지."

"이후라니요?"

"페르노크가 왕성을 장악한 날에 떠오를 태양이 과연 일루미나라고 생각하는가?"

"무슨 말씀이신지……?"

"영토와 백성과 군대를 거머쥐었어. 하물며, 그 지략으로 보건대 과연 일루미나의 경합을 계속 이어 나갈지도 의문이군."

크리스의 의미심장한 말을 오운은 이해하지 못했다.

"힘을 가진 자는 법과 상식을 가볍게 뒤틀어 버린다. 적어도 '건국'에 필요한 요소를 모두 가진 페르노크에겐 이 나라가 새로운 시험대가 될 거야."

"……?"

"자네들은 너무 쉽게 망각하는군. 녀석은 자네들이 버린 '사생아'라네."

크리스는 페르노크가 가진 잠재력과 다양한 마도술을 떠올렸다.

그건 더블이라는 말로 표현이 불가능한 마도술의 보고와도 같았다.

어떻게 그런 마도술을 지녔는지는 더 이상 이해하지 않는다.

중요한 건, 강자를 상대로도 움츠러들지 않는 페르노크

의 송곳니가 라키스에 닿을 것이라는 점이다.

적어도 5년.

다시 만날 페르노크가 자신의 목에 검을 들이대려면, 아리샤까지 포함해서 5년은 필요하다고 느꼈다.

"일루미나는 전진 기지로써 매력적이지. 포기할 생각은 없어. 하지만 반스가 이행하지 못한 약속은 우리 손으로 다시 거둬야 할 것 같군. 자네도 그리 알고 일루미나의 영광은 모두 잊어버리게."

그리고 두 사람은 왕성과 반대 방향으로 달렸다.

라키스로의 귀환을 서두르는 크리스 입가에 차가운 미소가 맺혀 있었다.

* * *

르젠은 도합 3만에 이르는 대군을 파병했다.

루트밀라의 부관이 대군을 이끌었고, 옆에는 창백한 안색의 루인이 함께 하고 있었다.

"무사하셔서 다행입니다, 왕자님."

페르노크가 관찰안으로 루인을 훑었다.

회로가 너덜너덜해졌고, 마력 흐름이 가늘고 좁았다.

이래선 마도술을 발동하기 어려워 보였다.

"이쪽은 루트밀라 공작의 부관인 마샬 후작입니다."

"말씀은 익히 들었습니다. 마샬입니다."

"페르노크일세. 안으로 들어가서 상황을 교류하지."

가볍게 악수를 마친 세 사람이 6번째 성안에 들어갔다.

수뇌부들이 모두 모인 자리에서 페르노크는 당당히 상석을 차지했다.

"르젠 쪽은 상황이 어떤가?"

모두의 시선이 마샬에게 꽂혔다.

"협회의 도움으로 큰 고비를 넘겼습니다. 살라반 왕자님은 자일을 제압했고, 왕성을 점거하여 세력을 공고히 다지고 계십니다."

"왕은?"

"방에 가뒀습니다. 루트밀라 공작님께서 완쾌하시는 대로 모든 절차를 마무리할 예정입니다."

"루트밀라 공작이 다쳤었나?"

"라키스의 브레이아 후작이 찾아왔습니다."

페르노크가 고개를 끄덕이며 루인에게 시선을 돌렸다.

"브레이아를 죽였나?"

"동수 교환이었습니다. 제 '상실'에서 마음 놓고 싸우는 사람은 처음 보았습니다."

"쉽지 않은 상대였을 텐데, 고생했군."

"아닙니다. 실력이 기대에 미치지 못하여 당분간은 마력을 가다듬어야 할 듯합니다. 한데, 병력이 아주 많더군요."

루인이 면면을 살피다가 백색 면포의 여인을 보곤 딱딱하게 굳었다.

"……설명을 해 주시겠습니까?"

페르노크는 왕국군과 합류하여 반스를 죽이기 위한 포위망에 대해서 설명했다.

모든 것이 뜻대로 이루어지던 중 크리스라는 상상도 못한 변수가 튀어나왔고, 아리샤와 르젠이 합류한 덕분에 잠시 숨을 고르게 되었다고 말하자 루인이 안도의 한숨을 내쉬었다.

"성황국의 은혜에 감사드립니다."

"아닙니다. 모든 건 왕자님께서 서신을 보내 주신 덕분이지요."

이 자리의 모두가 의아한 마음이었다.

어떻게 오랜 세월 동안 동맹이란 말을 입 밖에도 꺼내지 않던 성황국이 페르노크를 따르게 되었는가.

그에 대한 해답을 페르노크가 덤덤히 털어놓았다.

"일루미나에 성황국의 신전을 설립토록 허가해 주었다."

"왕자님, 그건……!"

"백성이 신앙을 따르고 왕권을 우습게 여길지도 모른다는 우려 때문에 많은 이들이 반대했었지. 하지만 우리가 언제 옳은 길만 걸어간 적이 있는가?"

페르노크가 좌중을 훑으며 말을 이었다.

"모두 시작하기도 전에 걱정부터 하면 우린 누구와도 함께 나아가지 못한다."

"성황국은 왕권에 개입할 생각이 추호도 없습니다. 우린 그저 고이고 고인 성황국을 풀어 놓고 싶은 것뿐이에요."

아리샤가 나서서 단호히 말하자 일행은 찝찝한 마음을
가라앉힐 수밖에 없었다.

크리스가 나선 상황에서 아리샤 없이는 미래가 없다는
것을 모두 알고 있기 때문이었다.

"그동안 서로 각자 맡은 역할을 하느라 인사할 시간도
없었군. 새로 협회장에 취임한 루인도 내 사람이다."

"혹 전임 협회장의 불미스러운 죽음이 왕자님과 관계
되어 있습니까?"

플레미르가 조심스럽게 묻자 페르노크는 미소로 화답
했다.

"으음…… 뭔가 손을 써 뒀으리라 생각은 했었습니다.
하지만 이 정도 규모일 줄은 상상도 못 했군요."

"공작, 이제 와서 경합을 온전히 치러야 한다는 어중간
한 말을 하고 싶은 건 아닐 테지?"

"아닙니다. 그저 타국과 동맹에 흥미가 없어 보이던 왕자
님께서 공고한 동맹을 구축하고 계시니 놀랐을 뿐입니다."

"지금의 일루미나는 강대국에 기생하는 상하 관계를
구축하고 있어. 하지만 나는 어깨를 나란히 하는 대등한
관계를 만들어 나갔다."

"한 가지만 여쭙겠습니다."

"뭐지?"

"이대로 왕성을 점령한 후에 율리아나 왕녀님은 어떻

게 하실 생각이십니까?"

"내게 칼을 들이댄다면 반스와 같은 취급을 당하겠지."

플레미르가 침음을 삼켰다.

'율리아나는 반드시 왕위를 차지하고자 페르노크 왕자님께 칼을 뽑아 들 것이다. 그걸 염두 하시고 르젠과 협력하여 타이르에 대항할 세력을 만드셨구나.'

사실상 율리아나를 죽이겠다는 뜻이었다.

성황국과 르젠이 합류한다면 타이르라 해도 페르노크를 막지 못할 것이다.

"아울러 나는 일루미나의 모든 것들을 새롭게 고칠 것이다."

"그건…… 일루미나의 가치를 부정한다는 말씀이신지요?"

"그래, 공작. 지금의 일루미나를 계승해 봐야 결국 역사는 되풀이될 뿐이야. 하여, 나는 왕성을 접수하는 즉시 일루미나의 영역을 해안가로 확장시켜 새로운 나라로 탄생시키는 작업에 착수하겠다."

모두 알고 있었다는 듯 고개를 끄덕였다.

플레미르도 짐작은 하고 있었다.

페르노크는 사생아였고, 왕족에 대한 증오심이 남달랐다.

그가 왕권을 잡는 즉시 지금까지의 일루미나는 사라질지도 모른다고 생각했다.

그것 때문에 페르노크 편에 서는 것을 망설이기도 했었다.

하지만 라키스가 쉽사리 통과되고, 나라가 더 이상 제

구실을 못 하는 현실을 눈앞에서 목격했다.

나라의 법과 질서를 담당하는 플레미르에게 일루미나는 썩은 고름 덩어리와 같았다.

고통스럽겠지만, 베고, 찢어야 한다.

"나라의 이름이 바뀔 것이다. 우린 새로운 마음가짐으로 새 역사를 창조하겠지. 하나, 이것만은 분명하다, 공작."

페르노크가 노장에게 힘껏 외쳤다.

"일루미나를 구성하는 모든 것들이 새로운 나라에 함께할 것이다. 백성과 영토, 기존의 올바른 법과 문화까지 계승하고 새롭게 바꿀 것이다."

"어찌하여 제게 그런 말씀을 하시는 겁니까."

"나를 왕위에 올린 뒤, 물러날 생각이지 않은가."

"……."

"칼을 뽑아 들었으면 이 나라의 백성과 자긍심을 위해 마지막까지 일하라는 뜻이야. 보아하니, 아직 팔팔 날아다니더군. 아들에게 작위를 물려주기엔 이르지 않은가."

플레미르는 침묵으로 답했다.

건국이란 말이 적잖은 충격으로 다가왔을 것이다.

하지만 그 반응에 더 이상 신경 써 줄 여유는 없다.

받아들이지 못한다면 왕좌를 차지한 후 공작가의 부흥을 약속하며 떠나보내면 된다.

문제는 라키스였다.

크리스의 가공할 역량과 새롭게 개편될 13작의 행태가

세계에 어떤 영향을 끼칠지 미지수였다.

"대신관과 겨룰 때, 크리스의 마도술을 보았다. 놀랍게도 그는 특이체질까지 함께 갖추고 있더군."

아리샤가 고개를 갸웃했다.

"특이체질이라니요?"

"그 눈이 특별했어. 마치, 모든 마법의 핵심을 그 원리까지 꿰뚫어 보는 듯했다."

"마법을 꿰뚫는 눈…… 들어 본 적 없습니다. 모방은 크리스의 마도술 아닌가요?"

페르노크가 고개를 저었다.

"놈의 마도술은 장침에 무언가를 '부여'하는 계통이었어."

시간의 마도술을 흉내 내던 상황이 떠올랐다.

그때, 크리스는 분명 페르노크의 마력을 살피고, 그와 같은 흐름을 장침에 넣어 지면에 쏘아 보냈다. 단순히 모방이라면 번거로운 작업을 이어 갈 리 없다.

"눈으로 보고 파악해서 비슷한 흐름을 사물에 부여한 후 격발시킨다. 내가 파악한 놈의 특이점이다."

전투를 복기하던 아리샤가 고개를 끄덕였다.

"확신할 수 없겠지만, 그 말이 사실이라면 크리스는 걸어 다니는 마도서 그 자체일 겁니다. 창세기 서고에서 그와 유사한 체질을 봤던 것 같습니다."

"내게도 내용을 공유해 줄 수 있겠나?"

"정리해서 말씀드리죠."

페르노크가 고개를 끄덕이며 탁자에 수북한 종이를 올렸다.

"태풍이 지나갔다곤 하나 남겨진 자리에 새싹이 돋아날 거란 보장은 없다. 우린 이 메마른 땅에 뿌리 박힌 놈들을 함께 제거한다."

종이에 일루미나의 왕족들과 그 파벌에 대한 정보가 적혀 있었다.

"내가 왕성으로 진격하겠다. 너희들은 병력을 나눠 이 나라의 썩어 빠진 왕족들을 모두 붙잡아 오도록."

"저항이 심해지면 어떻게 합니까?"

살리오가 굳은 표정으로 묻자, 페르노크가 싸늘하게 웃었다.

"반항하는 놈들은 그 즉시 죽여라."

"예!"

"왕성 점령에 성황국과 르젠이 끼어든다면 의미가 퇴색될 여지가 있으니, 두 나라는 국경수비군이 왕성으로 향하지 못하도록 막아 주었으면 하는군."

아리샤가 고개를 저었다.

"저는 왕자님 곁에 남겠습니다. 크리스가 다시 올지도 모르니까요."

"뜻대로 하도록."

아리샤가 은은한 미소를 지으며 물러났다.

페르노크가 한껏 달아오른 좌중에게 말했다.

"꿈 같던 일이 현실이 되었다. 하지만 모든 것을 거머쥐기 전까진 방심하지 말고, 철저히 부숴야 한다."

페르노크가 탁자를 가볍게 내리치며 씨익 웃었다.

"가자. 우리의 영광을 거머쥐러."

* * *

페르노크가 반스의 죽음을 공표하며, 플레미르와 함께 명분을 더했다.

동시에 1만의 병력을 나누어 각 영지에 숨어 있는 잔병들과 왕족들 소탕을 명했다.

그리고 페르노크의 본대 3만은 이미 점령했던 성들을 지나 왕성으로 향하였다.

"끌끌…… 내 영광이 눈앞이었거늘……."

마차에서 그람이 숨 가쁜 소리를 흘려보냈다.

크리스에게 꿰뚫린 그의 명이 곧 다할 듯했다.

"그 괴물이 다시 내 앞을 가로막었어…… 아…… 네놈에게 받아야 할 대금을 어찌할꼬……."

"대신, 약속하지. 크리스는 내가 반드시 죽이겠다고."

"끌끌끌. 왕자여, 고맙다는 인사라도 전해야 할까?"

"동업이었다. 신뢰 관계는 아니었어도 끝까지 손잡을 가치는 있었다고 판단했지."

"고맙군. 그럼 내 대금을 미리 당겨 받을 수 있겠나?"

"지금 크리스를 죽여 달라고?"

"그런 무거운 값이 아니야."

그람의 눈동자가 회색빛으로 뒤덮였다.

"내 혹시 몰라 가문의 사람들을 일루미나로 대피시켰다. 지금까지 내가 널 도운 대가로 보호해 줄 순 없겠나?"

라키스의 사람이라고 차별받진 않을까, 우려하는 듯한 모습에 페르노크가 단호히 답했다.

"네게 개인적인 원한은 없다. 고맙다는 생각도 크게 들진 않아. 모두 거래였고, 맺고 끊음은 분명히 해야 하니까. 널 공작으로 만들어 주지 못했으니, 가솔들은 내가 품어 주지."

"끌끌끌. 고맙군……."

사물이 흐릿해지는 와중에 페르노크의 모습은 선명하게 보였다.

말로 형용하기 어렵지만, 그를 감싼 무언가가 하얀빛을 내고 있었다.

'이놈이 유일하지. 크리스를 보고 절망하지 않으며 오히려 희열을 보내는 녀석은…….'

군주의 위엄이 유형화된 형태라면 이런 느낌일까.

빛에 눈이 멀어 버릴 것만 같아서 그람이 천천히 눈을 감았다.

"크리스만이 아니다……."

"……?"

"······폐하를 조심하거라. 그분은 패황이시니······ 그야 말로 전쟁의 화신이니라······."

그람의 손이 아래로 툭 떨어졌다.

그와 동시에 치솟는 영력과 마력을 흡수하자 동화율이 단숨에 64퍼센트까지 치솟았다.

반으로 갈라진 더 퍼스트가 하나로 이어지려 했고, 페르노크는 한 단계 높은 곳에 이를 준비를 끝마쳤다.

대관문.

저곳에 진을 치고 있는 실력자들을 모두 꺾는 순간, 지금보다 더 위로 도약할 수 있다.

"이 마도술은 크리스의 심장을 깨뜨릴 때, 유용하게 사용해 주지."

편하게 눈을 감은 그람을 뒤로하고 페르노크가 마차에서 내렸다.

그리고 선두에 서서 하늘을 찌를 것처럼 치솟은 대관문 앞에 검을 겨눴다.

"저항하는 놈들은 죽이고, 항복하는 자들에겐 자비를 베풀어라!"

아티펙트가 부르르 떨릴 정도의 영력이 검 끝에 맺혔다.

"지금부터 우린 여왕을 단죄한다!"

검을 아래로 내리긋자, 마른하늘에 새하얀 벼락이 내리쳤다.

성벽과 자리 잡은 적들을 모두 헤집고도 기세를 잃지

않아 마도술에 대비하는 대관문마저 거미줄 같은 균열을 일으켰다.

그곳에 순환연동으로 이루어진 오버 임팩트를 퍼부으니.

콰콰콰쾅!

아군조차 놀랄 만큼 대관문이 쉽게 부서졌다.

혼비백산한 적들을 가리키며 페르노크가 제일 먼저 달려 나갔다.

"모조리 쓸어버려!"

그리고 3만의 대군이 왕성수호군을 짓밟고 나아갔다.

* * *

대관문은 총 3개의 관문으로 이루어져 있다.

왕성으로 향하는 마지막 방어선이었고, 자체적으로 석 달을 버틸 수 있는 물자와 화력을 보유하고 있다.

수많은 포화가 치열하게 얽히는 그곳을 페르노크가 단신으로 돌파했다.

"페르노크 왕자다!"

"막아라!"

어느새 왕국군은 1관문을 돌파했고, 페르노크는 한발 앞서 2관문을 두드린다.

누구도 페르노크의 속도를 맞추지 못했다. 위험하다며

제지하기엔 페르노크를 감싼 열기가 섬뜩했다.

쾅!

적의 중갑기병을 단칼에 쳐 낸 페르노크가 영력을 흡수하며 자연계 마법을 토했다.

허공에서 유성우처럼 떨어져 내리는 마법의 숫자가 기하급수적으로 불어났다.

앞을 가로막은 병사들보다 더 많은 수의 마법이 일대를 무차별 폭격한다.

콰콰콰쾅!

적들의 장벽도, 맞받아치는 마법도 페르노크의 일합을 견디지 못했다.

페르노크 또한 저장한 마법이 빠르게 소진되었지만 아까워하는 기색이 전혀 없었다.

'오랜만이군.'

검 끝을 타고 흐르는 찌르르한 감각이 척수에 전해져 오감을 예민하게 만들었다.

지금껏 수하들의 성장을 우선시했던 페르노크는 오랜만에 전장을 가로지르고 있었다.

피를 가볍게 털어 내며 속도를 더하는 모습이 검에 미친 귀신 같았다.

그 옛날, 나라를 홀로 지키려 했던 생전의 모습이 손에 잡힐 듯이 가까워져 온다.

동화율 63.5%

그람의 영력과 마력을 흡수하여 단숨에 성장한 동화율
이 어느덧 2차 성장 직전까지 치솟고 있다.

앞날을 기대하는 듯 아티펙트 또한 울음을 토한다.

우우우웅!

시야가 닿는 모든 곳이 오버 임팩트에 쓸려 나갔다.

그럼에도 육신은 지치지 않고 보다 가속하여 적진을 휩
쓸었다.

'2번째 탈피가 머지않았다.'

육신의 기력이 끊임없이 상승하는 이 현상은 2차 성장
을 앞뒀기 때문이다.

새로운 변화를 꾀하는 육신과 영혼이 한데 뒤섞여 이
너저분한 껍데기의 불순물을 치워나간다.

강함에 대한 열망.

자극받은 욕구가 성장을 가속화시킨다.

"왕자님!"

공작군을 이끌고 제일 먼저 달려온 플레미르가 피범벅
이 된 페르노크를 살폈다.

"어찌 무모하게 혼자서……!"

하지만 막상 상처를 살핀 플레미르는 말을 잇지 못했다.

페르노크의 피는 모두 적의 것이었기 때문이다.

"마지막 3관문도 점령한다."

"조금 쉬십시오!"

"미적댔다간 왕성수호군이 올지도 몰라. 그리고 지금이 딱 좋다. 알맞게 여물어 가고 있거든."

그게 무엇인지 플레미르는 알지 못했다.

다만, 자신감 있게 뛰쳐나가는 페르노크를 마땅히 막을 명분이 없었다.

아리샤만이 페르노크의 속도를 따라잡으며 은밀히 물었다.

"S2의 마도사였었나요?"

"글쎄."

마력으로 수준을 측정할 시기는 지나고 있다.

동화율 - 64%

크리스 때문인지도 몰랐다.

적당히 성장해 나기도 적수가 없을 거라고 여겼던 자신에게 경각심을 심어 준 덕분에 망설임 없이 마법을 털어낼 수 있었다.

줄곧 자신을 보호하려는 용도로 사용했던 마법을 소모한 자리에 영력이 채워진다.

검에 묻은 녹을 벗기듯이.

마법에 보호받던 육신이 비로소 영력 친화적인 2번째 각성으로 향하는 것이다.

아리샤는 이 사실을 모른다.

그녀는 그저 지치지 않는 페르노크와 그를 감싼 열기가 묘하게 일렁여 위화감을 들게 만든다는 사실만 인지하고 있다.

'처음 봤을 때도 강하다는 생각이 들었지만 이건 묘하게 달라. 성장한다는 느낌이 아니라, 잃어버린 걸 되찾는 것 같은 느낌이 드는군.'

한순간에 사람이 달라진다면 그건 페르노크를 지칭하는 말일지도 모른다.

페르노크 또한 스며드는 힘을 마음껏 만끽하고 있다.

'2차 각성이 시작되면 아리샤는 내 곁에 없어도 상관없 겠지.'

모든 것의 위험에서 벗어날 수단이 눈앞에 도래한 듯했다.

동화율 - 64.1%

3관문의 병사들을 맞닥뜨리며 생각한다.

사람은 언제나 죽을 위기를 넘기고 나면 생존 욕구가 강해진다고.

이윽고 그 열망이 자신을 재촉하여 더, 더 많이 먹어 치우라고 울려 댄다.

메마른 갈증을 삼키듯이 페르노크가 순환연동을 실어 오버 임팩트를 날렸다.

터져 나오는 섬광과 그를 따르는 아군의 합작품이 3관
문의 두꺼운 성문을 부숴 버렸다.

페르노크는 수만 대군의 한복판으로 달려 나갔다.

동화율 - 64.3%

먹잇감을 찾는 검이 폭풍 같은 기세로 대관문을 집어삼
켰다.

* * *

일루미나의 대관문은 마도사를 상대로도 몇 달을 버틸
수 있다.

하지만 지원 병력 없이, 마도사 한 명 갖추지 못한 대
관문은 페르노크를 위시한 병력들 앞에 속수무책이었다.

공성 병기보다 강력한 아티펙트의 충격이 전해지자 두
꺼운 성문도 얼마 버티지 못하고 부서져 나갔다. 성안에
진입한 이후로는 모든 과정이 일사천리였다.

대관문이 두려운 점은 그 높은 성벽에 공성 병기를 두
고 공성군을 몰아친다는 점이었다. 하지만 내부로 진입
한 지금 성벽은 쓸모가 없어졌다.

오히려 성벽에서 내려오는 병사들이 진입한 병력들에
게 썰려 나가기 일쑤였다.

불과 하루가 지나지 않아 위용 넘치던 대관문이 페르노크에게 함락되었다.

그 무렵, 한 통의 서신이 페르노크에게 당도했다.

반스를 죽였다니, 정말 잘했구나.

국경은 내가 잘 막고 있어.

하지만 네가 왕성수호군에게 휘둘릴까 두려우니, 내가 병력을 우회하여 너와 합류할까 해.

대관문에서 기다리고 있어.

페르노크가 서신을 불태워 버리자, 플레미르가 다가와 물었다.

"누구입니까?"

"율리아나, 함께 왕성에 들어서자 하더군."

"역시 율리아나 왕녀도 움직이려 하는군요."

"계속 국경을 지키게 해야지."

"하지만 왕자님이 먼저 왕성을 점령하면, 율리아나 왕녀가 강경하게 대응할지도 모릅니다."

"오히려 좋지 않은가. 적당한 명분을 실어 베어 버릴 수 있으니."

"왕자님께서는 진정 이 나라의 왕족들의 씨를 말려 버릴 것입니까?"

"공작도 보아서 알고 있지 않나. 썩어 문드러진 놈들을

왕족이랍시고 살려 두면, 몇 년 지나지 않아 같은 잘못을
되풀이하지."

"하오면, 필레나 여왕은……."

"함께 처리한다. 나와 율리아나가 칼을 빼 들었으니,
남은 자식인 포르라를 왕위에 올릴 가능성이 높아. 사전
에 싹을 잘라야지."

아직 포르라는 왕성 안에 갇혀 있다.

반스가 죽은 지금, 필레나는 페르노크를 죽이고 포르라
를 왕위에 올리려 할지도 모른다.

"하온데, 한 가지 문제가 있습니다."

"문제?"

"왕성엔 초대 왕께서 남기신 병기가 있습니다."

"처음 듣는 말이군."

"왕에게 전해지는 비밀이었으니까요. 하지만 전대 왕
께서 저와 오운 그리고 필레나 여왕에게 그 사실을 공유
했습니다. 왕성이 위험에 빠지면 대신 전권을 잡고 지기
라면서 말이죠."

"방탕한 왕답군. 그래서 그 병기가 위험하다는 건가?"

"수백 년 동안 가동되지 않았지만, 전대 왕께서 이르시
길, 그것은 강대국이 나라를 집어삼키려 할 때 사용할 자
구책이라고 하셨지요. 수십만의 사람을 우습게 죽일 수
있다고 했었습니다."

"대신관조차 막지 못할 거라 보는가?"

"강대국들에게서 나라를 지킬 병기입니다. S3의 마도사를 죽인다고 장담하진 못하더라도 절대자들을 물러나게 할 위력은 된다 생각합니다."

페르노크가 무심히 고개를 끄덕였다.

"잘됐군."

"예?"

"나도 마침 시험해 보고 싶은 게 있었어."

페르노크가 부관들에게 명했다.

"이곳에서 정비한 뒤, 내일 왕성으로 진격한다. 한시도 긴장을 늦추지 말도록."

"충!"

부관들이 병력들을 정비시켰고, 페르노크는 힘을 가다듬었다.

대관문을 점령한 뒤에 별다른 조치는 취하지 않았다.

남은 잔병들을 감시할 병력만 남겨 놓고, 나머지 군사를 모아 출진 준비를 마쳤다.

다음 날.

플레미르와 아리샤를 양옆에 대동하고 페르노크는 왕성으로 진격했다.

* * *

필레나가 팔걸이를 세게 내리쳤다.

"대관문이 함락당했어?"

"소, 송구하옵니다, 전하!"

"대체 네놈들이 하는 게 뭐야! 내 아들이 죽고, 이젠 이 나라가 기울어지게 생겼다고!"

"저, 전하. 고정하옵시고……!"

"율리아나는? 국경수비군은!?"

"르젠이 끼어들어 합류할 수 없는 상황이옵니다. 율리아나 왕녀님도 이곳에 오지 않으시고……."

"아아아아악!"

필레나가 비명에 가까운 괴성을 지르며 자리에서 벌떡 일어났다.

"모든 병력을 성에 집중시켜! 내성도 필요 없어! 외성으로 내가 갈 것이니, 그리 알고 다 준비해!"

"하오나, 전하. 지금 페르노크 왕자와 플레미르 공작을 막을 마도사가 이곳에 없습니다! 제아무리 튼튼한 성도 마도사 앞에선 무력할 뿐입니다!"

"방법은 있다. 내가 가져올 것이니, 재상은 그리 알고 반격을 준비하시게! 그리고 포르라에게 왕위를 이으라 말해 두고."

"그게 무슨……."

"그 사생아 놈 때문에! 나라에 망조가 들고 있어! 우리 반스가 유일한 구원이었는데, 억울하게 죽고 말았으니, 남은 건 내 사랑스러운 포르라뿐이지 않은가!"

재상이 몸을 흠칫 떨었다.

반스가 죽었다는 소식을 듣고 나서 필레나는 하루 동안 식음을 전폐했었다.

그리고 오운이 이 나라를 떠난다고 들었을 때, 방에서 빠져나온 그녀는 짙은 화장에 섬뜩한 미소를 담고 있었다.

이제 보니 알 것 같았다.

필레나는 오갈 곳 없는 상황에 정신이 막다른 곳까지 몰려 버린 것이다.

"준비하시게. 당장!"

"예, 예, 전하!"

재상이 오들오들 떨며 물러나자, 필레나는 바로 왕궁 보물고에 들어섰다.

그 안의 작은 문으로 왕관을 넣고 돌리자 숨겨진 공간이 드러났다.

전대 왕에게 들었던 일루미나의 자구책이 잠들어 있었다.

"초대 왕께선 무언가를 봉인시키는 마도술의 달인이셨다고 해. 그분은 온갖 재앙을 봉인시켰고, 그 중엔 왕국을 위해 사용할 병기로 만든 것까지 있지. 보물고 안, 왕관을 가진 자만이 그 비고를 열 수 있어."

겉보기엔 낡아 빠진 검이었다.

하지만 쇠사슬에 얽매인 그것을 뽑아 든 순간 필레나는

충격이라도 받은 것처럼 부르르 떨었다.

검에 봉인된 강렬한 의지가 뇌리로 사용법을 전달했던 것이다.

초대 왕이 하나의 재앙을 봉인하고 그 힘을 추출해 담은 검.

단 한 번뿐이지만 검을 휘두름으로써 재앙의 일부를 사용할 수 있다.

"모조리 죽여야 돼! 나와 내 자식의 앞길을 가로막는 악마들을 전부 다!"

* * *

대관문까지 정복한 페르노크를 막을 성은 어느 곳에도 존재하지 않았다.

어떤 방해도 없이 페르노크는 수월하게 왕성을 앞뒀다.

왕성수호군이 성벽에 진을 친 가운데, 갑옷을 입은 빌레나가 직접 성루에 우뚝 서 있었다.

"썩어 문드러진 사생아가 감히 신성한 왕성에 발을 디디려 하느냐!"

멀리서도 그녀가 움켜쥔 불길함이 느껴진다.

저 손에 쥐어진 검이 분명 플레미르가 말한 왕국의 비밀 병기이리라.

관찰안으로 검에 담긴 흉측함을 파악한 페르노크 옆에

아리샤가 다가왔다.

"위험하군요."

그녀의 팔에도 닭살이 돋아 있었다.

S3의 마도사조차 간과하기 어려운 비밀 병기에 플레미르도 섣불리 진군을 명하지 못했다.

서늘함이 감도는 전장 한복판으로 페르노크가 홀로 걸어갔다.

"왕자님!"

다급한 목소리를 페르노크가 검을 뽑아 들며 막았다.

그리고 그는 보란 듯이 왕성을 앞두고 넓은 벌판에 우두커니 섰다.

눈이 시뻘겋게 충혈된 필레나가 흉흉한 검을 들어 올렸다.

"네놈이! 네놈만 아니었어도!"

그녀의 감정에 자극받듯이 낡은 검이 새까맣게 변했다.

"네놈만 없었다면 반스가 이 나라를 물려받았을 거야!"

죽으라고 저주를 퍼부으며 필레나가 검을 집어 던졌다.

어떤 힘도, 속도도 실리지 않았건만 허공에 떠오른 순간 검에서 새까만 빛이 터져 나왔다.

크오오오오!

이루 형용하기 어렵고, 더럽고, 흉측한 것은 포효했다.

그것은 물질로 이루어지지 않은 순수한 힘의 덩어리.

그러나 수백 년의 한이 응집된 그것은 지금껏 마주한 어떤 것들보다도 강한 파동을 일으키며 일대를 집어삼키는 폭력으로 다가왔다.

어둠이 기둥처럼 페르노크를 내리찍었다.

그리고 페르노크는 검을 내렸다.

동화율 - 65%

마침내 2번째 각성을 맞이한 순간, 페르노크는 생각했다.

첫 번째 영법은 명계에서 영혼을 직접 단죄하는 힘을 내포했었다.

그것은 하계에서 유형화된 벼락으로 물질에 관여하는 성질로 변하였다.

그렇다면 하계에서 구현하는 두 번째 영법은 어떤 식으로 펼쳐질까.

그 해답을 마주하는 어둠 속에서 깨달았다.

콰아아아아아-!

모든 것이 페르노크를 관통했다.

페르노크는 산책이라도 나온 것처럼 가벼이 손을 뻗었다.

어둠을 휘저어도 몸에 타격을 받지 않았다.

그건 말 그대로 모든 힘을 흘려보내는 육신의 변화였다.

영법 - 영체조작.

명계에서 영혼에 간섭하는 영체조작은 하계에 이르러 육신을 '영체화'시켰다.

생자의 영력과 본인의 영혼에서 끌어 쓰는 영력이 내외로 스며들어 그를 영체 친화적으로 만들어 버린 것이다.

어찌하여 영력이 모든 힘들의 위에 군림하는지.

태초부터 전해진 힘의 의의를 영체는 선보인다.

생자와 망자의 영력을 동시에 소모하기에 유지 시간은 길지 않았지만, 그 대가로 영력보다 하위라고 판단된 힘들은 그를 지나쳐 맨땅을 두드린다.

2번째 각성을 이룩한 페르노크.

지금부터 영력을 제외한 하계의 모든 것들은 그에게 간섭하지 못한다.

* * *

아리샤가 면포 속에서 놀란 기색을 서슴없이 드러냈다.

"어떻게⋯⋯?"

말로 형용하기 어려운 파동이 내리쳤다.

설사 아리샤일지라도 무사히 넘기기 힘든 그것이 벌판에 거대한 구멍이 뚫었다.

하지만 한복판의 페르노크는 무사했다.

그의 수준으로 절대 불가능한 일이 벌어진 것이다.

이상 현상은 그뿐만이 아니었다.

페르노크 손에 쥐어진 검.

주인의 각성에 자극받은 아티펙트가 두 번째 진화를 이룩했다.

검에 맺혔던 기운이 페르노크의 전신을 타고 흐르기 시작했다.

(이번 생은 황제로 살겠다 8권에서 계속)